劝 导

[英]简·奥斯丁 著
龚蓉 译

生活·讀書·新知三联书店

Simplified Chinese Copyright © 2021 by SDX Joint Publishing Company.
All Rights Reserved.
本作品简体中文版权由生活·读书·新知三联书店所有。
未经许可，不得翻印。

图书在版编目（CIP）数据

劝导／（英）简·奥斯丁著；龚蓉译. —北京：生活·读书·新知三联书店，2021.9
（三联精选）
ISBN 978-7-108-07159-0

Ⅰ.①劝… Ⅱ.①简… ②龚… Ⅲ.①长篇小说－英国－近代 Ⅳ.① I561.44

中国版本图书馆 CIP 数据核字（2021）第 073451 号

责任编辑	王　竞
装帧设计	鲁明静
责任校对	陈　明
责任印制	张雅丽
出版发行	生活·讀書·新知 三联书店
	（北京市东城区美术馆东街 22 号 100010）
网　　址	www.sdxjpc.com
经　　销	新华书店
印　　刷	北京隆昌伟业印刷有限公司
版　　次	2021 年 9 月北京第 1 版
	2021 年 9 月北京第 1 次印刷
开　　本	850 毫米 × 1168 毫米　1/32　印张 12.25
字　　数	223 千字
印　　数	0,001－5,000 册
定　　价	49.00 元

（印装查询：01064002715；邮购查询：01084010542）

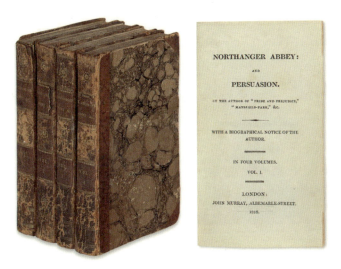

1817年12月,《劝导》首版

在拉塞尔夫人的劝导下,她终于相信订婚是一件错误的事情——轻率、不成体统,几乎无法成功,也不配成功。

1796年的莱姆

这个夜晚结束了,一想到自己来莱姆就是为了劝一位素昧平生的青年男子忍耐与顺从命运,安妮不禁觉得好笑。

海堤科布

路易莎微笑着说:"我下定了决心要这么做。"他伸出了双手,可她太心急,早跳了半秒,摔在了海堤下层的人行道上,被抱起来的时候已经不省人事了。

姐姐卡桑德拉为简·奥斯丁所作画像

"但愿我不会低估任何人的热烈与忠贞的情感。如果我胆敢认为只有女人才懂得真爱与坚贞,那就只配被人彻底看不起。不,我相信你们能够在婚后的生活中做所有伟大且美好的事情。我相信,你们能胜任每一项重任,也会在家庭生活中事事克制,只要——如果允许我这么说,只要你们有一个目标。"

常读常新的文学经典

"经典新读"总序

意大利作家卡尔维诺认为文学经典可资反复阅读,并且常读常新。这也是巴尔加斯·略萨等许多作家的共识,而且事实如此。丰富性使然,文学经典犹可温故而知新。

《易》云:"观乎天文以察时变,观乎人文以化成天下。"首先,文学作为人文精神的重要组成部分,既是世道人心的最深刻、最具体的表现,也是人类文明最坚韧、最稳定的基石。盖因文学是加法,一方面不应时代变迁而轻易浸没,另一方面又不断自我翻新。尤其是文学经典,它们无不为我们接近和了解古今世界提供鲜活的画面与情境,同时也率先成为不同时代、不同民族,乃至个人心性的褒奖对象。换言之,它们既是不同时代、不同民族情感和审美的艺术集成,也是大到国家民族、小至家庭个人的价值体认。因此,走进经典永远是了解此时此地、彼时彼地人心民心的最佳途径。这就是说,文学创作及其研究指向各民族变化着的活的灵魂,而其中的经典(及其经典化或非经典化过程)恰恰是这些变中有常的心灵镜像。亲近她,也即沾溉了从远古走来、向未来奔去的人类心流。

其次，文学经典有如"好雨知时节""润物细无声"，又毋庸置疑是民族集体无意识和读者个人无意识的重要来源。她悠悠幽幽地潜入人们的心灵和脑海，进而左右人们下意识的价值判断和审美取向。举个例子，如果一见钟情主要基于外貌的吸引，那么不出五服，我们的先人应该不会喜欢金发碧眼。而现如今则不同。这显然是"西学东渐"以来我们的审美观，乃至价值判断的一次重大改观。

再次，文学经典是人类精神的本能需要和自然抒发。从歌之蹈之，到讲故事、听故事，文学经典无不浸润着人类精神生活之流。所谓"诗书传家"，背诵歌谣、聆听故事是儿童的天性，而品诗鉴文是成人的义务。祖祖辈辈，我们也便有了《诗经》、楚辞、汉赋、唐诗、宋词、元曲、明清小说等。如是，从"昔我往矣，杨柳依依；今我来思，雨雪霏霏"到"落叶归根"，文学经典成就和传承了乡情，并借此维系民族情感、民族认同、国家意识和社会伦理价值、审美取向。同样，文学是艺术化的生命哲学，其核心内容不仅有自觉，而且还有他觉。没有他觉，人就无法客观地了解自己。这也是我们拥抱外国文学，尤其是外国文学经典的理由。正所谓"美哉，犹有憾"；精神与物质的矛盾又强化了文学的伟大与渺小、有用与无用或"无用之用"。但无论如何，文学可以自立逻辑，文学经典永远是民族气质的核心元素，而我们给社会、给来者什么样的文艺作品，也就等于给社会、给子孙输送什么样的价值观和审美情趣。

文学既然是各民族的认知、价值、情感、审美和语言等诸多因素的综合体现，那么其经典就应该是民族文化及民族向心力、凝聚力的重要纽带，并且是民族立于世界之林而不轻易被同化的鲜活基因。古今中外，文学终究是一时一地人心的艺术呈现，建立在无数个人基础之上，并潜移默化地表达与传递、塑造与擢升着各民族活的灵魂。这正是文学不可或缺、无可取代的永久价值、恒久魅力之所在。正因为如此，人工智能最难取代的也许就是文学经典。而文学没有一成不变的度量衡。大到国家意识形态，小到个人性情，都可能改变或者确定文学的经典性或非经典性。由是，文学经典的新读和重估不可避免。

一、时代有所偏侧。就近而言，随着启蒙思想家和浪漫派的理想被资本主义的现实所粉碎，19世纪的现实主义作家将矛头指向了资本。巴尔扎克堪称其中的佼佼者。恩格斯在评价巴尔扎克时，将现实主义定格在了典型环境中的典型性格。这个典型环境已经不是启蒙时代的封建法国，而是资产阶级登上历史舞台以后的"自由竞争"。这时，资本起到了决定性的作用。

二、随着现代主义的兴起，典型论乃至传统现实主义逐渐被西方形形色色的各种主义所淹没。在这些主义当中，自然主义首当其冲。我们暂且不必否定自然主义的历史功绩，也不必就自然主义与现实主义的某些亲缘关系多费周章，但有一点需要说明并相对确定，那便是现代艺术的多元化趋势，及至后现代无主流、无中心、无标准（我称之为"三无主义"）的来临。于是，绝对的相对性取代了相对的绝对性。恰似巴尔扎克、托尔斯泰在我国的命运同样堪忧。

与之关联的，是其中的意识形态和艺术精神。第一点无须赘述，因为全球化本身就意味着国家意识的"淡化"，尽管这个"淡化"是要加引号的。第二点，西方知识界讨论"消费文化"或"大众文化"久矣，而当今美国式消费主义正是基于"大众文化"或"文化工业"的一种创造，其所蕴涵的资本逻辑和技术理性不言自明。好莱坞无疑是美国文化的最佳例证，而其中的国家意识显而易见。第三点指向两个完全不同的向度，一个是歌德在看到《玉娇梨》等东方文学作品之后所率先呼唤的"世界文学"。尽管曾经应者寥寥，但近来却大有泛滥之势。这多少体现了资本主义制度在西方确立之后，文学何以率先伸出全球化或世界主义触角的原因。遗憾的是资本的性质不会改变。而西方后现代主义指向二元论的解构以及虚拟文化的兴盛，最终为去中心的广场式狂欢提供了理论或学理基础。

由上可见，经典新读和重估势在必行，它是时代的需要，是国民教育的需要，是民族复兴、国家发展的需要。为此，我们携手生活·读书·新知三联书店，以当代学术研究为基础，精心选取中外文学经典，邀请重要学者和译者，进行重新注疏和翻译，既求富有时代感，也坚持以我为本、博采众长的经典定位。学者、译者们参考大量文献和前人的版本、译本，力图与21世纪的中文读者一起，对世界文学经典进行重估与新读，以期构建中心突出、兼容并包的同心圆式经典谱系。我称之为"三来主义"，即"不忘本来，吸收外来，面向未来"。

除此之外，我们还特邀了相关领域的专家学者，为每部作品撰写了导读，希望广大读者可以在经典阅读的基础上，进一步了解作品产生的土壤，知其然，并且知其所以然。愿意深入学习的读者，还可以依照"作者生平及创作年表"以及"进一步阅读书目"按图索骥。希望这种新编、新读方式，可以培植读者，尤其是青少年读者亲近文学经典，使之成为其永远的精神伴侣和心灵慰藉。

需要特别说明的是，"经典新读"主要由程巍、高兴、苏玲等同事策划、推进，并得到了诸多译者和注疏者，以及三联书店新老朋友的鼎力支持。在此谨表谢忱！

（陈众议，中国社会科学院外文所所长）

目录
Contents

导读 《劝导》中的"淡淡忧伤" 龚蓉 1

进一步阅读书目 26

作者生平及创作年表 30

劝 导 1

第一部 3

第二部 155

《劝导》情节大事时间表 329

导　读

《劝导》中的"淡淡忧伤"

龚　蓉

在《西方正典：伟大作家与不朽作品》中，哈罗德·布鲁姆在论及《劝导》时写道，"每次我重新读完这部无可挑剔的小说后，总是会感到十分难过"，并指出这个现象也见诸他人："当我问及我的朋友及学生们阅读这部小说的感受时，他们常常表示对《劝导》也会感到一种悲伤，而阅读《曼斯菲尔德庄园》时却很少有如此感受"，但又同时认为，读者的这种情绪却并非源于女主人公安妮的悲伤，而是因为受到了这部小说整体阴郁氛围的影响。[1]的确，单就这部小说的婚恋主题而言，在小说结尾处，安妮在第一部中最主要的悲伤之源已经消失：她与温特沃思上校在经历了八年半的别离后，终于冰释前嫌，破镜重圆。可是，不同于《简·爱》中那位具有反抗精神的女主人公在第三十八章一开篇便以胜利者的

---

[1]　详见哈罗德·布鲁姆：《西方正典：伟大作家与不朽作品》，江宁康译，译林出版社，2006年，第196页。后文出自同一著作的引文，将随文标出该著作名称简称"《西》"和引文出处页码，不再另注。

口吻简洁明了地宣告"读者,我嫁给了他"[1],《劝导》的第三人称叙述者在小说第二部第十二章结尾处强调的却是,安妮幸福的婚姻生活面临着战争这个潜在威胁:"安妮是温柔的化身,在温特沃思上校的倾心相待中,她的每一分柔情都得到了回报。只是因为他的职业,她的朋友们才希望她不要那么温柔;也只是因为对未来战争的担心,她的快乐才会暗淡些许。身为水手的妻子,她深感荣幸,但她也会时时担惊受怕,这是她必须为属于这个职业而付出的代价。"[2]

这个区别固然体现了两位女作家迥异的风格,但如果以日不落帝国的兴盛史来对此进行观照,那么读者或可以发现,当夏洛蒂·勃朗特于1847年出版《简·爱》时,对正处于鼎盛期的英帝国而言,它最需要的是不列颠子民去遥远的殖民地传教与办学,帮助帝国在宗教信仰层面完成对殖民地的精神与文化征服,是不列颠子民加入帝国的军队,去遥远的异域帮助帝国维护对殖民地的统治与剥削,而在一定意义上,英格兰乡村之所以能够被神化与建构为英格兰传统的象征,也正是因为英帝国对殖民地的剥削与奴役为英格兰乡村

---

[1] Charlotte Brontë, *Jane Eyre*, ed. Richard J. Dunn, New York: W. W. Norton & Company, 2001, p.382.
[2] Jane Austen, *Persuasion: Authoritative Text, Backgrounds and Contexts, Criticism*, ed. Patricia Meyer Spacks, New York: W. W. Norton & Company, 1995, p.168. 后文出自同一著作的引文,将随文标出该著作名称简称 "*Persuasion*" 和引文出处页码,不再另注。

提供了必要的经济基础。于是，拒绝跟随圣约翰前往印度传教的简·爱可以回到宁静的英格兰乡间，依靠从殖民地发财归来的叔叔留给自己的遗产，将失明的罗切斯特从绝望的自我放逐中拯救出来，并在乡间安然尽享静谧的婚姻生活。然而，在1817年底出版的《劝导》中，第三人称叙述者却暗示，小说中温柔美好、忍辱负重、多情坚贞的安妮在享受美满婚姻生活的同时，也将担心丈夫会因为帝国的战争需要而再次出海作战，这样的战争阴影在一定程度上体现的是不列颠子民对帝国未来的不确定：虽然《劝导》的创作与故事时间背景均为英国在拿破仑战争（1803—1815）中打败法国，结束了自17世纪后期开始的第二次英法百年战争（1689—1815）[1]，但在当时包括简·奥斯丁以及她两位效力于英国皇家海军的同胞兄弟在内的不列颠子民却并不知道，像1805年特拉法尔加海战这样的海上战役在此后近一百年里并不会再次出现，因为拿破仑战争之后的英帝国已无可争议地成为世界海上霸主，在第一次世界大战以前，英国海军几乎再没有进行过任何重大海上战役。这意味着，安妮并不需要因为丈夫的职业而时时担惊受怕，因为温特沃思上校或许只会像奥斯丁的幼

---

[1] 奥斯丁于1815年8月才开始创作《劝导》，但在同年6月的滑铁卢战役中，以英国为首的反法联军已彻底战胜法国，小说的故事主体部分则发生在1814年秋至1815年2月，而在1815年的滑铁卢战役中发挥重要作用的已不再是皇家海军。

弟一样，在1850年成为英国皇家海军东印度与中华区（East Indies and China Station）舰队总司令，在第二次英缅战争期间率领自己的舰队出征，并最终因霍乱而于1852年10月病死在缅甸的卑谬镇；也或许会像奥斯丁的五哥一样，在上校这个职位上足足等待三十年，然后靠着资历被晋升为海军少将，像小说中安妮的妹妹玛丽·马斯格罗夫太太所眼红的那样受封为爵士，并最终在1863年以八十九岁高龄被任命为英国皇家海军元帅（Admiral of the Fleet）。[1]

简·奥斯丁没有机会看到自己的五哥与幼弟在英国皇家海军中身居高位这一事实：奥斯丁开始创作《劝导》的时间为1815年8月8日，初稿完成时间为1816年7月18日，但作家本人并不满意初稿的最后两章，于是重写，并最终于1816年8月6日完成全书。当该小说与《诺桑觉寺》被合并在一起，以四卷本形式于1817年12月首次正式出版时（《劝导》为其中的第三、四卷，且首版扉页上的出版时间为1818年），这位1775年12月16日出生的女作家已于1817年7月18日离

---

[1] J. H. Hubback and Edith C. Hubback, *Jane Austen's Sailor Brothers: Being the Adventures of Sir Francis Austen, G.C.B., Admiral of the Fleet and Rear-Admiral Charles Austen*, London: John Lane, 1905. 简·奥斯丁在家中兄弟姊妹中排行第七，共有五位兄长、一个姐姐和一个弟弟，其中五哥弗朗西斯·威廉·奥斯丁（Sir Francis William Austen, 1774-1865）于1800年被晋升为海军上校，幼弟查尔斯·约翰·奥斯丁（Charles John Austen, 1779-1852）则于1810年被晋升为海军上校。

世。甚至,"劝导"本身也并不是奥斯丁自己为这部小说选定的名字,它更有可能是作家的四哥、负责作家小说出版事务的亨利·托马斯·奥斯丁(Henry Thomas Austen, 1771-1850)的选择。[1] 这两部小说的首版印量为1750套,1818年当年便销售了1409套,零售价为每套1英镑4先令,但滞销的最后283套的售价仅为3先令1便士;最终,奥斯丁家人共获利518英镑6先令5便士。[2] 当时的伦敦评论界对《诺桑觉寺》不吝赞誉,但对《劝导》的评价却较低,一位评论者在1818年3月的《不列颠批评家》指出,"关于此次出版的小说中的第二部(《劝导》),没必要说什么。从每个方面来看,它都比我们此前讨论的(《诺桑觉寺》)要逊色得多。它显然是同一位作者的作品,有些部分也很值得称道,但在这些部分中我们不应该包括上它的寓意。该寓意即,年轻人应该凭自己的个人喜好与判断步入婚姻;如果他们听从严肃的建议,暂缓结婚,直到他们的生活有了保障,那么他们就会面临多年痛苦,只有小说中的男女主人公才有望看到这种痛苦的终

---

[1] Deirdre le Faye, *Jane Austen: The World of Her Novels*, London: Harry N. Abrams, Inc., 2002, pp.278-279.
[2] Jan Fergus, *Jane Austen: A Literary Life*, Basingstoke: Macmillan Press Ltd., 1991, p.171. 这笔版税收入大致相当于今天的44,600英镑(see https://www.in2013dollars.com/uk/inflation/1818? amount=518 [2020-11-01])。

结。"[1]1818年7月《绅士杂志》刊登的讣告,也提及了奥斯丁的这两部遗作,讣告撰写人显然与《不列颠批评家》观点相似,认为"就故事情节乃至寓意而言,《诺桑觉寺》比第二部小说略胜一筹"[2]。

不过,一位匿名苏格兰评论者早在1818年5月就已经发现《劝导》令读者感到悲伤这个特点:他/她在肯定奥斯丁"善于观察,感情细腻,能精妙地运用幽默,动人心弦之处甚多;她的所有作品都贯穿着对人性的宽恕与平和而又纯真的笔调,几乎无人能及"的同时,指出"作为故事,它们(两部小说)本身微不足道。第一部小说(《诺桑觉寺》)轻快活泼一些,第二部(《劝导》)则更为哀婉动人"[3]。显然,这位苏格兰评论者并不认为《劝导》是一本足以传世的佳作,但他/她关于该小说"哀婉动人"的评价呼应了布鲁姆在20世纪所描述的读者对这本奥斯丁遗作的整体印象。布鲁姆将《劝导》收入《西方正典》所附录的经典书目中,认为该小说的

---

[1] "Unsigned Review, *British Critic*, March 1818, n.s.ix, 293-301", in B. C. Southam, ed., *Jane Austen: The Critical Heritage, vol. 1, 1811-1870*, London: Taylor & Francis e-Library, 2005, p.93.
[2] Qtd. in B. C. Southam, "Introduction", in B. C. Southam, ed., *Jane Austen: The Critical Heritage, vol. 1, 1811-1870*, p.15.
[3] "Unsigned Notice of *Northanger Abbey* and *Persuasion*, *Blackwood's Edinburgh Magazine*, May 1818, n.s.ii, 453-5", in B. C. Southam, ed., *Jane Austen: The Critical Heritage, vol. 1, 1811-1870*, p.266.

"这种悲伤充实了我所谓小说的经典劝导性,它借此向我们显示了其非凡的美学价值"(《西》: 196)。布鲁姆关于《劝导》美学价值的分析,主要集中在奥斯丁对女主角安妮·埃利奥特的人物塑造及其内涵方面,尤其是安妮如何体现了奥斯丁对英国 18 世纪小说家塞缪尔·理查森书信体小说《克拉丽莎》女主角克拉丽莎·哈娄所体现出的清教意志[1]的修正。布鲁姆认为安妮"虽不引人注目,却必定是奥斯丁本人最情有独钟的创造……她在安妮身上确实是尽情挥洒着自己的天赋……安妮·埃利奥特很可能是所有散文体小说中感觉最敏锐、不曾错失半点细节的人物"(《西》: 197),并指出安妮"性格中的秘密就在于结合了奥斯丁的反讽和华兹华斯的希望姗姗来迟感",而安妮这个人物的复杂与敏锐则是因为她"是奥斯丁笔下最后一个我想必须称为清教意志的女主人公,但是在她那里,这个意志被它的传人即浪漫派的同情性想象修正了(或许是完善了)"(《西》: 198)。于是,克拉丽莎"俗世化的清教殉道行为的强烈道德内涵",在安妮身

---

[1] 关于"清教意志",布鲁姆并没有对其进行明确的定义,只指出"清教意志依赖于个人灵魂的自尊,以及精神领域中私人判断的相关权利,包括宣称自己内心的灵光,任何人都可以凭借这一灵光自行阅读与阐释《圣经》"(《西》: 190)。在提及理查森笔下克拉丽莎的清教意志时,布鲁姆则解释称,"克拉丽莎保持自身清白的强烈意志消解了她对生存的渴望。接受罗弗雷斯事后的悔过并与之结婚会损害她生存的本质意义,这就是说,她受到侵犯的意志必须得到尊崇"(《西》: 199)。

上得到了修正(《西》: 199),这体现在安妮心理中"由于自我的分裂而引起的伤感,记忆与想象结为了同盟,共同对抗意志"(《西》: 200)。

在一定意义上,《劝导》是一部颂扬坚贞并以善变衬托坚贞的爱情小说,但这种坚贞并不是山盟海誓的恋爱双方在历经磨难之后仍然忠于彼此的坚贞,而是婚约中断后的双方在分别多年后仍然在情感上忠于彼此的坚贞。不过,在安妮与温特沃思上校重逢前,他们都已下定决心不再与对方重续前缘,只是双方的出发点不尽相同:十九岁的安妮出于责任感,听从了拉塞尔夫人的劝导,主动中断了同温特沃思上校的婚约,但却因仍然痴恋温特沃思上校而从此封锁自我,不顾拉塞尔夫人的劝告,先后拒绝了查尔斯·马斯格罗夫与堂兄埃利奥特先生的求爱,原因正如她在与哈维尔上校论辩时所坚称的那样,女性(或者是她本人)"爱得更长久,即便所爱之人已逝,即便希望已全无"(*Persuasion*: 157)。温特沃思上校对爱情的坚贞主要体现为他在与安妮别后的八年里未曾向别的女性示爱,但这更像是一种无意识的选择,事实上,他一直因为心怀怨恨而下意识地排斥她:"她(安妮)辜负了他,抛弃了他,让他深感失望;更糟糕的是,她那样做还证明了她性格中的怯弱,那是他自己决断、自信的性情所无法容忍的……他那时是那么全心全意地热恋着她,此后也不曾见过任何一个可以与她相媲美的女子。但是,除了某种自然而然的好奇心，他并不想再见到她。她对他的魅力已荡然无存。"（*Persuasion*: 41）虽然他在写给安妮的信中强调自己一直都爱着安妮，"从未朝三暮四"（*Persuasion*: 158），但在拿破仑战争结束重返英国之际，他坚决地抗拒与安妮再续前缘："他的目标是结婚……只要遇到了称心的女子，就立刻安个家……那是一颗为他能遇到的任何一位动人的年轻女子做好了准备的心，只要她不是安妮·埃利奥特。"（*Persuasion*: 41）于是，在寻求合适结婚对象的过程中，他先是沉醉于两位马斯格罗夫小姐对他的爱慕，然后又误将路易莎的固执与任性当作决断与坚定，对路易莎另眼相看，直到莱姆发生的事故让他重新发现安妮的种种可贵之处，并在之后的反复回忆与对比中再次确认了自己对安妮的感情。对此，布鲁姆总结称，"婚约遭拒的温特沃思重修旧好的愿望并不如安妮那样迫切，然而记忆与想象的融合战胜了他的意志"（《西》: 200）。

就此而言，安妮"俗世化的清教意志"体现为在忠于已逝情感的同时与温特沃思上校保持距离。初次重逢之际，安妮深知自己当初的决定如何伤害了自信满满的温特沃思上校，虽然她因为自己八年前的决定而一直生活在痛苦中，但面对温特沃思上校的刻意冷漠，尽管她仍然对温特沃思上校情根深种，出于自尊与自傲，她还是下定决心遵从意志，不再幻想与温特沃思上校再续前缘：

她见过他了。他们已经见过面了。他们又再次同处一室！

然而，很快她又开始开导起了自己，想让自己别那么善感。自从放弃了所有一切，八年了，已过去将近八年了。如此长久的离别早已将激动不安放逐到了遥远与模糊不清之中，再重新这么激动，也实在是太荒谬了！还有什么是八年时光没法做到的呢？各种各样的事情、变化、疏离、抹灭——所有这一切，所有这一切定然都已被包含在了其中；还有对过往的忘怀——又是多么自然，也多么确定无疑！这八年几乎占据了她生命的三分之一。

唉！即便已经这么开导自己，她依然发现，对于那些持久的情感来说，八年的时间几乎微不足道。

……

"变得都已经让他认不出来了！"这句话让她完全无法释怀。但很快她又开始庆幸自己听到了它。它能让她保持清醒；它平复了她的激动不安；它让她平静了下来，最终也定然会让她更加快乐。(*Persuasion*: 40-41)

安妮认为，温特沃思上校对她的否定性评价能够帮助自己"保持清醒"，并最终让她"更加快乐"，但这样的想法更有可能只是自欺欺人。事实上，她的记忆不断反抗着她的意志，促使她敏锐地捕捉到温特沃思上校语调中的细微变化、他一闪而过的表情（*Persuasion*: 45），更让她因为温特沃思上校对路易莎的热切赞美而情绪低落，让原本正沉浸在深秋之美的她"没能顾上这宜人的秋景，只记起了某首哀婉的十四行诗，它是这岁暮残景的真实写照，只有渐逝的欢乐，那些青春与希望，还有春天的意象全都已经渺无踪影"（*Persuasion*: 57）。尽管如此，在温特沃思上校与路易莎情投意合之际，安妮一直在沉默中坚定而又不乏柔韧地守护着无望的爱情，直至随着故事情节的发展，温特沃思上校恢复了自由之身。当安妮得知路易莎已与本威克订婚、温特沃思上校依然孑然一身时，她的想象开始与记忆结盟，并最终促使她挣脱意志的枷锁。于是，当她与温特沃思上校在巴斯首次重逢时，小说第三人称叙述者的描述便让读者深切地体会到了安妮自我的分裂："她很想去外面那道门看看，她只是想知道是不是还在下雨。为什么她要怀疑自己另有所图呢？温特沃思上校肯定已经不见踪影了。她离开了座位，想要出去，这个安妮并不见得总比另一个安妮更明智，也不应该总是猜想另一个安妮比实际的更差劲。"（*Persuasion*: 116）直至安妮确定温特沃思上校仍然对自己有意之后，她才让自己的意志逐渐屈从于记忆与想象，以更主动的方式向他暗示自己的心意，从沉默走向直抒胸臆，最终促使温特沃思上校借助纸笔再度向她表白求婚。

如果说奥斯丁"选择以彼此怀念的淡淡忧伤来贯穿《劝导》"（《西》: 200），那么对比之下，我们就能发现，安妮对温特沃思上校的思念似乎远远多于温特沃思上校对她的怀念:安妮将自己的思念付诸行动,从所有关于海军的报道中筛选出关于温特沃思上校的只言片语,而温特沃思上校的怀念则一直同怨愤交织在一起,被怨愤所遮蔽。而且,正如前文所述,他们两人的坚贞程度似乎也并不对等。也许,这正是《劝导》令读者掩卷之后仍觉心中郁郁的原因之一:"我们感受到安妮的存在就是意识到我们自己已然失落的爱,无论这可能是多么的虚幻或理想化。"(《西》:203)当然,这种不对等的原因或许也在于《劝导》主要从女主人公安妮·埃利奥特的视角来感知和评价小说中的大部分人物与活动,并主要借助自由间接引语这种写作技巧来呈现她持续的意识活动,而作为奥斯丁小说最成熟、最具共情能力与洞察力的女主角,安妮在绝大部分篇章中都是理智与沉默的观察者:"既没有人听见安妮说话,也没有人看到她,但她总处在中心。我们通过她的耳朵、眼睛与心灵留心到周围的事情。没有人意识到她,她却在意每一个人,觉察到发生在他们身上的每一件事,而他们本人却一无所知……她了解温特沃思的内心,知道他正给别人和他自己惹下哪些麻烦,而他却要等到后果发生才恍然大悟。"(转引自《西》:197)因此,在一定意义上,这部小说所书写的是安妮的蜕变过程,正如约翰·维尔特希尔所总结的那样,这个过程其实由两方面构成,即安妮与温特沃思上校的关系以及安妮在整部小说中的叙事地位,而路易莎在莱姆跌落并陷入昏迷的事件则构成了整个过程的转折点,在这个过程中,安妮这位小说伊始的旁观者逐渐从被动走向主动、从沉默走向雄辩、从被边缘化的叙述对象(直到小说第一部第四章安妮才成为叙述对象)走向中心,并最终在三个高潮性社交场合中成为吸引各方注意力的中心人物(*Persuasion*: 120-127; 143-151; 163-165)。[1]

在布鲁姆看来,《劝导》之所以不时显露出"优雅悲情",一个客观原因"或许与简·奥斯丁不佳的健康状况有关,表明了她对自己英年早逝的预感"(《西》: 201)。的确,奥斯丁大概在开始创作《劝导》时就已感到身体不适,而到1816年初,她的身体状况就已经相当不理想了,有研究者认为她当时或已表现出原发性肾上腺皮质功能减退症(亦称艾迪生病)的症状,这使得她不得不在1816年5月2日中断《劝导》的创作,随后在姐姐卡桑德拉的陪同下前往格洛斯特郡的切尔滕纳姆进行水疗,同年6月15日返回乔顿,之后不久,她便于7月18日完成了《劝导》的初稿。[2]因此,身体状况的恶化

---

[1] 参见 John Wiltshire, "*Mansfield Park, Emma, Persuasion*", in Edward Copeland and Juliet McMaster, eds., *The Cambridge Companion to Jane Austen*, Cambridge: Cambridge University Press, 1997, pp.78-82。

[2] 参见 William Baker, "Part I: Biography", in William Baker, *Critical Companion to Jane Austen: A Literary Reference to Her Life and Works*, New York: Facts On File, Inc., 2008, p.21。

或许造成《劝导》匆匆结尾,仅以只言片语交代次要人物的结局,如克莱太太与埃利奥特先生的私情、伊丽莎白的失落等,也没有像其他小说一样安排女主角安妮定居在某处,令读者掩卷之时感觉意犹未尽。但除此之外,我们似乎还可以添加两个严重影响奥斯丁情绪的客观因素,即针对奥斯丁三哥爱德华·奥斯丁及其乔顿产业产权的诉讼案(1814),以及奥斯丁四哥亨利·奥斯丁的银行破产事件(1816)。

1809年10月,已继承了托马斯·奈特的三宗产业的爱德华·奥斯丁(他于1812年才正式更名为爱德华·奥斯丁·奈特)将选择权交给了母亲与两位妹妹,请她们在其中两宗产业——汉普郡的乔顿及肯特郡的瓦伊——中选择一幢房子居住,母女三人选择了新近翻修过的乔顿农舍(Chawton Cottage)。乔顿村是一个宁静古朴的英格兰乡村,距离奥斯丁的出生与成长之地史蒂文顿不过17英里,而乔顿农舍则位于乔顿村中央,距离爱德华本人的都铎风格宅邸乔顿大宅(Chawton Great House)仅400米。对于自1801年起便随父母与姐姐客居巴斯、父亲去世(1805)后更是四处搬迁的简·奥斯丁来说,乔顿农舍无异于第二个真正意义上的家;而对其作家生涯而言,她在乔顿村的安居生活更是一个重要的转折点:1811—1813年,她先后出版了《理智与情感》及《傲慢与偏见》这两部前期完成的作品;1811—1815年,她创作与出版了《曼斯菲尔德庄园》及《爱玛》;1815—1817年,她完成了《劝导》,并留下了未完成的遗作《沙地屯》(*Sanditon*)。1814年初,爱德华养母的一个法定继承人起诉爱德华,声称自己才是包括乔顿农舍在内的奈特家族乔顿产业的合法继承人。在一封写给姐姐的信中,简·奥斯丁曾乐观地相信这桩讼案很快就会过去,但爱德华于同年10月收到了一份针对乔顿产业的逐出租地赔偿令,这使得这桩官司的前景暗淡起来。事实上,这桩官司一直拖到奥斯丁本人过世之后才有了了断,爱德华被判支付给原告1.5万英镑的赔付金,为了支付这笔赔付金,爱德华甚至不得不砍掉并出售乔顿庄园林区的树木。[1] 换言之,自1814年起直至其去世,奥斯丁生活中的一大阴影便是,被迫离开乔顿、离开熟悉的乡村生活,重新过上居无定所的生活。在《劝导》中,安妮对巴斯的厌恶或许正是奥斯丁自己关于巴斯印象的投射,而那个几乎就被拉塞尔夫人蛊惑的安妮的形象,似乎也向读者透露了在病榻上完成该小说创作的作者的内心企望:在小说第二部第十章中,拉塞尔夫人为了劝说安妮接受埃利奥特先生,向安妮描述了一幅美好前景,即安妮以埃利奥特夫人的名义重归凯林

---

[1] Park Honan, *Jane Austen: Her Life,* New York: Fawcett Columbine, 1987, pp.344-345;另参见 J. David Grey, "Chawton", in J. David Grey et al., eds., *The Jane Austen Companion, with A Dictionary of Jane Austen's Life and Works by H. Abigail Bok,* New York: Macmillan Publishing Company, 1986, pp.35-38。

奇，安妮听罢几乎无法控制住自己的渴望，她"不得不转过身去，起身走到远处的一张桌子旁边，靠在那儿假装忙着做什么，竭力想要把这幅图景激发起的情感压制住"(*Persuasion*: 106)。

早在1801年，亨利·奥斯丁便以银行家及军队代理人的身份移居伦敦，同友人一道开设了自己的银行，之后不久又成为汉普郡奥尔顿的一个地方私人银行的合伙人。1813年，在舅舅与弟弟爱德华·奈特的担保下，他又成为牛津郡的税务长，而两位担保人则分别支付了1万英镑与2万英镑的担保金。当拿破仑战争使得英国国内经济虚假繁荣时，银行业繁荣昌盛，亨利的银行自然也受益良多。但在1815年滑铁卢战役后，英国经济迅速陷入低迷，政府骤然大幅削减从英格兰南部各郡购买食品、布匹及其他储备的订单。亨利在奥尔顿的奥斯丁、格雷与文森特股份制商业银行的合伙人、杂货商格雷首先陷入困境，迅速导致该银行在当年便倒闭，而受其影响，亨利在伦敦的合伙银行也很快出现危机，并于1816年3月宣告破产。亨利的破产则导致他的舅舅与正处于乔顿产业讼案的弟弟爱德华的担保金荡然无存、损失惨重；两位在海军的奥斯丁兄弟也因亨利银行的破产而丧失了绝大部分的存款与他们在战争中赢得的捕获赏金，并因此无力继续支付各自每年提供给母亲奥斯丁太太的50英镑赡养费。于是，就像《劝导》中的埃利奥特爵士一家一样，奥斯丁家族的众多成员也面临着经济压力,需要节俭开销以顺利渡过难关。[1]奥斯丁与亨利的感情最为深厚,亨利深陷财务危机之际恰值奥斯丁身体开始出现严重状况之时,很难说奥斯丁对这位兄长前途的恐惧、对其他兄长经济状况的担忧、对母亲与姐姐及自己未来生活的焦虑[2]没有影响到她的身体与情绪,并进而加深了《劝导》的整体阴郁氛围。当奥斯丁在小说中描写安妮对家道中落、身患重疾却又自强不息的史密斯太太的尊重时,她未尝没有借此表达她对破产后的亨利的敬意:坚韧的亨利没有就此一蹶不振,而是积极应对,选择担任神职以偿还部分债务,于1816年12月通过了温切斯特主教的考核,并受聘为乔顿教区的牧师助理。[3]当奥斯丁安排温特沃思上

---

[1] George Holbert Tucker, *A Goodly Heritage: A History of Jane Austen's Family*, Manchester: Carcanet New Press, 1983, pp.145-146; 另见 Park Honan, *Jane Austen: Her Life*, pp.375-376; Sheryl Craig, *Jane Austen and the State of the Nation*, Basingstoke: Palgrave Macmillan, 2015, pp.143-144。

[2] 研究者指出,在此之前,奥斯丁母女三人每年的收入大概为450英镑,其构成如下:奥斯丁太太每年有210英镑的分红收入,卡桑德拉大约有35英镑,作家本人的收入则完全依赖不稳定的小说版权收入;此外,弗朗西斯、亨利与詹姆斯(奥斯丁长兄)每年各自支付给母亲赡养费50英镑,爱德华每年提供100英镑。如果以1990年代的英镑对美元兑换机制计算,她们三人当时面临的经济困境,她们的年收入将从每年约4.5万美元降至近乎贫困线的约2.1万美元(Edward Copeland, "*Sanditon* and 'my aunt': Jane Austen and the National Debt", in *Persuasions*, vol.19 [1997], pp.118-119)。

[3] 参见 Park Honan, *Jane Austen: Her Life*, p.377。

校帮助史密斯太太收回其丈夫在西印度群岛的产业以确保史密斯太太能够生活无忧时，这或许既隐藏了她在现实生活中面对亨利处境时的无力感，也包含了她对亨利未来生活的期望与祝愿。鉴于此，当小说结尾段落将史密斯太太的幸福与安妮的幸福并置时，这段表面上不乏矛盾之处的段落似乎竭力希望其读者能够明白，尽管幸福不乏不确定性，健康、乐观、真情之于幸福的必要完全不亚于金钱之于幸福的重要。

当奥斯丁着手创作《劝导》时，英格兰正在经历奥斯丁一生中前所未见的最严重的经济危机，而这场经济危机也是不列颠历史上最严重的经济萧条之一。战时经济的崩溃、不加监管的银行制度、史无前例的国债、高失业率（军备物资需求直线下降造成供应链工厂纷纷倒闭）、为保护国内粮食价格而以价格手段控制粮食进口并最终导致国内粮食价格居高不下的1815年《谷物法》等，足以构成一股严重威胁中下阶层安稳生活的经济风暴。同时，议会在滑铁卢战役之后完全无视国债压力，任性地做出了立即取消收入税以讨好富有阶层的决定，这不仅几乎将税负压力平摊到每个人头上，使得中下阶层的生活愈发困难，更加剧了国家的债务危机。《劝导》中埃利奥特爵士无视债务，继续以财务赤字为代价维持奢侈体面生活的愚蠢行为，显然与英国当时正面临的财政问题同出一源。此外，战争结束后，军人纷纷退役，英国皇家海军更是减员85%。从军队中退役的这30万军人除了推高失业率以外,还加重了政府的财政负担——有议员甚至因此抱怨支付给退役受伤士兵和海员的已减半的退伍费开销太大,小说中哈维尔上校一家偏居于淡季的海滨小镇的生活,则无疑折射了同时代退役海员的困窘处境。[1]

《劝导》中不乏对当时经济状况的影射。《谷物法》对乡绅阶层生活的保障,在马斯格罗夫一家丰盛喜庆的圣诞团聚中得到充分体现:"房间的一头是一张桌子,几个女孩子围坐在那里,一边叽叽喳喳地聊着天,一边剪着绸子与金纸。男孩子们在房间的另一头嘻嘻哈哈地打闹着,那里摆放了几个被压弯的支架,支架上是盛满了碎肉冻和冷馅饼的托盘。整幅场景当然也少不了一堆熊熊燃烧着的圣诞节炉火,尽管房间里喧闹不已,它似乎还是铁了心要让人听见自己发出的噼里啪啦的声响。"(*Persuasion*: 88)毫无疑问,马斯格罗夫一家生活富足,拿破仑战争对他们的影响不过是一位不成器的败家次子命丧其中,若非因为温特沃思上校的出现,他们一家都不会记得自己曾经失去过一位儿子与兄弟;但就在同一个冬天,巴斯的大街上却不乏生活落魄的可怜人,爱慕虚荣、

---

[1] 参见 Sheryl Craig, *Jane Austen and the State of the Nation*, pp.145-146。1815年拿破仑战争结束时,英国的国家债务已攀升至 75 亿英镑;至 1819 年,英国的国家债务已是国民收入的 2.7 倍,比第二次世界大战结束时的国家债务还要高(参见 Anthony Page, *Britain and the Seventy Years War, 1744-1815: Enlightenment, Revolution and Empire*, London: Palgrave, 2015, p.73)。

全凭外表判断他人价值的埃利奥特爵士就抱怨说:"街上全是骨瘦如柴的男人!"(*Persuasion*: 93)。成日游手好闲、只对打猎感兴趣的查尔斯,也深知议会正在讨论的《谷物法》提案将如何惠及土地所有者:当查尔斯坚称妹妹亨丽埃塔嫁给表兄查尔斯·海特并不会让她前途暗淡时,他强调玛丽"低估了温斯罗普。我怎么也无法让她明白这宗产业的价值。时代在发展,这是一桩前途光明的婚事"(*Persuasion*: 145),因为查尔斯·海特将来要继承的是一宗自由保有产业,"温斯罗普的产业不少于250英亩土地,汤顿那边还有个农场,那里的地可是这一带最肥沃的"(*Persuasion*: 51)。此外,正如剑桥版《劝导》的两位编辑所指出的那样,小说中埃利奥特爵士在"好"年份里依然无法管理好自己的产业、放弃凯林奇并背弃对自己佃农的责任的行为与决定,都应该放在1815年《谷物法》这个背景中进行解读。[1]

由此可见,布鲁姆对"淡淡的忧伤"为何贯穿《劝导》全书的分析太过简单,而他做出如此简单判断的原因则正在于他强烈排斥对文学作品进行社会—文化—政治解读:

---

[1] Janet Todd and Antje Blank, "Introduction", in Jane Austen, *Persuasion*, eds., Janet Todd and Antje Blank, Cambridge: Cambridge University Press, 2006, p.xxxii. 后文出自同一作品的引文,将随文标出该文名称简称"Introduction"及引文出处页码,不再另注。

谈论简·奥斯丁所排斥的社会经济现状的做法已成为时髦，比如西印度群岛的奴隶制，部分地构成了她的人物们能享有经济保障的根本原因。然而所有文学巨著都建立在排除的基础上，也无人证明增强对文化与帝国主义之间关系的意识对于人们学会解读《曼斯菲尔德庄园》会有丝毫裨益。《劝导》结尾时对温特沃思在其中享有高位的英国海军表示崇敬……但是奥斯丁再一次显示出，她的卓越艺术是建立在排除的基础之上，英国海军令人不快的现状与《劝导》的关联并不比西印度群岛与《曼斯菲尔德庄园》的关联大。（《西》：198-199）

布鲁姆所代表与承继的是一种强调文学性、希望对文学作品进行去政治化解读的文学批评传统。早在1870年，维多利亚时期的莎学学者理查德·辛普森便已断定奥斯丁毫不在意同时代政治；在强调与分析奥斯丁如何在其小说中天才地借助反讽手法探讨其所处社会的行为准则与价值观的同时，辛普森指出："对政治，她并非全然没有兴趣，但这种政治是先于她所处时代两百年的政治。对查理一世与苏格兰的玛丽女王，她非常感兴趣，但除了让她的几个海军角色发家致富外，她丝毫未提及她所生活与写作时代的法国大革命和欧洲战争。"[1]但正如前面的分析所表明的那样,奥斯丁一直在利用《劝导》中的各种小细节关注英国时政,表达对受时局影响的家人的担忧。

这样的小细节甚至可以与1816年的"无夏之年"建立起联系。一个晴朗的深秋午后,安妮与众人散步至温斯罗普附近。途中,安妮因留意到温特沃思上校对路易莎的热切赞许而情绪低落,当她随着众人"穿过一片片广阔的圈占地"时,她注意到"那里农人们正在忙着耕作……农人们正在对抗着那诗意感伤的情怀,一心想要带回春天"(*Persuasion*: 57)。珍妮特·托德与安特耶·布兰克认为,如果以后见之明来解读农人们的美好意愿,此处便具有浓厚的反讽意味,因为战争将在1815年重新爆发,农人们还将在1816年面临严重的歉收:1815年4月,印度尼西亚坦博拉火山爆发,这极大地影响了北半球中高纬地区国家的气候,1816年的英国因此迎来了寒春与凉夏,奥斯丁在这年3月的一封信件中提到,乔顿农舍她住处附近的一个池塘中水都快漫出来了,村庄里的道路脏兮兮的,农舍的墙也一直湿乎乎的。玛丽·沃斯通克拉夫特的女儿在同年7月29日所写的信中描述了"无夏之年"对经济的影响:此时的麦子还是绿油油的,仅斯塔福德

---

[1] Richard Simpson, "Richard Simpson on Jane Austen: 1870" in B. C. Southam, ed., *Jane Austen: The Critical Heritage, vol. 1, 1811-1870*, p.244.

郡与什罗普郡就有 2.6 万人失业，成千上万的人面临着饥荒（"Introduction"：xxxii-xxxiii）。

其实，将包括《劝导》在内的奥斯丁作品置于其文化生成语境进行解读，是自 1880 年代以来的一种趋势，正如托德与布兰克所总结的那样，布鲁姆的反对并不能阻挡与改变文学批评界对奥斯丁作品进行历史化解读的努力，在这些解读中，奥斯丁小说中虚构的产业被视为了对种种被承继下来的社会结构的转喻（"Introduction"：lxxii）。在他们将《劝导》作为一部"英格兰状况"（condition-of-England）小说进行分析的过程中，众多研究者发现，这部小说并没有像奥斯丁前期作品那样，"接受伯克在经营良好的世袭产业与逐渐演化的国家之间建立的类比"，而是"对托利派乡绅阶层与一个企业化的军人行业之间的意识形态冲突进行了评论"。于是，文学研究者或发现，《劝导》对比了衰落中的软弱无力的贵族阶层与兴起中的活力满满的海军阶层，描写了前者如何为后者所取代；或指出小说暗示了凯林奇府暗淡的前景，即，尽管克罗夫特将军夫妇将暂时为凯林奇注入活力，但这宗产业最终会落入自私自利的埃利奥特先生手中；或认为小说预示着乡绅阶层终将难挽颓势，因为小说将安妮塑造为这个阶层的社会延续所需要的所有美德的象征，但安妮却始终都是一个不合时宜的局外人（"Introduction"：lxxii-lxxiii）。除此以外，特别值得一提的，是索瑟姆关于奥斯丁如何在其作品中刻画与运用英国皇家海军形象的研究。他从传记角度将《劝导》视为一部作家表达自己对皇家海军的热爱的小说，认为该小说融合了奥斯丁的爱国主义情绪与她对自己在皇家海军中服役的兄弟们的手足之爱，甚至在某种意义上暗示作家自己希望获得完满的爱情。[1]

如此种种解读所指向的都是奥斯丁如何借助《劝导》思考变迁中的英格兰社会、政治与文化这一事实，它们的结论不会抹杀布鲁姆关于《劝导》让读者心生悲切的描述，反而会帮助读者进一步分析究竟是什么让自己在掩卷之余仍能体味到萦绕在小说字里行间的"淡淡忧伤"。温特沃思上校的爱及其家人的亲情，能够弥补安妮缺失的母爱与从不曾拥有的父爱和手足之情，但却无法让安妮重返凯林奇、将其作为自己永远的家，而这恰恰是小说中安妮的想象与回忆差一点让她从自己的坚持中溃败下来的原因："有那么一阵子，她的想象与内心都受到了蛊惑。想到成为她母亲那样的人，想到她将是第一个复活'埃利奥特夫人'这个珍贵的称呼的人，想到重回凯林奇，把它重新称为自己的家、自己永远的家，这种想法的魔力让安妮一时间无法抗拒。"(*Persuasion*: 106) 作为海员的妻子，安妮注定要效仿克罗夫特太太，跟随丈夫

---

[1] Brian Southam, *Jane Austen and the Navy*, London: Hambledon and London Ltd., 2000, pp.257-298.

四海为家，英国广播公司拍摄的1995年电影版《劝导》便以安妮坐在丈夫指挥的战舰中出海的镜头结尾。英国独立电视台所拍摄的2007年电影版《劝导》则在结尾处进行了重大改动，安排温特沃思上校带领被蒙着双眼的安妮乘马车回到凯林奇：温特沃思上校买下了凯林奇府，将它作为新婚礼物赠送给安妮，让安妮的人生从此不再有遗憾。这个让安妮不再有遗憾的改编，看似满足了读者与观众的期望，却在本质上消解了小说的阴郁色彩，让小说在白马王子解救被困公主、让她重新拥有失去的一切的虚幻中丧失了其原有的美学意义。

进一步阅读书目

Anne-Marie Edwards, *Jane Austen's England: A Walking Guide*, London: I. B. Tauris, 2017.

Ashley Tauchert, *Romancing Jane Austen: Narrative, Realism, and the Possibility of a Happy Ending*, Basingstoke: Palgrave Macmilan, 2005.

Brian Southam, *Jane Austen and the Navy*, London: Hambledon and London, 2000.

Carol Adams et al., eds., *The Bedside, Bathtub & Armchair Companion to Jane Austen*, New York: The Continuum International Publishing Group Inc., 2008.

Claire Tomalin, *Jane Austen: A Life*, London: Penguin Books, 1998.

Darryl Jones, *Jane Austen*, Basingstoke: Palgrave Macmillan, 2004.

David Monaghan, ed., *Jane Austen in a Social Context*, Basingstoke: Palgrave Macmillan, 1981.

Deirdre le Faye, ed., *Jane Austen's Letters*, Oxford: Oxford University Press, 2011.

Deirdre le Faye, *Jane Austen: The World of Her Novels*, London: Harry N. Abrams, Inc., 2002.

Deirdre Le Faye, *Jane Austen's Country Life*, London: Frances Lincoln Ltd., 2014.

G. E. Mitton, *Jane Austen and Her Times, 1775-1817*, New York: Barnes & Noble, 2007.

George Holbert Tucker, *A Goodly Heritage: A History of Jane Austen's Family*, Manchester: Carcanet New Press, 1983.

Jan Fergus, *Jane Austen: A Literary Life*, Basingstoke: Macmillan Press Ltd., 1991.

Jane Austen, *Emma*, eds. Richard Cronin and Dorothy McMillan, Cambridge: Cambridge University Press, 2006.

Jane Austen, *Juvenilia*, ed. Peter Sabor, Cambridge: Cambridge University Press, 2006.

Jane Austen, *Later Manuscripts*, eds. Janet Todd and Linda Bree, Cambridge: Cambridge University Press, 2008.

Jane Austen, *Mansfield Park*, ed. John Wiltshire, Cambridge: Cambridge University Press, 2005.

Jane Austen, *Northanger Abbey*, eds. Barbara M. Benedict and Deirdre Le Faye, Cambridge: Cambridge University Press, 2006.

Jane Austen, *Persuasion*, eds. Janet Todd and Antje Blank, Cambridge: Cambridge University Press, 2006.

Jane Austen, *Persuasion: An Annotated Edition*, ed. Robert Morrison, Cambridge: The Belknap Press of Harvard University Press, 2011.

Jane Austen, *Persuasion: Authoritative Text, Backgrounds and Contexts, Criticism*, ed. Patricia Meyer Spacks, New York: W. W. Norton & Company, 1995.

Jane Austen, *Pride and Prejudice*, ed. Pat Rogers, Cambridge: Cambridge University Press, 2006.

Jane Austen, *Sense and Sensibility*, ed. Edward Copeland, Cambridge: Cambridge University Press, 2006.

Jane Austen, *The Annotated Persuasion*, ed. David M. Shapard, New York: Anchor Books, 2010.

Janet Todd, ed., *Jane Austen in Context*, Cambridge: Cambridge University Press, 2005.

Janet Todd, *The Cambridge Introduction to Jane Austen*, Cambridge: Cambridge University Press, 2006.

Jocelyn Harris, *A Revolution Almost beyond Expression: Jane Austen's* Persuasion, Newark: University of Delaware Press, 2007.

John Halperin, *The Life of Jane Austen*, Baltimore: The Johns Hopkins University Press, 1984.

John Mullan, *What Matters in Jane Austen? : Twenty Crucial Puzzles Solved*, London: Bloomsbury, 2012.

John Southerland and Deirdre Le Faye, eds., *So You Think You Know Jane Austen? : A Literary Quizbook*, Oxford: Oxford University Press, 2005.

Kathryn E. Davis, *Liberty in Jane Austen's Persuasion*, Bethlehem: Lehigh University Press, 2016.

Linda Troost and Sayre Greenfield, eds., *Jane Austen in Hollywood*, Lexington: The University Press of Kentucky, 2001.

Lucy Worsley, *Jane Austen at Home*, New York: St. Martin's Press, 2017.

Maggie Lane, *Jane Austen and Food*, London: The Hambledon Press, 1995.

Marvis Batey, *Jane Austen and the English Landscape*, London: Barn Elms Publishing, 1996.

Michael Giffin, *Jane Austen and Religion: Salvation and Society in Georgian England*, Basingstoke: Palgrave Macmillan, 2002.

Park Honan, *Jane Austen: Her Life*, New York: Fawcett Columbine, 1987.

Roger Sales, *Jane Austen and Representations of Regency England*, London: Routledge, 1994.

Tony Tanner, *Jane Austen*, Cambridge: Havard University Press, 1986.

作者生平及创作年表

1775年　12月16日出生于英格兰汉普郡斯蒂文顿。父亲乔治·奥斯丁（Revd George Austen）是英国国教牧师；母亲卡桑德拉·利（Cassandra Leigh）出生于一个牧师家庭。父母婚后居住在汉普郡迪恩，父亲担任斯蒂文顿的堂区长，三位兄长（詹姆斯［1765］、乔治［1766］及爱德华［1767］）先后在此出生。1768年，父亲携妻子与三个儿子搬迁到汉普郡斯蒂文顿，并自1773年起担任斯蒂文顿及迪恩的堂区长。定居斯蒂文顿后，又添了五个孩子，即亨利（1771）、卡桑德拉（1773）、弗朗西斯（1774）、简（1775）及查尔斯（1779）。

1783年　同姐姐及姨母之女简·库珀（Jane Cooper）一道被送往简·库珀姑母安·考利太太（Mrs. Ann Cawley）在牛津开办的寄宿学校；同年夏天，考利太太带着自己的学生搬到南安普顿，她们在此感染了斑疹伤寒。母亲将奥斯丁与姐姐接回斯蒂文顿家中，姐妹俩再也没有返回那位亲戚的学校；简·库珀的母亲却因被女儿传染而于同年10月过世。

1785年　同姐姐卡桑德拉一道前往伯克郡雷丁的一所女子寄宿制修

道院学校（the Abbey School）就读。该校俯瞰 12 世纪雷丁修道院的遗迹，姐妹俩在此待了 18 个月。

1786 年　12 月，同姐姐一道离开学校回到斯蒂文顿，从此以后开始在家接受教育。或许从此时起奥斯丁就开始了文学创作，以娱乐家人与自己，体裁为诗歌、故事和剧本。至 1793 年 6 月，已完成相当数量的早期作品，并从中选取 29 篇汇编为三本笔记，即三卷本《少年集》（*Juvenilia*）。这些早期作品的手稿均已无存，但有证据表明奥斯丁最晚在 1809 年还对它们做了修改。

1787—1790 年　在此期间大约完成了以下作品：《弗雷德里克与艾尔弗丽达》("Frederic and Elfrida")、《杰克与爱丽丝》("Jack and Alice")、《埃德加与爱玛》("Edgar and Emma")、《亨利与伊丽莎》("Henry and Eliza")、《哈利先生》("Mr. Harley")、《威廉·蒙塔古爵士》("Sir William Mountague")、《克利福德先生》("Mr. Clifford")、《美丽的卡桑德拉》("The Beautiful Cassandra")、《阿梅利亚·韦伯斯特》("Amelia Webster")、《拜访》("The Visit") 及《秘密》("The Mystery")。收在《少年集》第一卷中。

1788 年　7—8 月，与家人一道前往肯特郡赛文奥克斯拜访住在红宅（the Red House）的堂叔祖弗朗西斯·奥斯丁（Francis Austen），之后经伦敦返回汉普郡。

1790 年　6 月，创作《爱情与友谊》("Love and Friendship"，收入

《少年集》第二卷）。

1791年　11月，完成了《英格兰史》（"The History of England"，收入《少年集》第二卷）。

1791—1792年　1791年底或1792年初，完成了《信件集》（"A Collection of Letters"），或同时在此期间开始创作诙谐剧《查尔斯·格兰迪森爵士》（*Sir Charles Grandison*）。

1792年　完成了以下作品：《莱斯利城堡》（"Lesley Castle"，收入《少年集》第二卷，或创作于该年1—4月之间）、《三姐妹》（"The Three Sisters"，收入《少年集》第一卷）以及收入《少年集》第三卷的《伊芙琳》（"Evelyn"，创作于该年5—8月间）和《凯瑟琳》（"Catharine"，创作于8月）。

10月，与姐姐前往16英里外的安多弗拜访住在伊布索普府（Ibthorpe House）的劳埃德一家（玛丽·劳埃德日后将嫁给奥斯丁长兄詹姆斯），数次随劳埃德家前往安多弗附近的恩哈姆府（Enham House）及安多弗以东5英里外的朴茨茅斯侯爵的赫斯特本庄园（Hurstbourne Park）参加舞会，这是奥斯丁人生中首次参加的舞会。

1793年　1月23日三哥爱德华的长女范妮出生，据信奥斯丁不久之后就为这位新出生的侄女写了几篇小作品，合称《碎片集》（"Scraps"），即收入《少年集》第二卷中的《女性哲学家》（"The Female Philosopher"）、《喜剧的第一幕》（"The First Act of a Comedy"）、《一位年轻女士的来信》（"A Letter from a Young Lady")、《威尔士之旅》("A Tour through Wales")及《一个故事》("A Tale")。

6月2—3日，完成了《少年集》中的最后几篇作品，包括为侄女安妮写的《独立之作》("Detached Pieces")，即收入《少年集》第一卷中的《一个残篇》("A Fragment")、《关于感受力对不同人的不同影响的出色描述》("A Beautiful Description of the Different Effects of Sensibility on Different Minds")和《慷慨的堂区长》("The Generous Curate")，以及同样收入该卷的《同情赋》("Ode to Pity")。

1794年　夏，与姐姐在于格洛斯特郡阿德斯特罗普（Adlestrop）村担任堂区长的舅舅托马斯·利（Thomas Leigh）家中小住；随后（大约8月），去肯特郡罗林（Rowling）拜访三哥爱德华。约秋季，创作书信体中篇小说《苏珊夫人》(*Lady Susan*)。

1795年　可能在这一年创作了《理智与情感》的初稿、书信体小说《埃莉诺与玛丽安娜》(*Elinor and Marianne*)，手稿现今已无存。

12月至1796年1月中旬，汤姆·勒弗罗伊（Tom Lefroy）自爱尔兰赴伦敦学习法律，中途在其叔父、时任阿什堂区长的乔治·勒弗罗伊家小住。勒弗罗伊一家与奥斯丁一家过从甚密，乔治·勒弗罗伊的妻子安妮·勒弗罗伊是一位作家，对奥斯丁影响颇大。奥斯丁因此与汤姆·勒弗罗伊相识，并共同参加了四次舞会，两人或互存好感，但更有可能是奥斯丁单方面爱上了后者。勒弗罗伊一家很快就将汤姆送走,即便汤姆日后再次到阿什拜访叔婶,两人也再没有见过面。一位几乎与奥斯丁同时代的女作家玛丽·拉塞尔·米特福德在一封于1815年4月3日写给友人的信中提到了自己母亲对这个时期的奥斯丁的评价:"一位最漂亮、最傻也最做作的四处寻找丈夫的花蝴蝶"(Mary Russell Mitford, "To Sir William Elford, Bickham, Plymouth. Betram House", in Rev. A. G. L'Estrange, *The Life of Mary Russell Mitford, Authoress of "Our Village" etc.: Related in a Selection from Her Letters to Her Friends*, vol.I, London: Richard Bentley, 1870, pp.305–306)。

1796年　4月,与姐姐前往牛津郡哈普斯顿(Harpsden)拜访自1793年起就在当地任堂区长的表兄爱德华·库珀及其家人。

8—9或10月,在肯特郡罗林三哥爱德华家中小住,中途去了一趟伦敦。10月,开始创作《傲慢与偏见》的初稿《第一印象》(*First Impressions*)。

1797年　8月,完成《第一印象》。

11—12月,奥斯丁太太携奥斯丁姐妹与奥斯丁舅舅及舅母在巴斯小住。据文献记载,这是奥斯丁首次在巴斯小住。11月,父亲将《第一印象》交给出版商卡德尔与戴维斯,但被拒。奥斯丁开始改写书信体小说《埃莉诺与玛丽安娜》。

1798年　该年某个时候完成了《理智与情感》;约同年夏天,开始创作小说《苏珊》。

8月底至10月24日，随姐姐及父母在三哥爱德华位于肯特郡的产业戈德墨夏姆庄园（Godmersham Park）小住。10月24—27日，与父母经由锡廷伯恩（Sittingbourne）、达特福德（Dartford）、斯泰恩斯（Staines）及贝辛斯托克（Basingstoke）返回斯蒂文顿。

1799年　5月17日至6月底，与母亲及三哥、三嫂在巴斯小住，下榻皇后广场13号；或于6月底完成小说《苏珊》。

夏末，随家人拜访住在阿德斯特罗普的舅舅利一家、住在哈普斯顿的表兄库珀一家，以及住在萨里郡大布克姆（Great Bookham）的表姐夫库克一家，表姐夫萨缪尔·库克为大布克姆的堂区长。

1800年　约在1799—1800年间，完成诙谐剧《查尔斯·格兰迪森爵士》。

3月29日，舅母利·佩罗特太太的蕾丝盗窃案开审，她被指控于1799年8月在巴斯的一家商店盗窃了价值1英镑的蕾丝，庭审结束后无罪释放。在当时，偷窃价值12便士以上的财物是一项可被处以死刑或流放的重罪。

11月底至12月中旬，拜访住在伊布索普府的劳埃德一家。

12月，父亲决定退休，携妻子与两个女儿迁居巴斯，并指定长子詹姆斯代行自己在斯蒂文顿的牧师职责。

1801年　1—2月，前往贝辛斯托克附近梅丽堂庄园（Manydown Park），在老朋友凯瑟琳·比格（Catherine Bigg）与阿莱西娅·比格（Alethea Bigg）姐妹家中小住。此前赴贝辛斯托克参加公共舞会时便经常在这里过夜。

5月，与父母及姐姐告别斯蒂文顿，搬至巴斯长住，并顺道拜访了住在伊布索普府的劳埃德一家。在巴斯，他们一家四口租住在西德尼区（Sydney Place）4号。

6—9月，与家人前往西郡（the West Country，即英格兰西南部的一个区域，包括传统意义上的康沃尔、多塞特及萨默塞特这三个郡县，有时也会包括英格兰西南地区的威尔特郡及格洛斯特郡）度假，大概去了德文海岸（Devon coast）的锡德茅斯（Sidmouth）与科利顿（Colyton），并于9月底返回斯蒂文顿拜访大哥詹姆斯一家。

10月5日，与家人回到巴斯。

1802年 夏天，与父母、姐姐以及弟弟查尔斯前往德文海岸的道利什（Dawlish）度假，或许还去了德文海岸的廷茅斯（Teignmouth），以及威尔斯的滕比（Tenby）及巴茅斯（Barmouth）。

8月底，或与姐姐在斯蒂文顿附近访友。

9月1—3日，与家人待在斯蒂文顿。9月3日至10月28日，奥斯丁姐妹及弟弟查尔斯同爱德华一道在爱德华的戈德墨夏姆庄园小住。

10月28日至11月25日，奥斯丁姐妹待在斯蒂文顿。

11月25日至12月3日，奥斯丁姐妹同比格姐妹一道在后者的梅丽堂庄园小住。12月2日，奥斯丁接受了该家族唯一男嗣、梅丽堂庄园继承人哈里斯·比格-威瑟（Harris Bigg-Wither）的求婚，但次日上午她中断了该婚约，并立刻与姐姐离开此地，返回斯蒂文顿。12月4日，奥斯丁姐妹返回巴斯。

该年或1803年初，对《苏珊》做了修改。

1803年 春，经三哥亨利的一个商业伙伴牵线，将《苏珊》的版权以10英镑的价格卖给了伦敦出版商理查德·克罗斯比（Richard Crosby & Company），但克罗斯比并没有出版该小说。

夏，与父母及姐姐或又前往西郡的德文与多塞特海岸度假。

9至10月，与父母及姐姐在戈德墨夏姆小住；之后，奥斯丁姐妹在返回巴斯途中拜访了住在阿什村的勒弗罗伊一家，并于10月24日抵达巴斯。

11月，与父母及姐姐在多塞特郡的莱姆里吉斯（Lyme Regis）度假。

1803—1804年 创作了未完成的小说《沃斯顿一家》（*The Wastons*），该小说由奥斯丁侄子詹姆斯·爱德华·奥斯丁-利（James Edward Austen-Leigh）命名。

1804年 盛夏至10月，与父母、姐姐及三哥夫妇在德文海岸及多塞特海岸度假，与父母主要待在莱姆里吉斯。

10月25日，与父母及姐姐回到巴斯，并搬至绿园楼区东段（Green Park Buildings East）3号。

1805年　1月21日，父亲去世。

3月25日，与母亲及姐姐搬至巴斯盖伊街（Gay Street）25号。

4月16日，家住伊布索普府的劳埃德太太去世；经商议，玛莎·劳埃德从此以后将与奥斯丁母女三人同住。

6月，母女三人经由斯蒂文顿前往戈德墨夏姆。奥斯丁姐妹在肯特郡一直待到9月17日，其间主要住在戈德墨夏姆。

9月17日，姐妹前往苏塞克斯海岸的沃辛（Worthing），与暂居在此的母亲与玛莎·劳埃德会合，并一直待到11月或次年1月初。

该年或对《苏珊》做了改动。

1806年　1月3日至3月中旬，母女三人首先在斯蒂文顿小住到1月底；随后奥斯丁姐妹前往梅丽堂拜访比格姐妹，并小住至2月底，之后又返回斯蒂文顿，并于3月中旬回到巴斯。母亲已在巴斯特里姆街（Trim Street）租了套新寓所。

7月2日，母女三人离开巴斯，先后前往克利夫顿（Clifton）、布里斯托（Bristol），月底前往阿德斯特罗普拜访奥斯丁的舅舅托马斯·利一家。在克利夫顿时，为侄女范妮创作了《致玛莎·劳埃德的诗行》（"Lines to Martha Lloyd"），并为庆贺五哥弗朗西斯新婚而写了几首诗，这些诗作写于7月24日前后。

8月5—14日，托马斯·利携家人及奥斯丁母女三人在自己新继承的位于沃里克郡斯通利村的斯通利修道院（Stoneleigh Abbey）小住。斯通利修道院始建于中世纪，是英格兰历史最悠久的家族庄园。8月14日至9月底，母女三人前往斯塔福德郡的汉姆斯托利德维尔（Hamstall Ridware）村，在自1799年起在当地担任堂区长的表兄爱德华·库珀家中小住。

9月底至10月10日，母女三人在斯蒂文顿小住。

10月10日，母女三人前往南安普顿，住在五哥弗朗西斯夫妇租住的寓所里。

1807年 3月，母女三人与五哥弗朗西斯夫妇搬进了位于南安普顿城堡广场的一幢房子。

9月1—11日，母女三人前往汉普郡乔顿村，参加三哥爱德华在乔顿大宅（Chawton Great House）举办的家庭聚会。母女三人与三嫂伊丽莎白或在此期间共同创作了《同"Rose"押韵的组诗》（"Verses to Rhyme with 'Rose'"）。

1808年 1月至2月25日，奥斯丁姐妹先后在斯蒂文顿与梅丽堂庄园小住。

5月16日至6月14日，在伦敦四哥家小住。

6月14日至7月8日，在戈德墨夏姆小住。

7月8—9日，经由吉尔福德返回南安普顿，并在此一直待到次年4月。

10月，四哥爱德华提出为母亲与两个妹妹提供一处居所，请她们在自己的两宗产业——汉普郡的乔顿及肯特郡的瓦伊——中选择一幢房子居住。母女三人选定了乔顿。

12月16日,即勒弗罗伊夫人的四周年忌日与奥斯丁三十三岁生日,奥斯丁写下了组诗《怀念勒弗罗伊夫人》("To the Memory of Mrs. Lefroy")。

1809年 4月,以化名致信克罗斯比,询问《苏珊》出版事宜,提出如果前一份手稿已丢失,可以重新提供一份。克罗斯比似乎并不打算立刻出版该书,但又不愿意放弃该书版权。

5月15日至6月30日,母女三人在戈德墨夏姆小住。

7月7日,母女三人与玛莎·劳埃德搬入乔顿农舍(Chawton Cottage)。

8月,对《少年集》做了小幅修改,或许也开始对《理智与情感》进行修改、润色。

1810年 继续修改《理智与情感》。

7—8月,奥斯丁姐妹前往梅丽堂庄园与斯蒂文顿拜访亲友。年底或次年初,托马斯·埃杰顿(Thomas Egerton)同意以委托出版方式出版《理智与情感》,即出版印刷费用由作者承担,出版商按出版利润收取手续费,图书版权归作者。

1811年 2月,计划创作《曼斯菲尔德庄园》。7日,创作诗作《玛丽亚·贝克福德》("Lines on Maria Beckford")。

3月底至5月初,在伦敦四哥家小住,并在此校对《理智与情感》。4月底,创作诗作《关于肯特郡韦尔德地带运河提案》("On the Weald of Kent Canal Bill")（韦尔德地带历史上曾是一片原始森林）。5月，经由伦敦南部斯特雷汉姆（Streatham）返回乔顿，并在斯特雷汉姆稍作停留，拜访嫁给斯特雷汉姆堂区长罗伯特·希尔（Robert Hill）的老友凯瑟琳·比格。罗伯特·希尔为浪漫派诗人罗伯特·骚塞的舅舅。返回乔顿以后，着手对《第一印象》进行大幅修改，将之重新命名为《傲慢与偏见》，并于次年秋季完成。

10月27日，创作诗作《一次头疼》("On a Headache")。30日，三卷本《理智与情感》首版出版，书名页作者署名处仅写着"一位女士所作"("By a Lady")。该版小说定价15先令，印量或为750册。

11月底，前往斯蒂文顿小住。

1812年　6月9—25日，与母亲在斯蒂文顿小住。

10月14日，三哥爱德华的养母奈特太太过世，三哥正式改姓为奈特。

11月，或创作了诗歌《一位卖弄风情的中年女性》("A Middle-Aged Flirt")。将《傲慢与偏见》的版权卖给埃杰顿，售价为110英镑。

12月至次年1月，或校对了《傲慢与偏见》。

1813年　1月28日，《傲慢与偏见》首版出版，书名页作者署名为"《理智与情感》作者所作"("By the Author of *Sense and Sensibility*")，印量不低于1000册，定价18先令；《曼斯菲尔德庄园》的创作已过半。

4月22日至5月1日，前往伦敦陪伴四哥亨利，四嫂病重并于4月25日过世。5月19日至6月初，前往伦敦帮助四哥亨利处理四嫂的后事。

6—7月之间，完成《曼斯菲尔德庄园》。《理智与情感》首版售罄，从中获净利140英镑。

9月14—17日，与三哥及几个侄女前往伦敦四哥家小住。

9月17日至11月13日，在戈德墨夏姆小住。10月底，《理智与情感》及《傲慢与偏见》再版，其中《理智与情感》有少许改动。

11月13日，前往伦敦，在四哥亨利家小住两周。在此期间，兄妹俩或与埃杰顿商讨《曼斯菲尔德庄园》的出版事宜，埃杰顿同意以委托出版方式出版该小说。之后返回乔顿，并在那里一直待至次年3月。

1814年　1月21日，开始创作《爱玛》。

2月，对《曼斯菲尔德庄园》进行校对。

3月1日，随四哥亨利返回伦敦，一直待至4月初，之后随卡桑德拉经由斯特雷汉姆返回乔顿，并顺道拜访希尔夫妇。

5月9日，《曼斯菲尔德庄园》首版出版，印量大约1250册，售价为每册18先令。

6月底至7月初，前往大布克姆拜访姨父姨母库克夫妇。

8月至9月3日，前往伦敦四哥家小住。

11月，《曼斯菲尔德庄园》首版售罄，获利310—350英镑。

11月25日至12月5日，随四哥亨利前往伦敦，同埃杰顿商讨《曼斯菲尔德庄园》再版事宜，但遭到拒绝。

1815年　1月2—16日，奥斯丁姐妹在斯蒂文顿长兄家小住，中途前往阿什村拜访承继了父亲堂区长职位的乔治·勒弗罗伊及其家人。

3月29日，完成《爱玛》。

8月8日，开始创作《劝导》。8月底至9月初，或在伦敦与四哥亨利一道同出版商商讨《爱玛》出版事宜。9月底，审稿人完成了对《爱玛》手稿的审读，并向出版商约翰·默里（John Murray）反馈了肯定意见。

10月4日至12月16日，住在伦敦。四哥亨利16日起病重，月底才脱离危险，奥斯丁一直留在伦敦照看亨利。10月，约翰·默里开价450英镑购买《爱玛》版权，条件是同时获得《理智与情感》及《曼斯菲尔德庄园》的版权。11月初，奥斯丁兄妹拒绝了此提议，默里因此只同意以委托出版方式出版《爱玛》，印量2000册，并同时同意以委托出版方式再版《曼斯菲尔德庄园》，印量750册。奥斯丁或于11月中旬至12月上旬完成了对《爱玛》的校对，并于12月11日完成了《曼斯菲尔德庄园》的再次修改。

11月13日，在摄政王（Prince Regent，日后的乔治四世）

的牧师兼图书管理员詹姆斯·斯塔尼尔·克拉克（James Stanier Clarke）的陪伴下，拜访了摄政王在伦敦的住所卡尔顿宫（Carlton House），克拉克暗示奥斯丁将自己的新作献给摄政王。

12月底，《爱玛》首版由约翰·默里出版，售价为每册21先令，但书名页的出版日期为1816年。奥斯丁将该作品献给了摄政王。

1816年 春，出现健康问题。通过亨利从克罗斯比处买回了《苏珊》的手稿及版权，打算为这本小说另找一位出版商。将小说名称改为《凯瑟琳》，同时对小说内容进行了少许修改，其中的《女性作者所写〈广告〉》（"Advertisement, by the Authoress"）或许也是在该年完成的。

2月19日，经奥斯丁本人修改过的《曼斯菲尔德庄园》第二版出版。

5月，四哥爱德华与侄女范妮到乔顿拜访，并在此小住三个星期。在此期间，或创作了《一部小说的提纲：据多方建议构思》（*Plan of a Novel, according to Hints from Various Quarters*），其中包括了范妮所提的部分建议。22日至6月15日，在卡桑德拉的陪伴下前往格洛斯特郡的切尔滕纳姆温泉浴场（Cheltenham Spa）进行为期两周的水疗，她们往返途中都在金特伯里（Kintbury）与斯蒂文顿稍作停留，拜访住在这两个地方的亲友。

7月18日,完成《劝导》的初稿。

8月6日,修改《劝导》的结尾两章。

10月,《爱玛》售出1248册,奥斯丁本应从该小说获利221英镑,但由于《曼斯菲尔德庄园》第二版滞销,奥斯丁在世时仅从《爱玛》实际获利38英镑。事实上,直到1821年,《爱玛》首版还剩下了539册,《曼斯菲尔德庄园》第二版则剩余498册。

1817年　1月17日,开始创作《沙地屯》。

3月18日,因病中断《沙地屯》的创作。

4月27日,立下遗嘱,除赠予四哥亨利及其管家比容太太各50英镑以外,她将自己的一切留给姐姐,用于葬礼开销。

5月24日,卡桑德拉将奥斯丁带到温切斯特,以接受更好的医疗。

7月15日,创作了关于温切斯特赛马会与圣斯威辛(St. Swithun)的诗歌《文塔》("Venta")。7月15日为温切斯特主教圣斯威辛的纪念日,而温切斯特曾用名"文塔"。

7月18日,于凌晨去世。22日,《汉普郡快报》(*Hampshire Courier*)刊登的一份讣告首次披露奥斯丁是其匿名出版作品的作者。24日,被安葬在温切斯特大教堂(Winchester Cathedral)。

9月10日,遗嘱被执行。除去葬礼费用239英镑及其他开销,奥斯丁留给了卡桑德拉561.2英镑。在奥斯丁去世前,她的小说收入大约为630英镑；1832年，除《傲慢与偏见》之外的其他五部奥斯丁小说的版权被卖给了出版商理查德·本特利（Richard Bentley），至此奥斯丁获得的所有小说收入约为1625英镑。

12月底，出版商默里以四卷本形式合并出版了《诺桑觉寺》与《劝导》，书名页出版日期为1818年。同年，《傲慢与偏见》的第二印售罄，埃杰顿很快就印刷出版了该小说的第三印。

劝 导

Persuasion

第一部

第一章

萨默塞特郡[1]凯林奇府的沃尔特·埃利奥特爵士，在自娱之时绝不会拿起《准男爵录》[2]之外的任何一本书。这书让他在无所事事之际有事可做，也帮他在苦恼之时寻得宽慰；

---

[1] 萨默塞特郡（Somersetshire）是英格兰西南部的一个郡县，其郡府为汤顿（Taunton）。小说将虚构的埃利奥特家族世袭产业凯林奇府安置于该郡，称其距著名的温泉旅游度假区巴斯仅50英里。萨默塞特郡土地肥沃，经济以农业、畜牧业及乳业为主，是英格兰传统农耕区，即便在18世纪末19世纪初也是英格兰经济发达区域。对于埃利奥特家族这样的贵族家庭而言，如果产业管理得当且开支节制有度，其生活自然富足稳定，不至于沦落到入不敷出、债务缠身，直至被迫移居巴斯，靠出租祖宅缓解经济压力。——译者注；以下若无特殊说明，均为译者注。

[2] 《准男爵录》（*Baronetage*）是收录准男爵并做简短介绍的人名录。准男爵（或译为从男爵）这个世袭贵族头衔由英格兰国王詹姆斯一世于1611年创设；是年，为筹集资金以发动对爱尔兰的战争，他创设了一个面向平民但可以世袭的头衔。此新头衔介于男爵（baron）与爵士（knight）之间，詹姆斯一世以每个头衔1000英镑的价格将其出售给有土地产业且产业年收入不低于1000英镑者，同时还规定购买该头衔者的祖父或外祖父必须有资格佩戴纹章。自17世纪中后期起，便有数个准男爵及其宗谱概要问世，小说所提及的版本或指J. 德布雷特（J. Debrett）所编写的两卷本《英格兰准男爵录》（*Baronetage of England*, 1808），该版本尺寸大小为12开，同下文相符。准男爵与爵士均被称为"爵士"（Sir），但准男爵是世袭头衔，而爵士不是，因此前者在社交场合具有优先权。

这书让他思索最早的册封如何已经所剩无几[1],不由因此心生钦佩与尊重,也让任何随家庭事务而生的不快都自然而然地转化为怜悯与鄙夷。当他翻过上个世纪那些几乎永无止境的册封[2]时——即便该书中其他任何页面的内容都显得苍白无力,他仍然能兴致盎然地读着自己的那段历史——这卷最心爱的书总是被翻开在这一页:

凯林奇府的埃利奥特

沃尔特·埃利奥特,1760 年 3 月 1 日出生,1784 年 7 月 15 日迎娶格罗切斯特郡南方庄园的绅士詹姆斯·斯

---

[1] "最早的册封已所剩无几",原文为"limited remnant of the earliest patents";"patent"(特许证)指的是爵位册封文书,剑桥版《劝导》的相关注释写道:"封号(titles)也可被称为特许证(patents)。德布雷特的版本列出了已消失的准男爵家族以及幸存家族。"(Janet Todd and Antje Blank, "Explanatory Notes", in *The Cambridge Edition of the Works of Jane Austen: Persuasion*, eds. Janet Todd and Antje Blank, Cambridge: Cambridge University Press, 2006, p.334, n.3)结合准男爵这个贵族头衔的设立史,"earliest patents"指的是 17 世纪斯图亚特王朝君主所册封的准男爵家族。沃尔特爵士所哀叹的是,这些最早被册封的家族大多已因绝嗣而丧失了他们的爵位。也正是由于斯图亚特王朝君主所册封的准男爵家族已所剩不多,沃尔特爵士才会因自己是一个幸存家族的爵位继承人而得意与自哀自怜。

[2] 18 世纪后期,英国首相小威廉·皮特大幅增加了贵族与准男爵的数量,以便为自己的政策谋求支持者,保守的评论者强烈反对此举。

蒂文森[1]之女伊丽莎白。该夫人（卒于1800年[2]）为他诞下以下子嗣：伊丽莎白，1785年6月1日出生；安妮，1787年8月9日出生；一个死产儿，1789年11月5日；玛丽，1791年11月20日出生。

该书付印之际，此段落原貌即如此，但沃尔特爵士改进了一下，添上了这些同自己与家人情况相关的文字：在玛丽的出生日期之后——"1810年12月16日嫁与萨默塞特郡上克洛斯绅士查尔斯·马斯格罗夫之子及继承人查尔斯"；还加上了自己失去妻子的确切日期。

接下来描述的便是这个历史悠久的名门望族的发家史，都是一些套话：这个家族最初如何在柴郡定居，之后又如何

---

[1] "乡绅詹姆斯·斯蒂文森"，原文为"James Stevenson, Esq."；其中，"Esq."为"Esquire"的缩写，该词衍化自中世纪的"squire"一词，后者指侍奉骑士（knight）的人，而在中世纪盛期英格兰封建体系中，作为君主或者其他大贵族军事力量的骑士（出身贵族阶层）则是旧贵族体系中的最低一级。进入早期现代时期之后，"esquire"成为一个非正式头衔，常用以称呼没有任何贵族头衔的士绅，特别是大地主。

[2] 此处似为奥斯丁的笔误，应作"1801年"，因为下文将提及，当埃利奥特夫人去世时，大女儿伊丽莎白16岁，二女儿安妮14岁。

被达格代尔爵士[1]在其书中提及——出任郡长[2],连续三届代表某镇出任议员,效忠王室,查理二世即位伊始便受到君主册封,以及族人娶了哪些伊丽莎白与玛丽。在这册十二开本的书中,这些足足占了两页,结尾处是该家族的纹章与格言:"主府邸为凯林奇府,位于萨默塞特郡。"沃尔特爵士的字迹又出现在了后面:

"假定继承人,威廉·沃尔特·埃利奥特,绅士,第二任沃尔特爵士之曾孙。"

沃尔特爵士的性格从头到尾都充满自负,对他的仪容与地位的自负。他年轻时就俊美得引人注目,如今五十四岁依然仪表堂堂。极少有女性能比他更在意自己的相貌;任何一

---

[1] 达格代尔爵士指威廉·达格代尔爵士(Sir William Dugdale),该爵士于1682年出版了《纹章录》(*The Antient Usage in Bearing of Such Ensigns of Honour as Are Commonly Call'd Arms, with a Catalogue of the Present Nobility of England, Scotland and Ireland*),并在书中列出了包括准男爵在内的贵族家庭及其纹章。

[2] 在英格兰,"这一官职在诺曼人征服英格兰之前即已存在。他是王室官员,是国王在各郡的代表。征服者威廉入主英格兰后,郡长成为各郡的首席官员,并主持郡法院,裁断民事及刑事案件,执行各种令状,在郡内征募兵士。自12世纪中期以来,随着王室法院的发展,巡回审理、治安法官等兴起,郡长的司法管辖权受到限制,权力及职能都较以前为小。自都铎王朝后,该职位主要变成仪式性质。在英格兰,现今各郡每年需指派一名郡长。事实上,得到指派的人士一般需家底殷实"("sheriff",收入薛波主编、潘汉典总审订《元照英美法词典》,法律出版社,2003年,p.1253)。在当时的英国社会文化语境中,郡长通常只能由绅士担任,由于该职位象征着名望与地位,所以哪怕任期仅一年,也代表了家族荣誉。

位新近受封的爵爷的贴身男仆也不会比他更满意自己的社会地位。他认为美貌带来的好处仅次于准男爵爵位的祝福,而沃尔特·埃利奥特爵士却二者兼得,自然就是他本人一直以来最为热切仰慕与虔敬的对象。

他俊美的外表与头衔也理当在一个方面让他感到骄傲:正是因为它们,他才娶到了一位他在品性上远远不如的妻子。埃利奥特夫人是一名优秀的女子,她通情达理,和蔼可亲;少女时代的一时痴迷让她成了埃利奥特夫人,如果可以宽恕她的这一决定的话,她的判断能力和行为举止自此之后就再也没有犯过什么需要宽容的罪过了——在十七年间,她迎合着、缓和着或掩饰着他的种种不足之处,帮助他真正体面行事;尽管自身并不是这世上最幸福的人,她仍然从自己的职责、朋友与孩子们中收获了足够的满足,让她眷恋生活,也让她在受到召唤而不得不舍弃这一切时无法漠然以待。对一位母亲而言,将三个女儿——年长一些的两个才分别十六岁和十四岁——留在身后,是一件足以让她畏怯的事情;或者更确切地说,将她们托付给一位自命不凡、愚蠢可笑的父亲,由他去管教、去教导,是一件足以让她畏怯的事情。不过,她有一位非常亲密的朋友,一位通晓事理、值得敬佩的女性,她因为被埃利奥特夫人深深吸引而早已搬到了附近的凯林奇村。埃利奥特夫人则依赖这位朋友的好意与点拨,在她的全力帮助下,坚持那些自己一直竭力向女儿们灌输的正确原则与教诲。

这位朋友却并没有与沃尔特爵士结婚,尽管认识他们的人就此曾有过种种预测。埃利奥特夫人离世已经十三年了,可他们仍然只是近邻兼密友;一个继续当着鳏夫,另一个依旧做着寡妇。

拉塞尔夫人已到了稳重自持的年龄,她性格沉着冷静,生活条件又极其优越,犯不着向外界解释自己为何竟没有生出再婚的念头,那些人其实更容易因为一位女性真的再嫁而非守寡而莫名地愤愤;但沃尔特爵士为何还未续弦,却需要略作解释——要知道,沃尔特爵士,就像一位好父亲那样(他曾经非常不理智地求过一两次婚,但却在私下里被扫了兴),很得意自己能够为了爱女而继续打光棍。为了一个女儿,他的长女,他的确会愿意放弃一切,只不过他还没有动心到真要那么去做。伊丽莎白十六岁时就继承了所有她母亲曾经能享受的权利与地位;因为长得极俏丽,又特别像她父亲,所以总是能够左右他,他俩相处得非常愉快。他的另外两个孩子几乎什么也算不上。玛丽成为查尔斯·马斯格罗夫太太后,就有些端架子。而安妮,尽管她思想高洁、性情温婉,任何真正有见地的人都一定会器重她,但对她父亲和姐姐来说,她却是一个可有可无的人:她的话没有任何分量,她总是需要做出让步方便别人——她就只是安妮而已。

对拉塞尔夫人来说,安妮其实才是她最心爱、最珍视的教女、宠儿与朋友。拉塞尔夫人三个姑娘都喜欢，但只有在安妮身上，她能看到她们母亲的身影。

几年前，安妮·埃利奥特是一位极为清秀的姑娘，但她的芳华早已消逝；即便在她芳华鼎盛之际，她父亲也没在她身上看出多少值得赞赏之处（她纤巧的五官与温柔的深色眼睛和他的完全不一样）；如今，她又憔悴又瘦弱，也就更没有任何值得他高看之处了。他以前就没怎么奢望能在他那本心爱的书中其他任何一页上看到安妮的名字，现在更是彻底断了这个念头。结成一桩门户相当的亲事这事，只能完全指望伊丽莎白了，因为玛丽只嫁进了一户历史久远且体面有钱的乡村家族，带去了所有的荣耀，却什么也没有得到：有朝一日，伊丽莎白会嫁进一户般配的人家。

有时候，一个女人在二十九岁时会比十年前的她出落得更俏丽；而且，通常说来，如果既无病疾也无焦虑，这个年龄还不至于令人损失丝毫魅力。伊丽莎白的情况正是如此，她依旧是那位十三年前就为人所知的俏丽的伊丽莎白·埃利奥特小姐。所以，沃尔特·埃利奥特爵士忘记了她的年龄，也情有可原；或者，至少，当他认定其他所有人都已荣华不再，唯有自己与伊丽莎白依然风华正茂时，他也顶多只应被看作是半个傻瓜。安妮面容枯槁，玛丽皮肤粗糙，邻里间人人的相貌都在走下坡路，而拉塞尔夫人鬓角迅速增多的鱼尾纹，早已令他忧心忡忡。

伊丽莎白不像她父亲那样对自己的境况万般满意。过去的十三年见证了她如何以凯林奇府女主人的身份沉着果断地掌管家事，发号施令，而这绝不会让人觉得她比实际年龄年轻。十三年来，一直是她在出面招待客人，制定家规，带头登上驷马马车，紧跟在拉塞尔夫人身后走出乡下所有的起居室与餐室。十三个冬季里，寒霜去而复返，目睹了她在一个小地方所能举办的每一场体面的舞会上领头跳第一场舞；十三个春季里，百花盛开之际，她都跟随着父亲前往伦敦，在那里的上流社会里享受几周欢乐。所有这一切她都记得，她也意识到自己已经二十九岁，这给她平添了些许自怜与几分忧惧。她还算得上依旧同以前一样俏丽，对此她完全满意；但是，她又觉得自己就快步入那危险的年龄了，如果在接下来的一两年里她能稳妥地让一位准男爵得体地向她示爱，那她就将陶醉在喜悦中。到那时，她就会带着年少时曾有过的勃勃兴致再次拿起那本众书之书，但现在，她不喜欢它。她总能看见自己的出生日期，除了小妹妹的婚姻外，看不到别人的，这些让这书很不受欢迎；不止一次，当她父亲将它翻开后留在她旁边的桌上时，她眼望着别处，将它合上，然后推到一旁。

除此之外，她还曾经历过一次失意，那本书，尤其是其中关于她自己家族的那段历史，总让她对这次失意耿耿于怀。那位假定继承人，也就是那位她父亲如此慷慨地维护其权利的威廉·沃尔特·埃利奥特先生，让她的希望落了空。

当她还是一个小姑娘时就听说，如果他没有弟弟，他就将是未来的准男爵，她立马就打定了主意要嫁给他；而她的父亲也一向认为她理应如此。他小时候和他们没有来往。埃利奥特夫人离世后不久，沃尔特爵士便去主动结交埃利奥特先生，尽管他的主动示好并没有得到任何热烈的回应。但考虑到年轻人会因为谦虚而退缩，所以爵士依然坚持去接近他。某个春天，当时伊丽莎白还是芳华正茂的妙龄少女，父女俩去伦敦度假，硬是让人将埃利奥特先生引荐给了他们。

那时的他还很年轻，刚开始攻读法律，伊丽莎白发现和他相处特别愉快，于是便把一切有利于与他交往的计划都确定了下来。他们邀请他去凯林奇府；那一年余下的时间里他们一直在谈论他、期待着他，可他根本没见踪影。第二年春天，他们又在伦敦城里见到了他，发现他还是那么讨人喜欢，他们再次表现出了积极的态度，邀请他，也期待着他，但他还是没有露面；接下来的消息便是，他结婚了。他没有沿着他们为埃利奥特家族继承人指明的道路去碰运气，相反，通过与一名出身低微的有钱女子联姻，他换得了独立。

沃尔特爵士对此大为光火。作为家族的族长，他觉得这位年轻人理应征求自己的意见，尤其他还曾经当众跟这位年轻人拉过手，他就更应如此。他评论说，"因为别人一定见过他俩在一起,一次是在塔特萨尔[1],还有两次是在下院休息厅"。他表明了自己对这桩婚事的反对,但却显然没被当回事。埃利奥特先生没想过道歉,当沃尔特爵士觉得他不配受到自己一家人的关照时,他还表现出了一副毫不在意的样子:他们之间的交情就此中断了。

几年过去了,这段关于埃利奥特先生的尴尬历史仍然让伊丽莎白心生怨愤,她喜欢过他,因为他本人的关系,但更是因为他是她父亲的继承人。她的家族自豪感让她认为,他才是沃尔特·埃利奥特爵士长女的唯一良配。在姓氏从A一直排到Z的众多准男爵中,没有哪位能让她在情感的驱使下如此心甘情愿地承认其与自己门当户对。但他的行事真的差劲透了,即便此刻(1814年夏)她正为他妻子而系着黑丝带[2],她仍然认为他不配再被想起。要不是他又做出了更恶劣的事情,他的第一次婚姻带来的耻辱本也就可能过去了,因为没有理由认为这种耻辱应该在子孙后代中延续下去。但是,好心的朋友们照旧搬弄了是非,让他们知道埃利奥特先生曾经极为不敬地谈到了他们所有人,还在言语间对他自己所属的血脉与今后将要归他所有的荣誉也极为不屑与轻蔑。这决不能饶恕。

---

[1] 当时伦敦买卖马匹的主要场所,也是上流社会男性的一个重要社交场所。
[2] 哀悼的象征,表示他妻子最近刚刚去世。

伊丽莎白·埃利奥特的所思所感也就是这些了；她要化解的烦忧、要消除的不安，她人生图景中的单调与优雅、成功与失意，也就是这些了——能让漫长且平淡的乡间生活变得略微有趣，能让既无习惯在外有所奉献又不会在家学习才艺技能的她打发闲暇的，也只有这些心绪了。

但是现在，在这些之上又多了一桩心事与不安。她父亲越来越为钱财所苦。她知道的，眼下当他拿起《准男爵录》时，他是为了让自己忘记零售商送来的沉甸甸的账单，以及他的代理人谢泼德先生给出的那些讨厌的暗示。凯林奇的产业还不错，但仍然不能与沃尔特爵士所理解的其拥有者应有的显赫相称。埃利奥特夫人还在世时，她持家有方、凡事有度、注意节俭，使得沃尔特爵士刚好能够收支平衡；但随着她的离世，所有这一切明智之举都荡然无存。从那时候起，他就在不断超支。对他来说，他的开销也不可能更小；他只是做了沃尔特·埃利奥特爵士在不可抗拒的召唤下要做的事情。他很无辜，但他却不仅日益深陷债务，更因太常听到关于债务的汇报而无法继续将他的女儿蒙在鼓里，哪怕只是部分地隐瞒。去年春天，当他们还在伦敦城里的时候，他向她暗示了一二，甚至还说过"我们能节俭一点吗？你有没有想到任何一项我们可以削减开支的费用？"——说句公道话，在女性大惊小怪的特点驱使下，伊丽莎白一开始还的确认真地想了想能做些什么，最后提议可以在两方面节省开支：取消一些不必要的施舍；忍住不给客厅换新家具。在这些权宜之计的基础上，她后来又高兴地想到，他们可以回去的时候不再像以往每年那样给安妮带礼物。不过，尽管这些办法很好，但和他们的实际负债程度比起来，它们仍然微不足道。不久之后，沃尔特爵士就感到自己不得不向伊丽莎白坦白全部实情。伊丽莎白无法建议什么更有效的举措。她觉得自己受到了欺辱，也很不幸；她父亲也一样。他们两人谁也想不出任何办法，能在既不伤体面又不会让自己以无法忍受的方式放弃舒适的前提下减少开支。

沃尔特爵士名下的产业中，只有一小部分他能自由处理；但即便全卖了，也仍将于事无补。他已经自降身份，将自己有权处置的那部分抵押了出去，但他绝不会屈尊俯就到变卖家产这一步。不，他绝不会让自己的姓氏如此蒙羞。凯林奇府的产业必须完完整整地传下去，就像他继承它时那样。

他们请来了拉塞尔夫人和住在邻近集镇上的谢泼德先生，让他们替自己想想办法。父女俩似乎都指望着这两位朋友中能有人想出什么好点子，帮他们脱离窘境、减少开支，但又不至于损失丝毫的品位与尊严。

第二章

谢泼德先生是一位彬彬有礼、谨小慎微的律师,他或许对沃尔特爵士稍有影响力,对爵士也有自己的判断,但他却宁愿让其他人去冒冒失失地说出那些令人生厌的话。他找了个委婉的理由,没有给出任何微小的暗示,只恳请爵士恩准自己力荐拉塞尔夫人,他绝对尊重她卓越的判断力——他完全相信,以睿智而远近闻名的拉塞尔夫人一定能提出一些果断的措施,他希望这些措施能最终被采纳。

在这个问题上,拉塞尔夫人焦急万分,投入了所有的热情,也认真地进行了权衡。她是一位能力可靠但却不够果断的女性,眼下的情形让她很难做出任何决定,因为她面临着两个对立的重要原则。她本人是一位不折不扣的正直诚实之人,有着敏锐的荣誉感;但是,就像理性与诚实之人可能的那样,她又在情感上偏向贵族,认为他们有着自身应有的待遇,所以她既急于照顾沃尔特爵士的情绪,又迫切地想要拯救这个家庭的声誉。她是一位与人为善、体谅他人的好女人,能够对他人忠诚,品性上无可挑剔,严格讲究礼仪,举止堪称良好教养的典范。她颇有见识,总体上可谓知情达理、始终如一——但是，她有着根深蒂固的门第之见，看重头衔与权势，也因此对那些拥有它们的人的缺点有些视而不见。她本人不过是一位爵士的遗孀，所以就给足了一位准男爵面子及其应得的礼遇。在她看来，就算沃尔特爵士不是一个老朋友、一位礼数周到的邻居、一位有求必应的地主、她最亲爱的朋友的丈夫、安妮和她的姐妹们的父亲，他身为沃尔特爵士这个事实，就理应让眼下陷入窘境的他得到深切的同情与体谅。

他们必须省俭度日了，这点不容置疑。但是，她又特别希望在完成此事的同时，尽量不让他和伊丽莎白难受。她草拟了几份节流计划，进行了精确的计算，甚至还做了一件其他任何人都没有想到的事情，她征求了安妮的意见，而其他人似乎从来都没有想到过，此事也事关安妮的利益。她非但征求了意见，甚至还在制订那份最终提交给沃尔特爵士的节流计划时，受到了安妮的影响。安妮所做出的每一项修改，都是为了信誉而不是为了维持派头。她想要采取一些更强有力的措施，进行更彻底的改观，希望更快从债务中脱身，期待以一种更高调的漠然对待正当与合理之外的任何东西。

"如果我们能说服你父亲接受所有这些，"拉塞尔夫人一边翻阅着安妮写在纸上的计划，一边说，"或许就能成功一大半。如果他愿意采纳这些调整意见，七年后他就能还清所有债务。我希望，我们或许能够让他和伊丽莎白相信，凯林奇府本身就值得受到尊重，并不会因为这些开销上的削减而受到任何诋毁；在明辨事理的旁人看来，沃尔特·埃利奥特爵士真正的高贵丝毫不会因为他像一位坚守原则之人那样行事而受到任何轻贱。事实上，他将要做的不正是许多显赫家族已经做过的——或者应该做的？——他的情况也没什么不同寻常的，而我们的苦难最难忍受之处往往正在于其迥异于其他人的苦难，正如我们举止中偏离规范的那部分总是最糟糕的一样。我很有信心，我们能够说服他们。我们必须严肃且坚决——毕竟，欠债之人总得还债。尽管我们应当顾及像你父亲这样的绅士与一家之长的情绪，但更应维护正直之人的品性。"

这正是安妮希望她父亲恪守、他的朋友们敦促他坚守的原则。在她看来，全面削减开支，确保尽快偿清所有债务，是责无旁贷之举，若非如此，便绝无尊严可言。她希望这样的安排能够生效，也希望它被视为一种责任。她很看重拉塞尔夫人的影响力，至于她发自内心地想要推行的苛严的自我克制，她只知道，说服他们进行全面革新，或许并不比局部改变困难多少。她对自己父亲与伊丽莎白的了解，让她倾向于认为，拉塞尔夫人在清单上列出的那些节流措施太过温和，去掉两对马并不见得比只放弃一对更让他们难堪，如此等等。

安妮那些更严格的措施可能会遭遇什么样的命运，这并不重要。拉塞尔夫人的就已经全军覆没——无法容忍——不会接受。"什么！生活中的每一桩享受都被取消了！旅行、伦敦、仆人、马匹、美食——处处都是紧缩与限制。甚至过得还不如连爵位都没有的乡绅那么体面!不,他宁可立马从凯林奇府搬走,也不愿意按照如此丢人现眼的条件继续待下去。"

"搬离凯林奇府。"谢泼德先生立马接过了这个话题,沃尔特爵士能做到节省开销,也事关律师本人的利益,而且他已完全确信,如果不能改变居住地,一切便都会落空。他说道,既然有决定权的一方已提出该想法,他也就毫无顾虑地坦承,他完全赞成。在他看来,这幢宅邸需要维持其古老的尊严与热情好客之特点,生活在这样的宅邸里,沃尔特爵士很难大刀阔斧地改变自己的生活方式。在别的任何一个地方,关于选择依照哪种方式安排自己的家政、调整起居风格,沃尔特爵士都可以自行做出判断,也将受到仰慕。

沃尔特爵士情愿搬离凯林奇府。短短几天的犹疑与不决之后,他应该搬到哪里这个至关重要的问题定了下来,这一重大变化的初步方案也规划好了。

他们有三种选择,伦敦、巴斯或者当地的另一幢宅院。安妮一心希望选中后者。她所奢求的就是住在附近的一幢小房子里,这样他们仍然能继续和拉塞尔夫人经常来往,仍然能离玛丽不远,仍然可以时不时地品味凯林奇的片片草坪与丛丛树林带来的观赏之乐。但是,安妮的命运总是如此,她得到的都是她最不想要的。她不喜欢巴斯,觉得那个地方和她格格不入——可巴斯就将成为她的新家。

沃尔特爵士一开始的时候更想去伦敦,可谢泼德先生觉得，他在那里待着并不能叫人放心，所以就很巧妙地帮他打消了这个念头，让他觉得巴斯更好。对一位处于他所面临的尴尬之境的绅士来说，巴斯这个地方安全得多：在那里，他可以相对少花钱，但又过着有头有脸的生活。当然，相较于伦敦，巴斯还有两个被极力渲染的优势：它离凯林奇府更近，只有五十英里路程；拉塞尔夫人每年冬天都会到那儿住一段时间。关于迁居地点，拉塞尔夫人从一开始就认定了巴斯，所以让她极为满意的正是，经过劝说，沃尔特爵士与伊丽莎白终于相信，如果他们在巴斯住下，声名和享乐一样也少不了。

拉塞尔夫人知道她心爱的安妮的心愿，但又觉得自己不得不和她作对。要沃尔特爵士屈尊住进附近的一个小宅院，这根本就是奢望。安妮自己本来也会发现，其中的种种屈辱将远远超出她的预期，它们也一定会让沃尔特爵士感到糟糕透顶。至于安妮对巴斯的厌恶，拉塞尔夫人将它视为一种成见与误解，这首先是由于母亲病逝后，安妮在那里上了三年的学，其次则是因为安妮之后唯一一次与她在那里过冬时，又恰好兴致不高。

简言之，拉塞尔夫人很喜欢巴斯，也愿意认为它一定适合他们所有人；至于她年轻朋友的健康问题，只要安妮整个夏天都和她一起待在凯林奇别院，就不会有任何风险。事实上，环境的改变肯定会对健康与精神大有裨益。安妮极少离家外出，面也露得太少。她的兴致不高。社交范围大一些，就会让它们有所改观的。她想要安妮被更多的人所了解。

当然，对沃尔特爵士而言，迁居计划中的一部分——而且是非常重要的一部分——大大地强化了搬到当地别的任何一幢宅院这个提议的不受欢迎之处，那也刚好是一开始就敲定的出租计划。他不仅要离开他的家园，还将看着它被交给别人；这是对坚强意志的一种考验，比沃尔特爵士更坚强的人也会觉得太过沉重——凯林奇府将要出租给他人。但是，这是一桩绝对保密的事情，不许在他们自己的圈子之外提及。

沃尔特爵士不愿让人知道他打算出租自己的宅邸，他受不了这样的落魄潦倒。谢泼德先生曾提过一次"广告"这个词，之后便没有胆量再次提及。不管以何种方式提出这个想法，沃尔特爵士对这个念头本身就深恶痛绝。他绝不允许有丝毫暗示透露出他有此意图，只能是某位各方面都堪称完美的申请人，自发向他提出请求，依着他提出的条件，请他施恩，他才愿意租出去。

为了证明自己的喜好没有错，理由我们总能信手拈来！——拉塞尔夫人手头还有另一个绝佳的理由，让她特别愿意沃尔特爵士和他的家人搬离本地。伊丽莎白近来正在建立一段亲密关系，她希望看到它结束。这段关系的另一方是谢泼德先生的一个女儿，她最近刚结束了一段不幸的婚姻，回到了她父亲家中，还带着两个孩子。她是一个聪明的少妇，深谙取悦他人之道，至少是在凯林奇府可行的取悦之道。她让自己深得埃利奥特小姐的欢心，已经在那里留宿过不下一次，尽管拉塞尔夫人认为这种友谊不恰当，并为此暗示过要谨慎与自持。

其实，拉塞尔夫人对伊丽莎白几乎没有什么影响力。拉塞尔夫人似乎也爱伊丽莎白，但也仅仅是因为她愿意爱她，而不是因为伊丽莎白值得她爱。除了表面的殷勤，她从未从伊丽莎白那里得到过什么，仅仅是礼节性的恭顺而已；让伊丽莎白改变主意、接受她的想法，她也从来没有成功过。她曾经满怀热切，一次又一次地想让他们在去伦敦度假时也带上安妮，她非常清楚那些将安妮排斥在外的自私的安排中的所有不公与所有不齿。在很多不那么重要的时刻，她也曾努力过，想让伊丽莎白接受她自己更正确的看法与经验，但却总是白白浪费了心力。伊丽莎白就愿意独行独断，而这次在选定克莱太太的问题上，她比以往任何时候都更决绝地坚持和拉塞尔夫人作对，撇弃了一位如此值得她器重的妹妹的陪伴，将自己的喜欢与信任倾注在另一个对她而言本应只是点头之交的人身上。

拉塞尔夫人的看法是，就社会地位而言，克莱太太是一位极不对等的陪伴，同时也相信，就品性而言，克莱太太还是一位非常危险的陪伴。一旦离开此地，克莱夫人就会被抛开，埃利奥特小姐也会从她接触到的人中选中更合适的密友，迁居也就因此成了头等要务。

第三章

一天早晨，在凯林奇府，谢泼德先生一边放下报纸[1]，一边说："沃尔特爵士，请原谅我的唐突，但我必须指出，当前这个时刻对我们非常有利。现在和平了，这将让所有那些阔绰的海军军官都回到岸上来[2]。他们都将要安顿下来。沃尔特

---

[1] 至 1800 年，英格兰已有 260 余种报刊，大多数伦敦日报的发行量在 2000—5000 份之间（参见 Janet Todd and Antje Blank, eds., *The Cambridge Edition of the Works of Jane Austen: Persuasion*, Cambridge: Cambridge University Press, 2006, p. 343, n.1）。

[2] 1689—1815 年间，英法之间发生了一系列军事冲突，其中的拿破仑战争（1803—1815）以法国战败结束。一些历史学家将这一系列军事冲突称为英法第二次百年战争，但这样的描述并不准确，因为其他欧洲国家也经常分别作为英法两国的同盟而被卷入其中。1814 年 5 月 30 日，法国与以英国为首的第六次反法同盟（the Sixth Coalition；奥地利、英国、普鲁士、俄国、瑞典、葡萄牙）签订了 1814 年《巴黎条约》，拿破仑退位后被流放至厄尔巴岛（Elba），他于 1815 年 2 月底逃离流放地，但在 1815 年 6 月 18 日的滑铁卢战役中被英普联军击败，同年 11 月 20 日，法国与以英国为首的第七次反法同盟（英国、奥地利、普鲁士、俄国）签订了 1815 年《巴黎条约》。1792—1814 年间，英国海军是英国对抗法国的主要力量，在 1814 年《巴黎条约》签订后，大量英国舰只退役，大批海军官兵退伍。尽管在拿破仑逃离流放地之后，一些经验丰富的将领又被召集起来，但法军在滑铁卢战役的惨败使得法国彻底丧失了与英国武力对抗的能力。之后直到 19 世纪末，虽然英国与其他国家未再爆发大规模海战，但海军一直是英帝国维持其海上霸权的工具。

爵士，眼下这个时机挑选租客再好不过了，而且是非常可靠的租客。很多人在战争期间发了大财。假如我们碰上了某位有钱的海军将领，沃尔特爵士——"

"那他就将太幸运了，谢泼德[1]"，沃尔特爵士回答说，"我能说的就只是这个。对他来说，凯林奇府确确实实就是一件战利品；甚至是他所有战利品中最辉煌的那一件，不管他之前已经收获了多少——你说呢，谢泼德？"

谢泼德大笑起来，因为他知道，在这等机智风趣面前，他必须笑，然后接着说：

"我想冒昧地指出，沃尔特爵士，就做生意而言，海军军官很好打交道。对他们做买卖的方式，我多少有些了解。我特别想指出的是，他们很慷慨，有可能会像我们将遇到的任何一类人那样成为理想的租客。所以，沃尔特爵士，请容我贸然提议，如果外界传开的任何关于您的意图的流言——我们不得不考虑有此可能，因为我们都知道，要使这世上某一方的举动与打算逃脱另一方的关注与好奇，这该有多难——显达尊贵自有其烦扰——鄙人，约翰·谢泼德，可以隐藏住我选择隐藏的任何家庭事务，因为没有人会觉得我值得他们

---

[1] 沃尔特爵士此处直呼谢泼德先生的姓，表明他认为谢泼德先生的社会地位低于他，暗示他没有将谢泼德先生纳入绅士这个社会群体中，否则他会称后者为"谢泼德先生"。如果谢泼德先生的社会地位再低一些，沃尔特爵士会直呼他的名"约翰"。

去留意,但沃尔特爵士却处在人们的密切关注中,也很难避开——所以,我想要斗胆说明的是,如果,即便我们万般谨慎,但仍有某种同实际情况相关的流言传了出去,我也不会太过惊讶——假如这种情况真的发生,正如我将要指出的那样,因为毫无疑问会有申请尾随其后,我的看法是,我们那些阔绰的海军军官中的任何一人都或许特别值得欢迎——请容我再补充一句,无论何时,我都会在两小时以内赶到,您根本不用费心回应。"

沃尔特爵士只是点了点头。但不多一会儿,他站起身来,在房间里踱来踱去,尖酸刻薄地评论说:

"我想,当他们发现自己身处这种气派的宅邸时,海军军官中几乎没什么人不会感到惊讶。"

"他们一定会四处张望,毫无疑问,然后庆幸自己交了好运。"克莱太太开口了。克莱太太也在场,她父亲让她一起搭车过来,没什么能比乘车到凯林奇府更利于克莱太太的健康了。"但我挺赞成我父亲的看法,海员或许是特别值得欢迎的租客。我认识他们中不少人,除花钱大方外,他们各方面都是那么整洁与细致!您这些贵重的画像,沃尔特爵士,如果您愿意将它们留下,一定会安然无损。这宅邸内外的每一件东西都会得到极好的照料,花卉园和灌木区也几乎将和现在一样井然有序。埃利奥特小姐,您也不用担心您那香气甜美的花卉园会被荒废。"

"至于那些，"沃尔特爵士漠然地回答说，"若是我接受劝诱，将我的宅邸租了出去，我还没有打定主意要不要附加上这些优待条件。我并不特别愿意施惠给租客。林区当然会对他开放，很少有海军军官，或者其他行当的人，能有这样大的地方。至于我对使用游乐场可能有什么限制，那又是另一回事了。我不喜欢想到我的灌木区总有外人能去；我也应该劝劝埃利奥特小姐，要她当心她的花卉园。我非常不乐意允许凯林奇府的租客享受任何额外的恩惠，我向你保证，管他是水手还是士兵。"

短暂的沉默之后，谢泼德先生鼓起勇气开了口：

"在以上这些情况中，有已确立的惯例清楚地规定了房主与租客间的每一桩事务。沃尔特爵士，您的利益被掌握在了极可靠的人手里。请相信，我会当心的，不会让租客获得正当范围之外的任何权利[1]。我想贸然表示的是，沃尔特·埃利奥特爵士对他本人利益的留意程度，还不及约翰·谢泼德替

---

[1] 这句话与谢泼德先生前面的短暂沉默相呼应，说明沃尔特爵士此前关于要限制租客使用游乐场之语的荒唐。在典型的18世纪英式自然风致园里，强调自然美景的游乐场是其重要组成部分，由灌木区、观赏花园、雕像以及庭榭等园林建筑构成，距离主宅邸很远，是休闲散步的好去处。林区距离主宅很远，男性租客可以去那里猎鸟，但并不适合日常休闲散步。所以，针对沃尔特爵士将允许租客使用灌木区与花卉园视为"额外的恩惠"的说法，谢泼德先生只能强调自己"不会让租客获得正当范围以外的任何权利"。

他操心的一半。"

这时候,安妮开口了:"我认为,为我们做出了如此多贡献的海军,至少和其他任何行业的人一样,有同等权利要求享受任何一所住宅能给予的所有舒适与所有特别待遇。我们都必须承认,为了能享受到舒适,海军官兵够操劳了。"

"一点不假,一点不假。安妮小姐[1]说的,一点也不假。"谢泼德先生赶紧接下了话茬;他女儿也说:"呀,当然了!"但很快,沃尔特爵士又说道:

"这一行有它的实际价值,但如果我有朋友身处其中,我会深感遗憾。"

"是吗!"伴随这个回应的,是一脸惊讶。

"没错!这行有两点让我觉得反感;我有两个强有力的反对它的理由。首先,它让出身卑微的人获得不相称的盛名,让那些人获得他们父辈或者祖父辈从未敢梦想的荣耀;其次,它会极可怕地摧毁一个人的青春与精力,水手会比其他任何人都老得快。我这一辈子都在观察这一点。进海军的人比进其他行业更容易遭受屈辱,一个他父亲可能都不屑搭话的人的儿子竟然得到了晋升,而他自己却过早地成为被蔑视的对象。去年春天的某一天,我在城里碰到了两个人,他们就能很好地证明我刚才的那番话。一个是圣艾夫斯勋爵,我们都

---

[1] 安妮作为次女,不能被称为埃利奥特小姐,只有长女才能被如此称呼。

知道他父亲只是一个乡村牧师助理[1]，面包都吃不上，我却得让圣艾夫斯勋爵走在前面；另一个是某位姓鲍德温的海军将军，长着一副你们能想象得到的最糟糕的相貌，面部是红木的颜色，粗糙不平到了极点，全是褶子和皱纹，两鬓只有几根稀疏的灰发，头顶除了一层发粉就没有别的。'天呐，那老家伙是谁？'我和旁边站着的一位朋友巴兹尔·莫利爵士说道。'老家伙！'巴兹尔爵士惊呼起来，'那是鲍德温将军。你认为他多大了？''六十，'我说，'也可能六十二。''四十，'巴兹尔爵士回答说，'四十，最多四十。'你们可以想象我有多震惊；我是不会轻易忘记鲍德温将军的。海上生活能把人折腾成那样一副凄惨的模样，这我还从未见过；但在一定程度上，我知道他们都是那样的：他们都在海里颠簸，暴露在各种气候、各种天气中，直到他们不适合出来露面。他们没有在活到鲍德温将军的年龄前就死去，也真够遗憾的。"

"不，沃尔特爵士，"克莱太太大声说道，"这话真的有

---

[1] 根据英国教会法规定，英国国教教会职衔由六个等级构成："①大主教和主教；②主教参事会（deans and chapters）；③执事长；④堂区教长代理（rural deans）；⑤堂区主持牧师（parsons）；⑥牧师助理（curates）。堂区俗人执事（church-wardens）或堂区副执事（sidesmen）等与教会职责有关的，也属教会职衔之列。"牧师助理是教堂的最低级牧师，协助堂区长或堂区长代理行使牧师职责，或在其空缺时代行其职。该职位由本区的主教任免，可以是世俗的、受圣俸的或终身的。在当时的英国，牧师助理的薪酬远低于堂区长或堂区长代理；尽管如此，因其为神职人员，仍被时人归入绅士之列。

点苛刻。可怜可怜不幸的人们。并不是所有的人生来就俊俏。大海当然也不是让人变美的东西;水手们也的确衰老得早一些;我经常注意到这一点,他们很快就失去了年轻的外表。不过,其他很多行业或者其他绝大多数行业,不也一样吗?正在军队里当差的士兵也不会过得更好,就算那些受干扰少一些的行业,即便身体不曾劳碌辛苦,也会耗费大量的脑力,因此很少让一个人的相貌随时间而自然衰老。律师埋头苦干,因思虑伤身;医生随时都得出诊,风雨无阻地四处奔波;即便是牧师——"她停了一下,想想应该如何描述牧师——"即便是牧师,您知道,也得走进患者的房间,让自己的健康与相貌受到有毒空气的伤害。实际上,我早已确信,虽然每种行业都有其必需且值得尊敬之处,但却只有那些无须从事任何行业之人才能在乡间过着规律的生活,自由安排时间,做自己喜欢做的事情,因为他们有自己的产业而衣食无忧,无须为想要更多地获取什么而忍受煎熬。我认为,只有他们这些人才有福分最充分地享受健康和拥有好相貌。我认识的那些人,当他们青春不再时,就会失去几分魅力。"

谢泼德先生如此急切地想要表明沃尔特爵士愿意接受海军军官做房客,似乎有其先见之明,因为第一个承租请求就来自一位海军将领克罗夫特。此后不久,谢泼德先生在汤顿参加季审法庭[1]时遇到了克罗夫特将军。其实，在此之前，谢泼德先生的一位伦敦业务伙伴[2]就向他暗示过这位将军。他匆匆赶去凯林奇汇报消息，据说克罗夫特将军是萨默塞特郡本地人，挣下了一笔极为可观的财产后，想回自己的故乡定居。他南下去汤顿，就是为了实地看看广告上登出的那附近一带的几处地方，但都没有看中；在碰巧听说——（谢泼德先生评论说，就像他先前说过的那样，沃尔特爵士的私事是无法保密的）——碰巧听说凯林奇府可能会出租，并了解到他（谢泼德先生）同房主的关系后，克罗夫特将军就直接找到了谢泼德先生，想要仔细打听一番。在一次相当长的会谈中，克罗夫特将军仅仅因为谢泼德先生对凯林奇府的口头描述，就已经对这个地方心驰神往，他对自己的情况也毫无隐瞒，这让谢泼德先生完全相信他是一位十分可靠又适合的房客。

"克罗夫特将军是谁呀？"沃尔特爵士问道，语气淡漠且满是猜疑。

---

[1] 指郡的全体治安法官聚集一起处理事务而组成的法庭。一年四次，按季举行，必要时可以增加开庭次数。（"quarter sessions"，收入薛波主编、潘汉典总审订《元照英美法词典》，p.1130）
[2] 正如小说第一章所介绍的，谢泼德先生仅仅是沃尔特爵士的私人代理人。当时的伦敦是大多数法律事务的处理中心，由于沃尔特爵士严令禁止刊登广告，谢泼德先生极有可能向其伦敦业务伙伴透露了沃尔特爵士的出租意向，而克罗夫特将军则有可能委托了某位伦敦律师帮忙租房。

谢泼德先生赶紧保证说，将军出身绅士家庭，并提到了某个地方。随后，大家沉默了一阵子，这时安妮接过了话头："他是海军白旗中队少将[1]，参加过特拉法尔加海战[2]，随后一直在东印度。他应该在那儿驻守了好几年。"

"那么我就可以肯定了，"沃尔特爵士评论道，"他的脸会橙黄得跟我家男仆制服[3]的袖口和短斗篷一样。"

谢泼德先生赶紧向他保证，克罗夫特将军体格健壮、精神抖擞、相貌堂堂，肯定看得出经受过风雨的考验，但并不那么明显。无论是见解还是举止，他都称得上是位绅士，看起来也不会在租约方面找麻烦；他只想要一个舒适的家，希

---

[1] 17世纪英荷海战之后，英国皇家海军被分为三个中队，每个中队以一种颜色命名，按照中队大小顺序，分别为红旗中队、白旗中队和蓝旗中队。依照资历从高到低的顺序，统领各中队的将领分别为上将（admiral）、中将（vice admiral）和少将（rear admiral）。1864年以后，英国海军不再以旗帜颜色区分不同级别的将领（Gregory Fremont-Barnes, *The Royal Navy 1793-1815*, Oxford: Osprey Publishing, 2007, pp. 26-28）。
[2] 1805年10月21日，在海军白旗中队中将纳尔逊勋爵（Horatio Nelson, 1st Viscount Nelson, 1758-1805）的指挥下，英国海军在加迪斯港外海的特拉法尔加海岬大败法西联合舰队。此次海战奠定了英国的海上霸主地位；纳尔逊在此次海战中战死，但他下令从自己的指挥舰发出的讯号"英格兰期盼人人都将恪尽职守"（England expects that every man will do his duty）成为英国历史上最著名的海军讯号。
[3] 每个贵族家庭都有其特制男仆制服，色彩鲜艳，且与该家族纹章的色彩一致，以彰显其家族地位。此处暗示沃尔特爵士的家族纹章色彩包括了橙黄色。当时贵族家庭的马车夫制服通常包括一件多层短斗篷（cape），该短斗篷也可在颈部与单排扣外套连接在一起，遮住肩部。

望能尽快搬进去；他明白自己必须为此便利而付出代价，也明白如此显贵、陈设俱备的房屋的房租应该开价多少，即便沃尔特爵士开价更高，他也不会感到惊讶；他还问起过附属的庄园，当然也会很乐意代管狩猎[1]，但并没有坚持这一点；他说自己有时候也会拿出枪来，但却从未猎杀过。他是位十足的绅士。

谢泼德先生眉飞色舞地聊着这个话题，还提到了该将军的各种家庭情况，这些情况表明他是一位特别理想的房客。将军已婚但没有子女，这种情况再好不过了。谢泼德先生指出，如果一所房子里没有女主人，房子就不会被照看得很好。不过他并不知道，同子女众多的人家的房子相比，没有女主人的房子里的家具是不是同样容易被损坏。没有子女的女主人是世上最好的家具保护者。他已经见过了克罗夫特太太，她也在汤顿，和将军在一起，当他们洽谈这事时，她几乎始终在场。

---

[1] 18世纪英国贵族与乡绅阶层最热衷的户外运动是狩猎；为将低收入小地产主排除在这项大地主们日渐热爱的运动之外，当时的法律规定，只有年收入100英镑以上的地产主才有资格狩猎，违者将被处以重罚。尽管如此，有权打猎的地主依然可以合法地指定任何雇工成为自己的猎场看守人，代管狩猎权，或将自己的狩猎权授予其朋友，允许后者在自己的庄园里打猎。出租自己乡间宅邸的地产主也常将自己的狩猎权授予自己的租客（David Selwyn, *Jane Austen and Leisure*, London: The Hambledon Press, 1999, p. 90）。

"她看起来是位谈吐极为得体的太太,举止文雅,也精明,"谢泼德先生接着说,"关于房子、出租条件、税赋[1]等等,她提的问题比将军本人提的还要多,看上去也比将军更熟悉如何做交易。此外,沃尔特爵士,我还发现,和她丈夫一样,她与本地区也并非毫无关系。就是说,她是一位曾在我们这里住过一段时间的绅士的姐姐,她自己这么跟我说的:是一位几年前住在蒙克福德的绅士的姐姐。天呐!他的名字是什么来着?我现在一时想不起他的名字,但我最近还听人提起过。佩内洛普,亲爱的,你能帮我想想那位曾在蒙克福德住过的绅士的名字吗?就是克罗夫特太太的弟弟。"

可是,克莱太太正热切地跟埃利奥特小姐说着话,没听见谢泼德先生的求助。

"我不知道你想说的能是谁,谢泼德。我记得,在老特伦

---

[1] 针对住宅,当时的英格兰主要有两项全国性税种,即窗户税(window tax)和住房税(inhabited house duty)。窗户税于1696年设立,以取代"炉灶税"(hearth tax),但只针对有10个及以上窗户的房屋;自1761年起,该项税种起征点降为8个窗户,而自1784年起,则降至7个窗户;该项税种的征收范围未扩及苏格兰。住房税于1778年设立,以年租金为标准对房屋使用者征税,房屋年租金在5英镑以上、50英镑以下的,每英镑纳税6便士;年租金50英镑及以上的,每英镑纳税1先令;该项税种针对的是房屋的实际居住者或使用者,而并非一定是房屋所有者。(John Edwin Piper, *The Acts Relating to the House Tax*, London: Butterworth & Co., 1903, pp. xxii-xxviii)。

托大人[1]之后，就没有任何绅士住在蒙克福德。"

"天呐！真的太怪了！我看不久后我会连自己的名字也忘了。我非常熟悉那个名字，也很熟悉这位绅士本人，见过他上百次。我记得，他还曾经咨询过我关于他某个邻居非法侵入的事，农场主的某个雇工[2]闯进他的果园——墙被推倒——苹果被偷——当场被抓住。但后来，和我的意见相反，他和对方友好地和解了。真的很怪！"

又等了一会儿后——

"我想，你指的是温特沃思先生。"安妮开口说道。

谢泼德先生感激不已。

"就是温特沃思这个名字！温特沃思先生正是那个人。他曾在蒙克福德做过牧师助理，您知道的，沃尔特爵士，以前

---

[1] 原文为"old Governor Trent"，由于小说并无其他任何关于"老特伦托"的信息，且当时英国代君主管理各郡的郡长被称为"sheriff"，各郡的军事长官则被称为"Lord lieutenant"，故在此只能判断能够被沃尔特爵士认可的绅士"老特伦托"具有较高的行政权力。

[2] 在当时的英国乡村社会结构中，农场主处于中间层级，其上是像沃尔特爵士这样的大土地所有者（large landowners），其下则是农业雇工（labourers）；其中，农场主分为两种，即向大土地所有者租地的农场主（tenant farmers）和有一点土地的自耕农（freehold farmers），但在当时的整个社会发展趋势中，自耕农数量逐渐减小，或成为租地农场主，或沦为农业雇工（Malcolm Kitch, "Population Movement and Migration in Pre-Industrial Rural England", in Brian Short, *The English Rural Community: Image and Analysis*, Cambridge: Cambridge University Press, 1992, pp.68-69）。

某个时候，做了两三年。大概是 1805 年[1]来这里的。我肯定您记得他。"

"温特沃思？啊！是的，——温特沃思先生，蒙克福德的牧师助理。你用的'绅士'这个词让我误会了，我还以为你在谈论一个有产业的人。在我印象中，温特沃思先生什么也不是，没什么显赫的亲戚，跟斯特拉福德家族[2]也丝毫扯不上关系。我们贵族中许多人的姓氏何以变得如此粗鄙，这可

---

[1] 原文为"the year—5"。小说故事发生时间为 1814 年《巴黎条约》签署后，在安妮与温特沃思上校重逢前，他们已分手八年，而当年温特沃思上校正是因为来这位做牧师助理的哥哥家小住才结识了安妮，因此此处时间或应为 1805 年。
[2] 沃尔特爵士指的是享有斯特拉福德伯爵封号的温特沃思家族。事实上，斯特拉福德伯爵这个封号于 1640 年才首次设立。第一任斯特拉福德伯爵为查理一世的密友兼顾问托马斯·温特沃思（Thomas Wentworth, 1st Earl of Strafford, 1593-1641），当查理一世为平息议会抗议而于 1641 年处决该伯爵后，该伯爵被同时剥夺了民事权利和民事行为能力，其中包括取消其贵族封号。之后在复辟时期，其子威廉·温特沃思成功地推翻了褫夺法权这一判决，并于 1662 年继承该封号，成为第二任斯特拉福德伯爵，但因威廉没有继承人，该封号于 1695 年起曾一度被自动取消。1711 年，斯特拉福德伯爵这个封号被再次使用，托马斯·温特沃思之弟的孙子托马斯·温特沃思（Thomas Wentworth, 1st Earl of Strafford, 1672-1739）受封成为斯特拉福德伯爵一世，并于 1712—1714 年间担任海军大臣。但是，在第三任斯特拉福德伯爵弗雷德里克·托马斯·温特沃思（Frederick Thomas Wentworth, 1732-1799; 1791 年继承该封号）去世后，该贵族封号再次被自动取消。小说第一章表明，沃尔特爵士所继承的准男爵封号是在复辟时期由查理二世所设立，目的在于褒奖其家族效忠王室之功，沃尔特爵士在这里强调的或许也是斯特拉福德伯爵这个封号同斯图亚特王朝的联系。

真让人纳闷。"

谢泼德先生发现，克罗夫特夫妇的这门亲戚没能在沃尔特爵士面前对他们有任何帮助，便也就不再提起，转而以全部的热情，重新谈起那些更能毫无争议地有利于他们的细节：他们的年龄、家中人口和财富，他们如何对凯林奇府推崇备至，如何渴望租下它。在他的描述中，他们似乎把成为沃尔特·埃利奥特爵士的租客视为至高无上的幸福，假如他们已清楚沃尔特爵士如何看待租客的应得权益，这个品位倒是无疑很独特。

不管如何，这事还是成了。尽管沃尔特爵士对任何打算租凯林奇府的人都看不惯，认为他们即便是以最高价租下也仍然太过走运，但在劝说下，他还是同意让谢泼德先生去继续洽谈，委托他去拜访还留在汤顿的克罗夫特将军，定下看房的日子。

沃尔特爵士并不太明智，但足够的阅历也让他明白，公平而言，几乎不可能再有一位各方面都比克罗夫特将军更加无可挑剔的求租人了。他的理解力仅限于此，而他的虚荣心又给了他一点额外的安慰，那就是，将军的社会地位刚好足够高，但又并非过高。"我把房子租给了克罗夫特将军"，这话听上去特别气派，比租给某位平平凡凡的什么先生气派多了。一位某某先生（也许全国也就那么五六个人除外）总需要一两句解释，而一位海军将军自身便足以说明其声望，但同时又不会让一位准男爵黯然失色。在他们所有的交易与交往中,沃尔特·埃利奥特爵士必定处处都比将军高一等。

凡事都得事先征求伊丽莎白的意见,不过她现在一心想要搬走,自然很高兴搬家这事能定下来,也很高兴刚好有租客能尽快促成该事,因此根本没说一个不字。

谢泼德先生奉令全权处理此事。这个结果一出来,原本在整个过程中听得最认真的安妮就离开了房间,想让凉爽的空气抚慰自己微红的面颊。她沿着一处心爱的小树林信步慢行,低低地叹息:"再过几个月,他,或许,就会在这里散步了。"

第四章

无论表面迹象多么令人难以置信,他却并不是温特沃思先生[1],那位曾在蒙克福德担任牧师助理的先生,而是一位弗雷德里克·温特沃思上校,那位牧师助理的弟弟。圣多明戈海战后[2]他被晋升为中校,但并没有被马上安排船只,于是便于1806年夏天来到萨默塞特郡。由于父母双亡,他在蒙克福德住了半年。那时候,他是一位特别英俊潇洒的年轻人,天资聪颖、朝气蓬勃、才情横溢,安妮则是一位特别秀美的女孩,清婉温柔、斯文内敛、风雅得体、多情动人。对他俩而言,对方一半的魅力或许便已足够,因为他当时正赋闲待命,而她的满怀爱意也几乎无人可托付。双方无论如何也不可能错过对方那种种令人印象深刻的特点。于是,他俩逐渐熟悉起来,熟悉之后就迅速陷入热恋中。很难说究竟是哪一方觉得对方更完美,或者哪一方更幸福:是倾听他的衷肠与求婚

---

[1] 在当时的英国,只有长子能被冠以"姓氏 + 先生"这种称呼方式,次子等只能被称为"名 + 先生"。
[2] 圣多明戈海战指1806年英法在加勒比海区域原法属殖民地圣多明戈进行的海战,法国舰队在此次海战中惨败。

时的她,还是示爱与求婚被接受时的他?

随后是短暂而又极致的幸福,但这幸福却稍纵即逝。烦恼很快露出了端倪。当沃尔特爵士被问及意见时,他没有明确地拒不同意,也没有说绝对不行,只是以巨大的惊讶、极度的冷淡和沉重的缄默表示反对,并斩钉截铁地表示,决不会为自己的女儿做任何事情。他认为这是一桩极不体面的婚事;而拉塞尔夫人,尽管她的骄傲并不那么强烈且更情有可原,也认为这桩婚事极为不幸。

安妮·埃利奥特,家世、美貌与头脑样样都有,年方十九便要自毁前途;在十九岁的年纪就要同一个除他本人外便一无所有的年轻人订婚。这人毫无希望发达致富,只指望着一份前途极为渺茫的职业所提供的机遇,甚至没什么关系来确保自己能在那个行业中继续升迁。这真的会自毁前途,拉塞尔夫人想着就十分痛心!安妮·埃利奥特,这么年轻,几乎完全为人所不识,就要被一个毫无背景且一文不名的陌生人诱拐了,或者说是将被他湮没在消磨意志、终日焦虑、扼杀青春的企盼中。这绝对不可以!如果由一位对安妮几乎有着母亲的爱与母亲的权利的人去劝说、去借助友情来恰当地介入,这便不会发生。

温特沃思上校那时候并无任何财产。他在自己那份职业中运气很好,财物来得容易,花起来也就毫无顾忌,所以没有攒下分文。但他坚信自己很快就会富起来:他充满着活力与热情,知道自己很快就会有一艘船,很快就能前往一个港口,它将通往他想要的一切。他过去一直很幸运;他也知道自己将继续如此。这等踌躇满志,它热忱而有力,加之时刻流露出它的人才智出众,因此又充满魅惑,对安妮来说它肯定已足够。但是,拉塞尔夫人对此的看法却迥然相异。他乐观自信的性格和无所畏惧的精神,对她产生了截然不同的影响。她认为它只会加剧不幸,只给他增加了几分危险色彩。他才情横溢,坚持己见,可拉塞尔夫人欣赏不了风趣机智,也畏惧任何近乎轻率的言行。她从各方面强烈反对这桩婚姻。

这些情感所带来的反对让安妮无法抵抗。她虽然年少且性格柔顺,可还是能经受得住父亲的敌意,尽管她姐姐并没有给出一个善意的眼神或字眼来纾解这种敌意。但是,她素来热爱与依赖的拉塞尔夫人如此坚定自己的看法,又如此对她温柔以待,不可能听凭她一直劝告却始终白费口舌。在拉塞尔夫人的劝导下,她终于相信订婚是一件错误的事情——轻率、不成体统,几乎无法成功,也不配成功。可在中断婚约时,她的所作所为也并非完全出于自私的审慎。如果她不是想到自己更多地是在顾虑着他的利益,而不只是为了自己,她几乎无法放弃他。面对别离——最后的别离——所带来的痛苦,她唯一能安慰自己的是,她坚信自己首先是为了他好才如此谨慎、如此牺牲自我。她那时也极需安慰,因为她不得不面对他的看法所带来的全部额外痛苦,他完全不相信她的说辞,坚持己见,因婚约被强行中断而深感自己受到了侮辱。于是,他离开了。

从开始到结束,他们只结交了几个月时间,但安妮因此而承受的痛苦却并没有在几个月后就结束。在很长一段时期里,她的痴恋与悔恨让她在青春时代的一切乐趣都蒙上了阴影,她也因此芳华早逝,一直郁郁寡欢。

这段简短的伤心经历已然过去七年有余,她对他的情愫已随时间而淡了很多,或许已几乎全然无痕,但她太过依赖时间了,并没有为了抚平伤痛而换个环境(她只是在解除婚约后不久去了一趟巴斯),也没有结识新朋友或更多的朋友。在被凯林奇社交圈接纳的人中,没有一个能比得上她记忆中的弗雷德里克·温特沃思。没有第二段恋情,尽管以她那时的年龄,这是唯一一种能彻底而又自然而然地治愈心灵创伤的幸福且有效之良药,可在他们所身处的那个交际圈的有限范围里,她在精神方面的高雅格调和她在情致方面的苛求,使得她难以再度打开心扉。大约在她二十二岁时,有个年轻人曾向她求过婚,但他不久后就发现她妹妹更愿意嫁他。拉塞尔夫人为她的拒绝痛惜不已,因为查尔斯·马斯格罗夫是当地一户人家的长子,论地产和社会地位,他父亲在当地仅逊于沃尔特爵士,而且他本人的品行与外表也不错。尽管拉塞尔夫人在安妮十九岁时或许会要求更高,但她还是很乐意看到安妮在她二十二岁时这般体面地远离她父亲宅邸里的偏心与不公,在自己附近永久定居下来。但这次,安妮根本没给任何劝告留下余地。拉塞尔夫人虽说还一如既往地相信自己的辨别力,从不曾后悔过去的决定,但此时她却开始不安起来,担心安妮无法被某位既有才能又经济独立的男性吸引,并进入那种她认为以安妮丰富的情感与宜家的气质特别适合的身份。

关于安妮当初那个决定的一个关键之处,即它是一如既往还是已然改变,她们双方并不知道对方的看法,因为她们在这个话题上始终保持着缄默。但是,与她在十九岁时受人引导下的想法相比,二十七岁的安妮所想的就大不相同了。她并不埋怨拉塞尔夫人,也不怪自己当初接受了拉塞尔夫人的引导。可她觉得,如果有任何年轻人面临相似的处境,前来征询她的意见,他们决不会承受这种确定的眼前的不幸,以及不确定的未来的益处。她已经认识到,即便家庭的反对会有种种不利之处,即便他的职业会伴随着种种焦虑,即便它们可能会催生种种恐惧、延误和失望,同放弃婚约相比,坚持婚约本会让她更加幸福。她完全相信,虽然没有考虑到他们这种情况的实际结果,但如果他们经受住了属于自己的那一份焦虑与担忧,甚或是超越常情的那一份,坚持婚约会给他们带来预料不到的更早的富裕生活。他所有的乐观期待,他所有的信心,都得到了证实。他的才能和热情似乎预见并掌控着他的成功之路。他们解除婚约后不久,他就被安排了船只，他对她预言过的一切都已实现。他很快脱颖而出，晋升了一级，加之不断俘虏敌船，现在肯定已经挣下了一笔可观的财富。她能依据的只是海军名簿和报纸，但她毫不怀疑他现在已经富有；她也相信他的专一，没有任何理由认为他已经结婚。

安妮·埃利奥特原本可以多么具有说服力！至少，她在早早拥有炽热的爱情和对未来由衷地满怀信心，而不要采取过分谨慎的态度方面是具有说服力的。因为那样的谨慎似乎不只让努力蒙受耻辱，也在怀疑天命。她在风华正茂之时便被迫选择了谨慎，但随着年岁增长，她却懂得了浪漫；这是不自然的开端所造成的必然结果。

所有这些情形、回忆与情感，让她在听说温特沃思上校的姐姐有可能入住凯林奇府时，无法不回想起过去的痛苦；只有来来回回的徘徊、一声接一声的叹息，才能驱散这个消息带来的忐忑。她再三告诉自己，这样很蠢，直到她足够坚强，在大家不断谈及克罗夫特夫妇和他们的事务时，能够心中波澜不起。不过，她的家人朋友中只有三个人清楚这个过去的秘密，但他们完全无动于衷，看起来什么都没有意识到，好像几乎已经想不起这件事情了。这倒帮了安妮不少忙。她可以不带偏见地认为，拉塞尔夫人的动机要比她父亲和伊丽莎白高尚得多，拉塞尔夫人出于种种更善良的情感而表现得镇定自若，对此她非常感激。但不管他们各自的动机究竟如何，他们都装出了一副忘记了过往的样子,这非常重要。当克罗夫特将军真的租下凯林奇府时,安妮再次庆幸地确定了过去曾一直让她备感宽慰的一点:她自己的家人朋友中只有三个人知道这件往事,她相信他们对此不会透露一个字;他那边只有当时和他住在一起的那位兄长知道他们这段短暂的婚约,那位兄长早已离开了本地。他是一位明白事理的人,当时又还是单身汉,所以她一厢情愿地认定,没人能从他那里听到什么。

克罗夫特太太这位姐姐那时不在英格兰,正随丈夫驻扎在海外某个基地。那件事情发生时,她自己的妹妹玛丽正在上学;那件事情过后,有人因为自尊心,有人则是出于谨慎,并没有向玛丽透露任何相关信息。

在这些想法的支撑下,她希望自己在与克罗夫特夫妇的交往过程中不会有任何特别尴尬之处:拉塞尔夫人还住在凯林奇,玛丽则住在三英里外,她必须预先考虑到,她可能会结识克罗夫特夫妇。

第五章

安妮几乎每天都会散步走到拉塞尔夫人家。在克罗夫特将军夫妇约定看房的那天上午,安妮自然继续散步去了,在一切结束之前完全避开,当然也就很遗憾地错过了与克罗夫特夫妇见面的机会。

双方这次会面很圆满,整件事情也就立刻定了下来。两位女士事先就已有强烈的意愿要达成协议,因此除了对方得体的举止,什么也没有注意到。至于两位绅士,将军热情洋溢、坦率慷慨,又满怀信任,竟然影响了沃尔特爵士;加之谢泼德先生在此之前就已向沃尔特爵士保证,将军早就听说爵士是良好教养的典范,这样的恭维话也让爵士的表现特别稳妥、无可挑剔。

房子本身、周遭的庭院以及室内陈设都受到了赞许;克罗夫特夫妇也得到了认可;租约条款、时间、所有的东西与所有的人,都妥帖无误。谢泼德先生便安排他的书记员们着手工作,合同双方就"本合同表明"[1]里的各项没有任何分歧,

---

[1] 该时期的租约以此开头,因此这里指代的是租约本身。

所以合同也没有一处需要调整。

沃尔特爵士没有丝毫犹豫，宣称将军是他遇到过的最帅气的水手，甚至还说，如果让他的贴身男仆为将军打理头发，他在任何地方也不会觉得同将军在一起会让他丢脸。在乘马车穿过庄园的林区时，将军满意而又兴奋地同太太说："亲爱的，我想我们很快就能达成协议。我们在汤顿是听说了不少传闻，但准男爵看起来并不坏，虽然他也成不了什么大事。"——两人如此相互夸赞，而这样的夸赞本也应当被认为是公平的。

克罗夫特夫妇定于米迦勒节[1]入住。由于沃尔特爵士提议在这之前的一个月里搬到巴斯，所以必须抓紧时间安排好每一件相关事宜。

拉塞尔夫人深信在应该选择哪栋房子这件事情上，安妮不会被允许发挥什么作用，或者有什么资格，因此很不愿意让安妮被如此匆忙地带走，她希望能让安妮留下来，直到圣诞节后她自己去巴斯时再把她带去。可拉塞尔夫人自己又另有安排，必须离开凯林奇几周，所以也无法称心如愿地邀请安妮与自己同住到圣诞节。安妮尽管惧怕在九月的巴斯城里

---

[1] 每年的9月29日，英国传统四大结账日之一；另外三个分别是，圣母领报节（Lady Day，每年的3月25日）、施洗约翰节（Middlesummer Day，每年的6月24日）和圣诞节。履行租约也通常在米迦勒节进行。

那满目刺眼的白光中[1]可能依然没有消退的暑热,也为即将失去乡村的秋季里那所有甜蜜又伤感的氛围而难过,但在斟酌了所有情况后,仍然觉得不想留下。同其他人一同离去才是最正确、最明智之举,痛苦肯定也因此最少。

但这时又出现了新状况,让安妮被派上了新任务。玛丽经常觉得自己身体不舒服,总把自己的身体不适特别当回事,但凡有事,就会直接让安妮去她家。她那天又感觉有些不舒服,在预感到自己整个秋天都会身体不好后,她就恳求或者更应该说要求——因为很难说是恳求——安妮去上克洛斯农居[2]陪她,而不去巴斯,她需要安妮多久,安妮就得陪她多久。

---

[1] 当时巴斯城里的大部分建筑物都用当地特产的一种砂岩建成,这种浅蜜色砂岩会很好地反射阳光。

[2] "上克洛斯农居"(Uppercross Cottage);这里的"cottage"在当时也被称为"装饰过的农舍"(cottage orné),是一种流行于18世纪末至19世纪初的小型乡村宅邸,旨在为居住者提供各种"现代"设施及流行装饰,并同时制造"如画"效果。这类新农舍与传统农居大不相同,从外观看是"新古典主义田园式、哥特式、都铎式、印度式、瑞典式或意大利式细节的拼贴"(Daniel Maudlin, *The Idea of the Cottage in English Architecture, 1760-1860*, Abingdon: Routledge, 2015, p. 161)。英国建筑师埃德蒙德·巴特尔于1804年写道:"农舍,其字面意指一栋面积较小的、适合阶层较低者居住的房子;但当今的潮流趋势为符合这类描述的建筑物增添了一个有着鲜明特点的种类,即被称为具有装饰过(ornamented)或修饰过(adorned)特征[的农舍]。由于其所需费用与其居住者社会地位均不同[于传统农舍],装饰过的农舍(ornamented cottage)在品位与社会地位方面都具有优势。"(Edmund Bartell, *Hints for Picturesque Improvements in Ornamented Cottages*, London: Printed for J. Taylor, 1804, pp. 4-5)

玛丽是这样解释的:"我根本不能没有安妮。"伊丽莎白的回答则是:"这样的话,我相信安妮最好还是留下,因为在巴斯谁也不会需要她。"

即便表述方式不够妥当,被认为能派上用场,至少比被否认、被认为毫无是处要好。安妮很高兴自己还能被认为有些是处,很高兴自己还有任何能被称作任务的事情可做,当然不会因为得在乡间、在她心爱的家乡乡间尽此义务而难过,于是就欣然同意留下。

玛丽的邀请帮拉塞尔夫人解决了所有困难。因此事情也就很快定了下来,即安妮先不去巴斯,拉塞尔夫人会将她带去,其间,安妮将先后待在上克洛斯农居与凯林奇别院。

至此,一切都完美妥当,但凯林奇府的计划中却有一个不恰当之处,让拉塞尔夫人震惊不已,这就是克莱太太收到了邀请,将以伊丽莎白最重要、最可贵的帮手这个身份,与沃尔特爵士和伊丽莎白一道去巴斯,协助伊丽莎白处理即将面临的各种事务。沃尔特爵士与伊丽莎白竟然采取了如此举措,拉塞尔夫人对此感到万分难过,也深感诧异、痛心与担忧:克莱太太如此受到倚重,安妮却被认为一无是处,这其中所暗含的对安妮的羞辱,无疑让人极为义愤。

对于这样的羞辱,安妮自己已能坦然承受,但她也像拉塞尔夫人一样强烈地感受到了这一安排的轻率之处。根据大量暗中观察,以及她对自己父亲品性的了解——这点上她常常宁可少了解一些,她非常清楚的是,对他们的家庭而言,这种亲密关系极有可能导致最严重的后果。她并不认为她父亲目前就有类似想法。克莱太太长着雀斑,还有颗龅牙,有只手腕也不够灵活,她父亲一直背着克莱太太对此说三道四。但克莱太太还年轻,整体看来当然还算漂亮,为人精明,举手投足间都在锲而不舍地取悦,她的吸引力也因此远比任何单纯的个人外在条件大得多。安妮深切地感受到了他们所面临的危险的严重程度,无法无动于衷,于是就向自己的姐姐指出了这一点。她本也不指望能够成功,可她又觉得,如此不幸一旦发生,伊丽莎白会比她自己可怜得多,到那时候,伊丽莎白就没有理由怪罪自己,指责自己没有预先提个醒。

她说出了自己的看法,可却似乎只是惹恼了伊丽莎白。伊丽莎白无法想象她如何能进行如此荒唐的猜想,愤然地保证她父亲和克莱太太都完全清楚各自的位置。

伊丽莎白热切地说道:"克莱太太从未忘记自己是谁;而且,因为我比你更清楚她的想法,我可以向你保证,在婚姻这个话题上,她的态度尤其审慎,她强烈反对门户不相当的婚姻,比绝大多数人更坚决。至于父亲,他已经为我们单身了这么久,我真的认为现在没有必要怀疑他。如果克莱太太是个非常漂亮的女人,我会同意你的看法,让她总和我待在一起大概并不妥当。我敢肯定的倒不是世上没有任何东西能诱惑了父亲,让他去结一门不体面的亲事,而是他可能会不幸福。但可怜的克莱太太,虽然她有那么多优点,但却从未让人认为她还有几分姿色!别人可能还会以为你从来没有听到过父亲如何谈论她的个人缺陷,但我知道你肯定已经听过至少五十遍。她那颗牙和那些雀斑!我不像他那样厌恶雀斑,我还认识一个长了几颗雀斑却并未因此而难看的人,但他十分讨厌雀斑。你肯定已经听到过他如何议论克莱太太的雀斑。"

"很少有任何个人缺陷,"安妮回答说,"不会因为讨人喜欢的举止而逐渐被接受。"

"我的看法大不相同,"伊丽莎白不耐烦地回答道,"讨人喜欢的举止可以烘托出悦目的容貌,却永远也不会改变平凡的外表。不过,不管如何,鉴于这点上我目前担的风险比其他任何人都多,我觉得你大可不必来给我什么忠告。"

安妮说完了——很高兴谈话就此结束,也没有对谈话的效果完全不抱希望。尽管伊丽莎白反感自己的猜想,但她或许还是会因此而提高警惕。

那四匹四轮马车用马的最后一个任务[1]是将沃尔特爵士、埃利奥特小姐和克莱太太拉去巴斯。他们离去时兴致都非常

---

[1] 当时巴斯的马车租车服务很方便,所以从节约开销出发,沃尔特爵士一家并不需要继续拥有自己的私人马车。此处或许暗示,这四匹马将被卖掉。

劝 导

高；所有愁苦的佃户和村民[1]，或许已得到了出来送行的暗示，沃尔特爵士也做好了准备，要向他们礼节性地低头致意。与此同时，安妮在某种寂寥的平静中走向拉塞尔夫人的凯林奇别院，并将在那里度过此后的第一周。

她朋友的情绪并不比她的高。对于这个家庭的衰落，拉塞尔夫人感受深切。对她来说，他们的体面和她自己的同样珍贵，每天的交往也因为成为习惯而变得宝贵。看着被他们遗弃的庭院，她深感痛惜；想到它们即将落入他人之手，她就更加难过。为了逃离这经历了巨变后的村庄的孤独与忧郁，并在克罗夫特将军夫妇搬来时躲开，她早已决定在安妮必须离开的那天也离家外出。因此，他们安排了一起离开，拉塞尔夫人的第一段旅程[2]刚好路过上克洛斯农居，她就在那里将安妮放下。

---

[1] 指的应该是租种埃利奥特家族地产的租地农场主，以及居住在农舍中的经济状况更窘迫的村民。在当时的英国农村社会规范中，地主与佃户及村民的理想关系应该是一种家长式关系：地主以乐善好施的态度照看佃户及村民，并施以援手；佃户及村民则应对地主恭敬以待，深怀感激，并积极效劳。在礼仪上，地主如果不再继续居住在自己的产业上，就像一个家长突然遗弃了他的家庭，佃户及村民应因为无人照看自己的福祉而感到苦恼，并主动送行，临行的地主也应对送行的佃户及村民点头回礼。但此处，沃尔特爵士的佃户和租户却需要有人暗示他们才被动地出门相送，关于沃尔特爵士是否能够被称为一位符合传统农村社会规范的好地主，小说似乎已给出了答案。
[2] 由于当时的马车需要大约每10英里就换马一次，所以拉塞尔夫人的第一段旅程指的就是第一段大约10英里的路程。

上克洛斯是一个中等大小的村庄，几年前还完全是一派英格兰旧时风貌，只有两幢房子比那些自耕农和雇工的房子看上去好一些。一幢是当地乡绅的大宅邸，高高的围墙，宽大的院子正门，古老的树木，牢固且未经改造；另一幢是简洁紧凑的牧师公馆，一个精巧的小花园环绕在它的周围，它的竖铰链窗外生长着一株藤蔓与一棵梨树，它们经过修剪的枝条环绕在了窗户周围。但是，年轻的乡绅刚一结婚，这个村庄就发生一些变化，一处农舍被改建为他居住的小院子。与距离它大约四分之一英里的大宅邸一样，这个有着游廊[1]、法式窗户和其他漂亮装饰的上克洛斯农居很可能会吸引路人的注意力，虽然那座大宅邸看起来更协调、更壮观。

安妮经常来这里小住。她像清楚凯林奇府一样了解上克洛斯的情况，这里的两个家庭经常见面，任何时候都会在对方房子里进进出出。所以，当安妮发现玛丽独自待在家里时，她感到很惊讶；但既然玛丽是单独一个人，那她感觉浑身不舒服、情绪低落也几乎是一件理所当然的事情了。尽管玛丽的经济状况比她二姐好，但她却没有安妮的性情，也不如安妮善解人意。

---

[1] 原文为"viranda"，为"veranda, verandah"的旧式拼法，该词由印度引入英国，但或许北印度语中的"*varandā*"及孟加拉语中的"*bārāndā*"都源于葡萄牙语和西班牙语中的"*varanda*"和"*baranda*"（"veranda, verandah"，in *Oxford English Dictionary Second Edition on CD-ROM [v.4.0]*, Oxford: Oxford University Press, 2009）。

在自己身体舒服、心情愉快、得到精心照顾的时候,她会情绪高涨、兴致勃勃;但任何小病小痛都会让她的情绪沉到谷底;她也完全耐不住寂寞,加之又在很大程度上继承了埃利奥特家的狂妄自大,所以极易在遇到任何不快时想象自己受到了冷遇与欺辱。她的相貌不如两个姐姐,即便在芳华正盛之际,她至多也只能被称为"一位还看得过去的姑娘"。此时,她正躺在那间漂亮的小客厅里的旧沙发上。四个春秋过去了,加之两个孩子的折腾,客厅里曾经特别讲究的家具已渐渐变得寒酸。安妮刚一进门,玛丽就这么跟她打了招呼:

"啊,你可总算来了!我都开始觉得自己永远也见不到你了。我很不舒服,都快说不出话了。整个上午[1]都没见到一个人影!"

"很抱歉看到你这么不舒服,"安妮回答道,"星期四的时

---

[1] 当时英国人关于"上午"(morning)的概念同现代人很不一样。当时的中上层社会人士大约在早上8点起床,早餐大约在9点或10点,主餐(dinner)之后才是"下午"(afternoon)。时髦人士大约在下午6点30分开始吃主餐,坚持旧式生活方式的人的主餐大约在下午3点开始,还有很多人的主餐在这两个时间之间开始。因此,那时候的上午指的是早餐以后至下午3点或6点之间这段时间。主餐大约持续三个小时,所以,下午6点至晚上10点之间是下午茶时间,这也标志着"evening"的开始(参见 "Time", in Kirstin Olsen, *All Things Austen: An Encyclopedia of Austen's World, vol. II, M-Z*, London: Greenwood Press, 2005, pp.673-674)。安妮到玛丽家的时候差不多是下午1点钟,即便按照旧式生活方式标准来看,也不算晚。

候,你让人带信给我,说了自己一切都很好呀!"

"是的,我是只报了喜,我从来都是这样的,但当时我的情况其实一点儿也不好。我觉得自己这辈子从来没有像今天上午这样难受过,所以非常不适合独自在家。假如我突然发病,情形危急,无法自己打铃呢?看来,拉塞尔夫人不愿意下车啊。今年夏天她踏进这房子的次数好像还不到三次。"

安妮说了一些该说的话,然后又问起了她的丈夫。"哎,查尔斯出去打猎了。7点以后我就没有见过他。我告诉了他自己有多不舒服,可他还是要去。他说自己不会在外面待多久,但他根本没回来,现在已经快1点钟了。我跟你说,今天整个上午这么长时间里我就没有见到一个人。"

"孩子们来和你待了一会儿吗?"

"是啊,直到我受不住他们的吵闹。他们太难管教了,除了给我添麻烦,对我没什么好处。小查尔斯根本不听我的招呼,沃尔特也开始变得同样淘气了。"

"好啦,你很快就会好起来,"安妮好兴致地回答道,"你知道,每次我一来,你的病就好了。你那些大宅邸里的邻居怎么样啊?"

"我不清楚他们的情况。今天他们一个人我也没见过,只有马斯格罗夫先生路过时停了下来,隔着窗户和我说了几句话,可他连马都没有下。我告诉了他自己有多不舒服,但他们谁也没有到我这边来。我想,大概是因为马斯格罗夫小姐们刚巧不方便，她们也从来不会为了别人给自己添麻烦。"

"可能上午还没过去以前你就会看到她们的。现在还早啊。"

"我从来都不需要她们，我跟你说。对我来说，她们的话太多，也笑得太多了。噢！安妮，我太不舒服了！你星期四没能来，实在是太无情了。"

"亲爱的玛丽，别忘了你在信中是如何愉快轻松地向我描述自己的！你写得兴致盎然，还说自己身体好极了，不着急让我来。既然如此，你肯定也知道，我希望留下来陪拉塞尔夫人待到最后。除了因为她的缘故我有些顾虑外，我也真的很忙，有那么多事情要做，也不方便早一些离开凯林奇。"

"天呐！你，还可能有什么得做的？"

"事情很多，我跟你说。多得我一时也记不起来有多少，但我能跟你说说这些。我一直在誊抄一份父亲的书画目录；我和麦肯齐一起去了几趟花园，想要弄明白，也想让他清楚，伊丽莎白的哪些植株是要送给拉塞尔夫人的；我也要安排好自己的那些小东西，就是需要分送的书和乐谱，还需要重新装箱，因为先前没有及时弄明白哪些需要货车[1]运送。玛丽，还有一件更加难堪的事情我不得不做，就是去拜访教区的所

---

[1] 原文为"wagons"；在当时的英国，马拉货车是货物的主要陆路运输工具。

有人家[1],算是告别,因为据说他们希望告别一下。可是,所有这些事情就耗费了大量的时间。"

"噢!好吧,"玛丽停顿了片刻便又说道,"那你也没问问我们昨天在普尔家吃饭这事。"

"那么你去了吗?我没有打听,因为我以为你肯定不得不放弃了这次宴请。"

"噢!是啊,我去了。我昨天身体感觉很好,直到今天上午之前我身体都没事。我要不去才叫奇怪。"

"幸好你当时感觉很好,我想你们的宴会挺愉快的吧。"

"没什么了不起的。去之前就已经知道会吃些什么、会有哪些人了,总是这样的。没有自己的马车,可真的非常不方便。马斯格罗夫先生和太太捎我去的,我们坐一起可真挤!他们两人都太胖了,特别占地方!马斯格罗夫先生坐着的时候总是身体向前倾。所以,我呢,只好跟亨丽埃塔和路易莎一起挤在后座上。我觉得,我今天不舒服很有可能就是因为这个。"

安妮继续耐心地陪着,强颜欢笑,没多久就几乎治好了玛丽的病。很快,玛丽就在沙发上直着身子坐了起来,开始希望自己或许正餐前就能离开沙发;然后,她就忘了想这事,

---

[1] 在当时的英国农村社会中,教区是最基本的社会组织。埃利奥特爵士一家在他们所属的教区里是最重要的家庭,对于该教区的其他家庭而言,他们的离去应该称得上是一件大事。而就社会行为规范而言,向这些家庭道别的责任本应由沃尔特爵士和作为长女的伊丽莎白承担。

走到了房间另一头,整理起了花束;接着,她吃了一点冷肉;再接着,她就感觉很好了,并建议出去走走。

"我们去哪儿呢?"当她们准备妥当后,她说,"我想,大宅邸的人过来拜会你以前,你不会想去拜访她们吧?"

"如果只是因为这个缘故,我丝毫不会反对,"安妮回答道,"对于像马斯格罗夫太太和两位马斯格罗夫小姐这样我已经非常熟悉的人,我决不会如此拘泥于礼数。"

"噢!但他们应该尽快过来拜访你的呀。她们应该知道,你是我的姐姐,你该受到什么样的礼遇。不过,我们还是可以过去和她们一起坐坐,完事后,我们就能好好散步了。"

安妮一直认为,这种交往方式极为不妥,但她已经不再试图劝阻了,因为她明白,尽管双方都不断有令对方反感之处,但两个家庭都已离不开彼此了。于是,她们去了大宅邸,在那个旧式方形起居室里坐了整整半个小时。起居室里铺着一块小地毯,地板闪闪发亮。房主的两个女儿陆陆续续在里面添放了一架三角钢琴和一架竖琴,又四处摆放了一些花架和小桌子,整个起居室渐渐显得乱七八糟。唉,真希望挂在护壁板上的那些画像中的人物,那些身着棕色丝绒的绅士与身穿蓝色丝缎的夫人,能够看到这一切,能够发现屋子里已完全没了秩序与整洁!这些画像本身似乎也正惊讶得目瞪口呆。

马斯格罗夫一家,也像他们的房屋一样,正在转变着,或者说进步着。父亲与母亲坚持着英国人的旧传统,年轻人则追求新潮流。马斯格罗夫先生和太太是非常好的人,他们友好、好客,但没受过多少教育,更没有什么高雅可谈。他们的孩子们在思想与举止方面更为现代。夫妻俩养育了不少子女,但除了查尔斯以外,只有亨丽埃塔和路易莎长大成人。姐妹俩一个二十岁,一个十九岁;她们从埃克塞特的一所学校带回了所有那些常见的才艺,现在就和其他数以千计的年轻小姐一样,只为追求时髦、幸福与快活而活着。她们衣着出众,相貌相当标致,神采飞扬,举止落落大方且宜人,在家里深得宠爱,在外面也颇受喜爱。安妮一直认为,她们是她认识的人中最幸福的那几个,但正如我们大家都有某种优越感,足以让我们自信无虑,不愿意同别人交换境遇,安妮也不情愿放弃自己更高雅、更有涵养的心灵,以换取她们的所有欢乐。除了两姐妹间那看起来近乎完美的融洽与默契、那相亲相爱的姐妹情,安妮别的都不羡慕,她可几乎从未在自己的姐妹身上体会到这些。

  安妮和玛丽受到了热情接待。大宅邸里的一家人在礼节上看起来并无任何不周全之处,安妮也很清楚,这通常也是最无可指摘之处。他们愉快地聊了半小时,不出安妮所料,聊天结束后,在玛丽的邀请下,两位马斯格罗夫小姐加入了她们,同她们一道散步去了。

第六章

在这趟上克洛斯之行之前,安妮就已经知道,从一个小圈子来到另一个小圈子后,哪怕两者间仅仅相隔三英里,人们的谈吐、见解与思想也经常会完全不同。以前每次在这里小住时,她都会对此颇有感触,也希望埃利奥特家的其他人能像她一样有这样的有利条件,可以看到那些凯林奇府认为广为流传、备受瞩目的事情在这里是多么鲜为人知或无足轻重。然而,即便有着先前所有这些体验,安妮仍然发现自己此时不得不承认,关于如何认识人们在自己所属圈子之外便是微不足道的存在这一点,她有必要接受另一个教训。毫无疑问,安妮来的时候,所思所想的全是住在凯林奇的两家人好几周以来一直在操心的那件事情,她想当然地以为自己会面对更多的探寻与同情之语,而不仅仅是马斯格罗夫先生和太太分别对她说的极为相似的话——"这么说来,安妮小姐,沃尔特爵士和你姐姐已经走了。你认为他们可能会住到巴斯的哪个区域?"——说完之后,他们也没花什么时间等着她回答;也不仅仅是年轻的小姐们补充的这些:"我希望我们冬天也能待在巴斯。但是,爸爸,你要记住,如果我们真的去了,一定要住在好地方，千万别让我们住在皇后广场。"或者是玛丽急急忙忙插嘴所说的话："天呐！当你们全都到巴斯去寻欢作乐后，我会过得很好！"

她只能下定决心以后避开这样的自我欺骗，同时心中也充满了更强烈的感激之情，庆幸自己能有一位像拉塞尔夫人这样真正富有同情心的朋友。

两位马斯格罗夫先生有他们自己的猎物要保护和猎杀[1]，也有他们自己的马匹、猎犬和报纸要关注；马斯格罗夫太太们和小姐们整天因为家务、邻里、穿着打扮、跳舞和音乐等种种日常事务而忙忙碌碌。安妮承认，每个小小的社会群体理当能决定自己的谈话内容，也希望在不久之后能心安理得地成为她目前已移居的小团体中的一员。既然她要在上克洛斯住上至少两个月，她就应该责无旁贷地让自己的幻想、自己的记忆以及自己所有的想法都尽可能地围绕着上克洛斯。

她一点儿也不担心这两个月。玛丽不像伊丽莎白那样拒人于千里之外，或毫无姐妹情谊，也不会完全抗拒她的所有影响；上克洛斯农居也没有什么别的让她待着不舒服的地方——她和妹夫的关系向来和睦；侄子们几乎像爱自己的母

---

[1] 对于当时的英国乡绅而言，在自己的产业上打猎是一项重要的户外活动，为了有猎物可猎，他们需要仔细保护自己产业上的野生禽类与动物，使它们免遭其天敌与偷猎者的破坏。

亲一样爱她，比起自己的母亲来，他们更尊重她，她也很关心他们，全心全意地照顾他们。

查尔斯·马斯格罗夫为人客气、有礼貌，在见识和性情方面无疑远胜于他的太太，但他的才华、谈吐及风度却绝不至于使安妮与他之间的那段过往引发危险的意图，更何况他们已是姻亲。不过，安妮也像拉塞尔夫人那样认为，一桩更般配的婚姻原本或许可以使他向更好的方面发展，一位真正善解人意的女性或许可以让他的名声更有分量，让他的举止与追求更有益、更理性，也更高尚。但事实上，除了运动[1]，他对其他一切都缺乏热情，他就这样虚度了时光，没有受益于书本或其他方面。他总是兴致昂扬，虽然妻子偶尔会悒悒不乐，但他似乎从不会因此受到什么影响；他忍受着她的无理取闹，安妮有时也对此深感钦佩。总体而言，尽管他们夫妻间经常有些小摩擦（安妮有时也会身不由己地卷入其中，因为他们双方都会向她求助），他俩也许还称得上是一对幸福的夫妇。在想要更多钱、强烈希望他父亲能送给他们一份慷慨的礼物这点上，他俩总是完全一致，但即便如此，正如在

---

[1] 原文为"sport"，但在当时指的是猎鸟（"shooting"）及骑马携猎犬猎兔或猎狐等狩猎活动，只不过对当时的英国人来说，只有猎兔或者猎狐等能被称为"hunting"；当然，对当时的英国人来说，钓鱼及以猎犬追捕野兔也是流行的"运动"项目（David Selwyn, *Jane Austen and Leisure*, London: The Hambledon Press, 1999, pp. 89-113）。

绝大多数问题上一样,在这一点上查尔斯也比玛丽表现得更好——玛丽认为,他父亲可真是太没面子了,竟然没能送出这样一份礼物,可查尔斯却总是争辩说,他父亲还有别的很多方面需要用钱,而且也有权按照自己的意愿花钱。

在管教孩子这个问题上,他的见解也比他妻子的高明得多,而且他的具体做法也不差。安妮经常听见他说,"要不是玛丽掺和进来,我本来可以把他们管教得很好",她也的确这样认为;但当她听到玛丽抱怨说,"查尔斯把孩子们惯坏了,我都管不住他们了",她就从来没想过说一声"的确如此"。

她在这里住下后,最不愉快的一点就是,各方都太信任她了,她也太清楚两家人私下里如何互相埋怨了。知道她能对自己的妹妹稍有影响,便有人不断不切实际地请求她,或至少暗示她去施加这种影响力。"我希望你能劝劝玛丽,让她别老觉得自己哪儿不舒服",这是查尔斯的原话;而玛丽在情绪低落的时候就会这么说:"我真的相信,查尔斯即便是看见我快断气了,也会以为我一切都好着呢。安妮,我确定,如果你乐意,你或许可以让他相信,我真的病得很厉害,比我说出来的厉害得多。"

玛丽会这样说:"虽然孩子们的祖母老想见到他们,可我真讨厌把他们送到大宅邸去,因为她太迁就他们、太娇惯他们了,给他们那么多劣质东西和甜食,他们保准一回到家就会脾气暴躁、不舒服一整天。"马斯格罗夫太太一有时间和安妮单独在一起,就会说:"哎!安妮小姐,我就忍不住希望查尔斯太太能有一丁半点你管教孩子们的手段。他们和你在一起的时候就大不一样。但可以肯定的是,总的说来他们已经被惯坏了!遗憾的是你没法让你妹妹好好管教他们。他们就是大家见过的那种健康的乖孩子,可怜的小宝贝们,我这么说一点不带偏心,但查尔斯太太不知道该怎么对待他们!我的天呐,他们有时候真的挺讨人嫌!和你这么说吧,安妮小姐,这让我不那么希望在我家里经常见到他们,虽然我应该希望常常见到他们才对。我觉得查尔斯太太不高兴我的一点就是,我邀请他们过来的次数本应该更频繁一些。但你也知道,当孩子们在身边的时候,最糟糕的一点就是,你得时刻管住他们,'别做这个,也别做那个',要么就只能靠糕饼稍稍换点安静,可过量的糕饼对他们又不好。"

她还从玛丽那里听到了这些:"马斯格罗夫太太觉得她的仆人们都靠得住,只要对此有所怀疑,那就是大逆不道。但我敢毫不夸张地肯定,她的贴身女仆和洗衣妇成天在村子里闲逛,根本不做自己的分内活儿。我到哪儿去都能碰上她们。这么说吧,我只要去上两次儿童室就准能见到她们。要不是杰迈玛是世上最忠实可靠的人,她准会被带坏,因为她跟我说,她们总是怂恿她和她们一道去散步。"马斯格罗夫太太这边是这样说的:"我给自己定了一条这样的规矩,就是永远不要掺和儿媳妇操心的事,因为我知道这样做不行。可是我要告诉你,安妮小姐,因为你或许可以让一些事情回到正道上,我对查尔斯太太的保姆没什么好感,还听到了一些关于她的怪事。她总是四处游荡,我敢说,就我所知,她穿得太讲究了,会毁了她能接近的所有仆人。我知道,查尔斯太太极其信任她。我只想提醒你一下,好让你稍留点心,如果看到什么东西不对劲,你别有顾虑,直接提出来就好。"

再有就是,玛丽抱怨说,当他们和其他人家一起参加大宅邸的宴请时,马斯格罗夫太太经常不按照惯例让她坐在上座,她觉得自己不应该因为是家庭成员就失去了自己的地位。有一天,当安妮单独和两位马斯格罗夫小姐散步时,其中一位在谈论完地位、有地位的人和对地位的重视后说道:"所有人都知道你对此毫不介意,完全不受约束,所以我就毫无顾忌地和你说,有些人太看重自己的地位了,真是很荒唐。我真希望有人能暗示一下玛丽,如果她在这点上不那么执拗,尤其是别总是冲上前去抢妈妈的位置,那就太好了。没有人怀疑她有权走在妈妈前面或坐在妈妈的上首,但如果她不是总揪着这点不放,或许行事会更得当。倒不是妈妈计较什么,但我知道很多人都注意到了这点。"

安妮怎样才能让所有这些事情走上正道?她能做的也就是耐心地听着,缓和一下种种不满,帮着一方给另一方做点解释,给他们各种暗示,提醒他们近邻之间需要相互包容,而对于那些对她妹妹有益的暗示,她说得就特别明确。

从所有其他方面看，她的这段小住开始得顺利，进展得也很顺利。因为住到了凯林奇三英里以外，环境和话题的改变让她自己的情绪也好转起来；玛丽因为有人朝夕相伴，各种小病都缓解了不少。她们同另一家人的日常交往更是桩好事，这是因为上克洛斯农居这边既没有特别深厚的情谊或信任会被干扰，也没有什么要紧事会被打断。当然，这种交往也差不多被扩展到了极致，因为他们每天上午都会聚到一起，也几乎没有一个傍晚会分开度过。不过，安妮相信，要不是有马斯格罗夫先生和太太可敬的身影安坐在自己的座位上，要不是有他们的女儿们有说有笑、放声歌唱，大家也不会过得这么快活。

她钢琴弹得比两位马斯格罗夫小姐出色多了，但没有一副好嗓子，竖琴也一窍不通，更没有慈爱的父母坐在一旁陶醉其中。她很清楚，没人会在意她的演奏，仅仅是出于礼貌或图个新鲜，别人才请她弹奏。她知道，当她弹琴的时候，她能取悦的只是她自己，但这也不是什么新鲜的感受：自从十四岁失去母亲后，除了人生中那么短短的一段时光，她从未感受过被聆听的快乐，也从未因真诚的欣赏或真正的品位而受到鼓舞。在音乐里，她一直以来都习惯于孑然一身的感觉；马斯格罗夫先生与太太偏爱自己女儿们的表演，对其他任何人的表演全然没有一点兴趣，这让她替他们高兴，远甚于替自己感到不值。

有时候，其他人也会加入到大宅邸的人群里。附近一带人不多，但人人都会拜访马斯格罗夫一家，他们家的晚宴、访客、应邀或碰巧留住的宾客，比其他任何人家都多。他们家真的特别受欢迎。

马斯格罗夫小姐们极为热衷跳舞，晚上偶尔还会有即兴的小型舞会。在距上克洛斯步行距离内住着一家表亲，他们的家境不那么富裕，他们所有的消遣娱乐全依仗马斯格罗夫家。他们随时都可以过来，可以帮忙弹奏任何乐器，或在任何地方跳舞。比起跳舞这种活跃的活动，安妮更喜欢担任乐师一职，于是便整小时地帮他们弹奏乡村舞曲，这种友好的态度总是比其他任何东西更能让马斯格罗夫先生和太太注意到她的音乐才能，还会经常赢得这样的夸赞："不错，安妮小姐！真的很不错！天呐！你那些小手指跳动得多欢快！"

前三个星期就这样过去了。米迦勒节来了，安妮的心这时不得不又回到了凯林奇。钟爱的家园让给了别人，所有那些心爱的房间与家具、小树林，还有景致，就要供他人观赏与驻足了！在9月29日这天，她没法想别的任何事情，傍晚时分玛丽也说了句有着同样感触的话。玛丽当时有事，需要记下当天的日子，结果惊呼起来："天呐！这难道不就是克罗夫特夫妇定下的搬进凯林奇府的日子？好在我前面没想起这件事。这太让我难受了！"

克罗夫特夫妇以真正的海军作风迅速地搬了进去，已经在等待客人上门了。玛丽为自己必须登门拜访而哀叹不已——没人知道她有多难受,她将尽量把这次拜访往后推——但又一直安不下心,直到她说服查尔斯某天一大早就驾车把她送了过去。她回来的时候还处在臆想出来的震动中,既激动又愉快放松。安妮真的很庆幸自己没办法去,但她还是希望能见到克罗夫特夫妇,也很高兴他们回访时自己没有外出。他们来了,但男主人不在家,只有姐妹俩在。很凑巧,安妮负责招呼克罗夫特太太,将军挨着玛丽坐,他好脾气地逗她的孩子们玩,这让他显得和蔼可亲。安妮刚好可以观察克罗夫特太太哪些方面和她弟弟相似,即便五官不怎么明显,她也能发现他们的声音或情绪与表情的变化有些相似。

克罗夫特太太个子不高也不胖,身材结实、挺拔,充满活力,这让她整个人显得很有气魄。她有一双明亮的深色眼睛,牙齿整齐,容貌总体很讨人喜欢。只是,由于她在海上的时间几乎和她丈夫一样多,所以面色发红,显得饱经风霜,让她看起来比实际年龄三十八岁大好几岁。她直率、果断,举止落落大方,对自己充满信心,行事不带一丝犹豫,但又没有丝毫粗俗无礼,也不会显得脾气古怪。事实上,安妮心里对她赞许有加,因为在谈到凯林奇府时,她一直顾忌着安妮的感受;让安妮特别高兴的是,在最初的半分钟里,也就是在进行介绍时,安妮就已经确信,关于那件事情,克罗夫特太太没有流露出任何迹象表明她已经知情或有所猜测,因此也不会对安妮有任何偏见。这让安妮放下心来,也因此充满了力量与勇气,直到克罗夫特太太突然说了一句话,让她顿时像被电了一样:

"我发现,我弟弟以前待在这一带的时候,他有幸结识的是你,而不是你妹妹。"

安妮希望自己早已过了会脸红的年龄,但显然她还处于内心容易波动的年龄。

"或许,你可能还没有听说他已经结婚了。"克罗夫特太太继续说道。

当克罗夫特太太接下来的话表明她谈论的是温特沃思先生时,安妮总算可以正常应对了,也很高兴自己没有说什么不适合放在两个兄弟中任何一人身上的话。她立刻意识到,克罗夫特太太想到与谈论的理当是爱德华,而不是弗雷德里克。她为自己的健忘而感到羞愧,于是带着不失分寸的兴趣打听他们以前邻居的近况。

余下的时间里,一切都很平静,但就在客人们告辞之际,她听到将军对玛丽说:"克罗夫特太太的一个弟弟很快就会到这里来,你肯定听说过他。"

这时候,两个小男孩打断了他的话,他们迫不及待地向他扑过去,像对待老朋友一样挂在他身上,扬言不许他走,要求他把他们装到自己的外衣口袋里带走,胡闹一通,让他忙得没工夫说完或记起来自己想说的话。安妮只好尽量劝说自己，他说的一定还是同一位兄弟。不过，她也没有十足的把握，所以很想打听一下在另一个院子里他们关于这个话题都说了些什么，因为克罗夫特夫妇先拜访了那边。

当天晚上，大宅邸的人本来也要到农居这边来，只是眼下时节已晚，不再适合徒步进行这类拜访。于是，大家便等着马车的声音响起。这时候马斯格罗夫家的二小姐走了进来。大家的第一反应是感觉有些不妙，猜测她来这里是为了表示歉意，让他们自己打发晚上这段时间，玛丽也充分地做好了被冒犯的准备。不过，路易莎说的话让大家都放下心来，她步行过来，只是为了在马车上给竖琴腾出地方。

"我会告诉你们其中的缘由，"她接着说，"以及所有相关的一切。我赶过来是为了通知你们，爸爸和妈妈今晚心情不好，特别是妈妈，她一直在思念可怜的理查德！我们都觉得最好还是带上竖琴，因为它似乎比钢琴更能让她开心。我告诉你们她心情不好的原因吧。今天上午克罗夫特夫妇拜访了我们，他们随后拜访了这里，对吧？他们碰巧提到，克罗夫特太太的弟弟温特沃思上校刚回到英格兰，或许是因为休役还是别的什么原因，他很快就会过来探望他们。很不凑巧，他们离开后，妈妈就记起来，可怜的理查德曾有个舰长就叫温特沃思，或者某个特别相似的姓。我不知道是在什么时候或者哪个地方，但那是在他去世前挺长一段时间的事，可怜的家伙！她翻看了他的信件和遗物，发现情况的确如此，现在已完全肯定这个温特沃思就是那人。她现在满脑子都是这事,还有可怜的理查德!所以我们必须尽量快快乐乐的,这样她可能就不会老想着那些令人难受的事情了。"

这段令人伤感的家史的真实情况是这样的:马斯格罗夫家不幸有过一个令父母操碎心的、无药可救的儿子,但幸运的是,他不到二十周岁就去世了。因为他在陆上完全不听管束,又愚笨不堪,他们只好把他送到了海上。他家人从来都不怎么关心他,尽管他也只配如此。家里人几乎不知道他的情况。两年前,他死在了国外,消息传到上克洛斯后,也几乎没谁感到难过。

尽管他的两个妹妹现在正在尽力为他做点什么,把他叫作"可怜的理查德",但实际上,他也就是笨头笨脑的、无情无义的、一无所事的迪克·马斯格罗夫,不管是活着的时候还是死了,他从未做过任何能让他自己配得上被称呼全名的事情。

他在海上生活了几年,当见习军官。在此期间,他像其他所有见习军官一样,特别是那种每位舰长都希望赶走的见习军官一样,被四处调来遣去,在弗雷德里克·温特沃思上校的护卫舰"拉科尼亚号"上也待过六个月。在这位舰长的影响下,他从"拉科尼亚号"上给他父母写了两封信,这是他们在他整个离家期间从他那里收到的仅有的两封信,或者说是仅有的两封不为谋利的家信,其余的信件都是为了要钱。

在这两封信中,他都夸赞了自己的舰长。可他们极少关注这类事情,对人名和舰名毫不在意,也漠不关心,因此当时几乎没有留下任何印象。马斯格罗夫太太竟然会突然想起温特沃思这个姓和她儿子有关系,这简直就是一次偶然间的确会发生的、非同寻常的灵光乍现。

她翻看了自己的信件,发现和自己猜想的完全一样。时隔多年,她可怜的儿子已经永远离开了人世,他以往过错造成的伤害也已被抛在了脑后,仔细重读这些信件让她的情绪备受影响,令她悲伤不已,比当年刚听到他的死讯时还要难过得多。马斯格罗夫先生的情绪也同样受到了影响,只是没那么严重。当他们来到农居时,他们显然首先需要别人听听整件事情的来龙去脉,然后再从众人兴高采烈的陪伴中寻求到所有的安慰。

他们滔滔不绝地谈论着温特沃思上校,不断重复他的名字,苦苦搜索对过去岁月的记忆,最终确定他或许可能就是他们从克利夫顿回来后见过一两次的那位温特沃思上校。那是一位特别优秀的年轻人,但他们也说不清楚那是七年前还是八年前的事了。他们这番谈论对安妮的精神是一种新的考验。不过,她觉得自己必须习惯这种考验。既然他真的要来这里了,她就必须让自己学会在这些问题上无动于衷。现在情况看起来不仅仅是他要来了,而且很快就要来了,还表明马斯格罗夫一家也打定了主意,只要他来了的消息一传来,他们就会立马去拜访他,和他交朋友,因为他曾经善待过可怜的迪克,他们对此万分感激,也认定他的品行特别值得尊重:迪克曾在他手下干过六个月,还在家信中用热烈而又不乏错别字的言辞提到了他,说他是"一个帅气的好小火[伙],只是对老师大挑提[太挑剔]"。

这么打定主意以后,他们这天晚上的聚会也终于有了祥和的氛围。

第七章

没过两天,消息传来,温特沃思上校已到凯林奇,马斯格罗夫先生拜访了他,回来后对他大加赞美,上校已应邀与克罗夫特夫妇一道于下一个周末来上克洛斯参加晚宴。马斯格罗夫先生因为没法定下个更早的日子而大为失望,他已经迫不及待地想要在自己家中接待温特沃思上校,请他品尝自己酒窖里最上乘的烈酒,以表达自己的感激之情。但这必须等到一周以后。安妮暗自思忖,只有一周的时间,然后他们想必就得见面了。随后,她又开始希望自己能有一周的安稳。

温特沃思上校很快就礼节性地回访了马斯格罗夫先生,她差点儿也同时在那半小时里去了大宅邸!事实上,当时她和玛丽正准备动身往大宅邸去。事后她听说,要不是玛丽的大儿子因为狠狠摔了一跤而刚好在那个时候被送回家,他们就一定会不可避免地见到他。孩子当时的情形让她们打消了去大宅邸的念头,可安妮却无法在得知自己侥幸避开了这次碰面以后感到无动于衷,即便当时她们正因为孩子的状况而十分焦虑。

孩子的锁骨脱臼了,由于伤在背部,难免让人惊慌失措。

那天下午操心事不断，安妮需要立马做所有的事情：派人去请医师；派人去找孩子的爸爸，通知他孩子的情况；鼓励孩子的妈妈，免得她歇斯底里；管好仆人；送走年幼的那个孩子，照顾并安慰那个可怜的伤者；此外，她又想起来需要给另一栋房子里的人说一声，于是就马上派人过去报信，这又带回来一群担惊受怕的人，他们只顾着问这问那，帮不上什么大忙。

第一件让安妮感到安慰的事情是妹夫回来了，他可以照顾好他妻子；第二件令人心宽的事情是医师来了。在医师到来并为孩子做检查之前，他们因为不确定伤情而担心得不行，怀疑伤势严重，但又不知道伤在了哪里。现在锁骨很快就接上了，尽管罗宾逊先生摸了又摸，还揉了揉，表情严肃，又和孩子的父亲与姨母低声交谈，大家仍然期待最好的结果，希望能够放心地离开去吃晚餐。随后，就在他们离开之前，两位年轻的姑姑居然能够无视她们侄子的情况，谈起了温特沃思上校的拜访。她们在父母离开之后又待上了五分钟，就为了再三表示她们是多么满意他，她们觉得他比她们认识的每一个曾深得她们欢心的男性都更英俊、更亲切可人，当她们听到爸爸邀请他留下来共进晚餐时，她们是多么高兴；当他说很抱歉无法留下时，她们又是多么遗憾；当在爸爸和妈妈再三邀请下，他难却盛情，应承下来第二天——真的就在第二天！——过来和他们共进晚餐后，她们又如何再次欢欣鼓舞。他答应下来的时候态度真是太和煦了,就好像他感受到了他们的殷勤背后的良苦用心,他本就应该感受到!——总之,他的神态举止与言谈都极为温文儒雅,她们俩完全可以向大家保证,她们都已经迷上了他。她们匆匆离开了,满怀着喜悦与爱意,一心想着的显然是温特沃思上校而不是小查尔斯。

当两位小姐踏着蔼蔼暮色,陪着她们的父亲过来看看孩子的情况时,同样的故事、同样的狂喜之情又被讲述了一遍。马斯格罗夫先生因为不再担忧自己继承人的状况,也肯定了两位小姐的描述,还添上了自己的赞美之辞。他认为眼下不用因此推迟对温特沃思舰长的宴请,只是觉得很遗憾,因为农居这边的人可能不愿意为了见上校而抛下受伤的孩子。"啊,不!难道要抛下那小家伙!"孩子的父母还没有从刚刚过去的恐慌中缓过劲来,完全无法忍受这个想法。安妮想到自己可以不用参加宴请,也感到高兴,所以也情不自禁地赞同他们的看法。

当然,查尔斯·马斯格罗夫后来又愿意去了,说什么孩子状况挺好的,他也特别希望他们介绍他认识温特沃思上校,所以他晚上或许可以跟他们聚一下,他会在家里吃饭,但可以在那里待上半小时。但他妻子强烈地表示了自己的反对,说道:"啊,不!真的,查尔斯,我受不了让你出去。你想想啊,假如真的发生什么事情呢?"

孩子一晚上的状况都挺好，第二天状态也很好。虽然还得过一阵子才能确定脊柱有没有受伤，但罗宾逊先生没发现什么能够引发更多恐慌的情况，于是查尔斯·马斯格罗夫开始觉得自己没必要继续被关在家里。孩子还得躺在床上，需要人尽量安安静静地逗他开心，可一个父亲又能做些什么呢？这完全就是女性该做的事情。既然他在家里根本派不上用场，那把他锁在家里就是件特别荒唐的事情。他父亲很希望他能去见见温特沃思上校，既然没有充足的理由反对他这么做，那他就应该去。结果，当他打猎回来后，他就不管不顾地宣布，他打算直接换好衣服去另一栋房子吃饭。

"孩子状况非常好，"他说道，"所以我刚才告诉了父亲我会过去，他觉得我这么做很好。有你姐姐陪着你，亲爱的，所以我一点儿顾虑也没有。你自己是不愿意撇下他，但你看我一点儿也派不上用场。要是有什么状况，安妮会派人去叫我的。"

夫妻之间通常都知道什么时候的反对会完全徒劳无益。看查尔斯说话的样子，玛丽就知道他已经打定了主意要去，这时候缠着他一点儿用也没有，所以她根本不接话茬。直到他离开了房间，只有安妮一个人在场的时候，她才说：

"瞧瞧！你和我就该被留下来，轮流陪这个可怜的小病人，整个晚上都不会有一个人靠近我们！我就知道会是这样。我的运气总是这样！不管有什么不愉快的事情发生，男人们总是会从中脱身,查尔斯就跟所有男人一样坏。特别无情无义!扔下他可怜的儿子跑出去,我得说这可真够无情无义的。他怎么就知道孩子情况很好?他怎么就知道半小时后不会情况突然有变?我以前还不知道查尔斯能够这么无情无义。瞧瞧,他就要出门找乐子去了,而我就不许走动一下,因为我是那可怜的母亲。可我敢说,比起其他任何人来,我才是最不适合照顾孩子的那个人,我是孩子的母亲,所以我的情感经不住折磨。我根本就受不住。我昨天有多么失控,你也见到了。"

"但那也仅仅是因为事发突然,你被吓坏了,受到了震惊。你不会再失控的。我敢说,我们不会遇到什么烦心事。我完全熟悉罗宾逊先生的嘱托,一点儿也不担心。而且说真的,玛丽,对于你丈夫的行为,我也不会感到惊讶。护理孩子就不是男人该做的事情,不是他的分内事。生病的孩子从来就只归母亲管,这通常是母亲自己的情感所造成的。"

"我相信,和任何母亲一样,我喜欢自己的孩子,但我不知道我在病房里是不是就比查尔斯更有用,因为当可怜的孩子病着时,我总不能老骂他或哄着他。今天上午你也见着了,如果我要他保持安静,他就准会开始踢来踢去。我的神经就受不了这样的事情。"

"可是,要是整个晚上都扔下这可怜的孩子不管,你会心安吗?"

"会啊。你看见了,他爸爸可以,我干吗就不应该呢?

杰迈玛是多么细心的人!她可以每个小时都派人告诉我们孩子的情况。我真的认为,查尔斯应该告诉他父亲我们都会去。我现在并不比他更担心小查尔斯。昨天我是真吓坏了,但今天的情况可大不一样了。"

"这个啊——如果你觉得现在通知他们还不算太晚,你干脆像你丈夫那样就去吧。把小查尔斯留给我照顾。只要我留下来和他在一起,马斯格罗夫先生和太太就不会觉得有什么不妥。"

"你可是当真的?"玛丽眼睛一亮,嗓门也提高了,"天呐!那可真是个好主意,真的好极了。真的是这样,我去不去都可以,但我在家也派不上用场,不是吗?这事只会让我心烦意乱。你是再合适不过的人选,因为你并没有一个母亲的感受。你能让小查尔斯做任何事情,他总是特别听你的话。这可比把他留给杰迈玛一个人好太多了。啊!我当然会去。如果我能去,我肯定应该去,就像查尔斯那样,因为他们也极想让我结识温特沃思上校,而且我也知道你不会介意被单独撇下。安妮,你这想法好极了,真的!我这就去告诉查尔斯,马上做好准备。你知道的,如果出了什么事情,你就马上派人去叫我们。不过,我敢说,不会有什么让你担惊受怕的事情的。你该相信的是,如果我不是已经对自己的宝贝孩子放下心来,我是不会去的。"

下一刻,她就已经在敲她丈夫衣帽间的门了。安妮跟在

她后面上楼梯,刚好听到了他俩的全部对话。一开始是玛丽欢天喜地地说:

"查尔斯,我要和你一起去,因为我在家也并不比你更能帮上忙。如果我一直把我自己和孩子关在一起,我就不能哄着他做任何他不喜欢的事情了。安妮会留下来。安妮答应留在家里照顾他,这是安妮自己提出来的。所以,我要和你一起去,这会好很多,因为星期二以后我就没有在那边房子里吃过饭。"

"安妮真是太好了!"她丈夫回答道,"我理应很高兴让你也去。但把安妮单独留在家里照料我们生病的孩子,这好像很有些不合常情。"

安妮这时刚好赶到,得以亲自解释一通。她态度很真诚,很快就让他相信了,而且那当头他至少也早已准备欣然接受她的劝说,所以对于把安妮留下来单独吃饭他也就不再有任何顾虑了。不过,他仍然希望,晚上孩子睡下后,安妮能过去加入到他们当中,还好心地劝她同意自己过来接上她,但她坚决不肯。事情就这样了,不多久,她就高兴地看着他们满心欢喜地出了门。她希望他们去了以后会过得愉快,尽管这种快乐得来得似乎有些怪异。至于她自己,她所感受到的欣慰之情,似乎恰好和她往常能感受到的一样多。她知道孩子最需要的是自己,就算弗雷德里克·温特沃思在仅仅半英里之外的地方取悦其他人,对她来说这又有什么关系呢!

她原本很想知道他对两人再见面会作何反应。或许是漠然,如果在这种情况下能做到漠然的话。他肯定会要么漠然以对,要么不情不愿。他早已借着种种机遇获得了他以前一直没有的经济独立,如果他真的想要再见到她,他根本不需要拖到现在,而是会采取行动,做了她相信如果自己处于他的位置早就会做的事情。

她的妹夫与妹妹回来了,对新结识的朋友和整个做客经历都很满意。有音乐、歌唱、闲聊、欢笑,所有这一切都让人倍感愉悦;温特沃思上校的举止也非常迷人,既不腼腆,也不矜持。他们双方很投缘,就像早已熟悉的老朋友。他第二天一早就会过来和查尔斯一起去打猎。他要过来吃早饭,但不会在农居这边,尽管一开始这么提议过,但后来又有人坚持让他去大宅邸那边,而且他似乎也怕自己会碍事,给查尔斯·马斯格罗夫太太添麻烦,因为孩子还病着。所以,不知怎么的,事情就变成了查尔斯去他父亲家和他一起共进早餐,连他们也没弄明白是怎么一回事。

安妮明白其中的缘由。他希望避开她。她发现,他曾经稍稍问起过她的情况,就像问起以往的点头之交那样。他看起来是在承认她所承认过的事情,或许,他也像她一样是为了在两人见面时不需要别人给他俩做介绍。

农居这边白天的安排总是比那边房子的晚,第二天这种差别就更大。玛丽和安妮才刚开始吃早饭,查尔斯就进屋来说,他们就要上路了,他回来是为了带上猎犬,他的妹妹们和温特沃思上校在一起,就在后面,妹妹们想来看看玛丽和生病的孩子,温特沃思上校也提议说,如果没什么不方便的话,他打算进来坐几分钟。尽管查尔斯已经保证孩子的情况没问题,不会有什么不方便,温特沃思上校还是一定要让他先过来传个话。

这般殷勤周到让玛丽心情大悦,高高兴兴地准备接待上校。安妮心中涌起万般思绪,其中最让她感到欣慰的是,这次接待很快就会结束。事情也的确很快就结束了。查尔斯过来通知后不到两分钟时间,其他人就到了,他们都在客厅里。她和温特沃思上校勉强互相看了对方一眼,一个人鞠了一躬,另一个人行了个屈膝礼。她听见了他的声音,他在和玛丽说话,说的都是该说的得体话;他也和两位马斯格罗夫小姐说了点什么,足以表明他们关系友善。房间似乎满满当当的,满是人和声音,但几分钟后这一切就结束了。查尔斯在窗户外露了个面,一切都准备好了,他们的客人鞠了个躬就告辞了。两位马斯格罗夫小姐也告辞了,突然决定和两位打猎的人一起走到村子尽头。房间里人走完了,安妮总算可以吃完自己的早饭了。

"结束了!结束了!"她一遍又一遍地跟自己说,紧张地庆幸着,"最糟糕的已经结束啦!"

玛丽说着什么,但她完全听不进去。她见过他了。他们已经见过面了。他们又再次同处一室!

然而,很快她又开始开导起了自己,想让自己别那么善感。自从放弃了所有一切,八年了,已过去将近八年了。当如此长久的离别早已将激动不安放逐到了遥远与模糊不清之中,再重新这么激动,也实在是太荒谬了!还有什么是八年时光没法做到的呢?各种各样的事情、变化、疏离、抹灭——所有这一切,所有这一切定然都已被包含在了其中;还有对过往的忘怀——又是多么自然,也多么确定无疑!这八年几乎已占了她生命的三分之一。

唉!即便这么开导自己,她依然发现,对于那些持久的情感来说,八年的时间几乎微不足道。

那么现在又该如何理解他的态度呢?这像是希望避开她吗?她随即又痛恨自己怎么会愚蠢到问这个问题。

还有一个问题,或许就算她有再多的智慧,她都无法回避。不过,她很快就不用惴惴不安了,因为在两位马斯格罗夫小姐赶回来完成了她们对农居的拜访后,玛丽主动提供了这样的信息:

"温特沃思上校对你不够殷勤啊,安妮,虽然他对我倒是特别彬彬有礼。他们离开这里后,亨丽埃塔问他对你有什么印象,他说你变得都已经让他认不出来了。"

玛丽这人情感淡薄,无法以寻常方式尊重自己姐姐的情感,但她此时也完全没有想到自己正在造成什么特别的伤害。

"变得他都认不出来了!"在沉默与深深的屈辱中,安妮彻底断了念想。事实无疑也就是这样的,而她还没法报复回去,因为他没有变,或者说是没有往差里变。她已经暗自承认了这一点,对此也不可能有不同的想法,就让他爱怎么看她就怎么看吧。不,那毁掉了她的青春与如花容颜的岁月只让他更加神采奕奕,更加强健,也更加直率坦荡,丝毫没有消磨掉他的风采。她看到的就是昔日的弗雷德里克·温特沃思。

"变得都已经让他认不出来了!"这句话让她完全无法释怀。但很快她又开始庆幸自己听到了它。它能让她保持清醒;它平复了她的激动不安;它让她平静了下来,最终也定然会让她更加快乐。

弗雷德里克·温特沃思是说了那话,或者类似的话,但并没有想到会传到她那里。他的确认为她的变化很可悲,别人一问他,他就如实说出了自己的感觉。他并没有原谅安妮·埃利奥特。她辜负了他,抛弃了他,让他深感失望;更糟糕的是,她那样做还证明了她性格中的怯弱,那是他自己决断、自信的性情所无法容忍的。为了遵从他人的意愿,她放弃了他。这是他人竭力劝说的结果。这是软弱与胆怯。

他那时是那么全心全意地热恋着她,此后也不曾见过任何一个可以与她相媲美的女子。但是,除了某种自然而然的好奇心,他并不想再见到她。她对他的魅力已荡然无存。

现在,他的目标是结婚。他有钱了,又转到了岸上,所以一门心思地想着，只要遇到了称心的女子，就立刻安个家。实际上，他也正在四处寻觅，准备以清醒的头脑和敏锐的鉴别力所能允许的速度，尽快坠入爱河。他的心已经为马斯格罗夫小姐们做好了准备，只要她们当中任何一位能抓住它。总之，那是一颗为他能遇到的任何一位动人的年轻女子做好了准备的心，只要她不是安妮·埃利奥特。当他在回应他姐姐的猜想时，他私下排除在外的唯一对象就是她。

"是的，索菲娅，我来了，做好了准备，要傻乎乎地结婚了。任何十五岁到三十岁之间的女子，只要愿意，都可以得到我。一点点美貌、几个微笑，再夸上几句海军，我就会意乱情迷。对于一个没有女性交往经验、没被女性改造过的水手来说，这难道还不够吗？"

他姐姐知道，他这么说只是为了让别人反驳他。他明亮而又自豪的眼神表明，他深信自己富有吸引力。当他更加郑重其事地描述自己希望接触的女性时，他并没有忘记安妮·埃利奥特："意志坚定、举止温婉"，这是唯一的要求。

"我想要的就是这样的女子，"他说道，"比这差一点，我当然也能忍受，但不能差得太多。如果我是个傻瓜，那我要傻到底，因为关于这件事情，我的考量比绝大多数男性都要多。"

第八章

自此以后,温特沃思上校和安妮·埃利奥特就经常待在同一个社交圈子里。很快,他们就在马斯格罗夫先生家一起用了餐,因为小男孩的状况已不能成为他姨母继续缺席的借口;而这仅仅拉开了其他宴请与聚会的序幕。

昔日情感是否将会复燃,这必须经受考验。但毫无疑问,他们双方必定会回忆起过去的时光,因为根本无法不重新提起它们。他在交谈中会涉及对一些细枝末节的描述,不得不提起他们订婚的那年。他的职业让他有资格去讲述,他的性格也让他喜欢讲述,所以在他们一起度过的第一个夜晚,"那是在***6年"、"那发生在***6年我出海以前"就冒了出来。尽管他的声音并没有颤抖,尽管她没有理由猜想他在那么说的时候眼神移到了她身上,但以她对他心思的了解,安妮仍然感受到了那种彻彻底底的不可能,那就是,他不可能不像她一样回忆起过去。他们俩肯定都立刻联想到了那些往日情形,只是她无法断定这种联想一定带来了相等的痛楚。

除了最基本的礼节性寒暄,他们没有任何交谈与互动。他们曾经那么在乎对方!现在却形同路人!要是放在过去,即便身处挤满上克洛斯这间客厅的这一大帮人中,他们俩也会完全无法中断与对方的交谈。或许,除了看上去特别恩爱与幸福美满的克罗夫特将军夫妇(安妮认为,即便在已婚夫妇中也没有其他例外),本不可能再有两颗心如此全心相待,如此志趣相投,如此心有灵犀,如此眷恋对方。如今,他们已是陌生人;不,甚至还不如陌生人,因为他们永远也不会有交情。这是永久的疏离。

当他说话时,她听到的是那相同的声音,感受到的是那相同的心灵。大家对海军的生活都不甚了解,所以纷纷向他提问,特别是两位马斯格罗夫小姐,她们似乎无暇他顾,基本上都盯着他看,问起了舰艇上的生活方式、日常规定、饮食和作息时间等等。听了他的描述,了解到了食宿与安排的实用程度,她们惊讶的样子让他心情愉悦地揶揄了几句,这让安妮想起了那些日子,那时候的她也是如此无知,也被他嘲笑说以为海员在舰艇上没有东西吃,或者没有厨师处理食物,或者没有仆人侍候,或者没有刀叉可以用。

当她正在这样倾听与神游时,马斯格罗夫太太低低的声音惊醒了她。马斯格罗夫太太抑制不住一厢情愿的懊悔,情不自禁地说:

"唉!安妮小姐,如果上天当初饶恕了我那可怜的儿子,他现在肯定也会是这样一个人。"

安妮忍住了笑容,体贴地听着,马斯格罗夫太太又倾诉了几句自己的心声。于是,有那么几分钟时间,安妮没能跟上其他人的谈话内容。当她能够再次收回自己的注意力时,她看到两位马斯格罗夫小姐拿起了《海军名册》(她们自己的《海军名册》,上克洛斯破天荒的第一本名册),坐下来一起仔细读,扬言一定要找出温特沃思上校指挥过的舰只。

"你的第一艘舰只是'阿斯普号',我记得,所以我们要找一下'阿斯普号'。"

"你们在那里面可找不到她。她早就破旧不堪,已经被拆掉了。我是最后一个指挥她的人。当时她就已经基本上不再适合服役了,但据报告还适合在国内海域执行一到两年的任务,所以我就被派去了西印度。"

两位姑娘惊诧万分。

"海军部的人,"他接着说,"时不时地会给自己找点乐子,派几百人乘坐着不宜征用的舰只出海。不过,他们需要养活一大帮子人,在那成千上万沉不沉到海底都一样的人当中,他们无法判断究竟哪些才最不值得让人缅怀。"

"唔!唔!"将军嚷嚷了起来,"这些年轻人在瞎说什么呀?'阿斯普号'在她状态最好的时候可是护卫舰里最好的,旧式护卫舰里没哪艘赶得上她。能得到她,是你运气好!他知道的,当时肯定有二十个比他优秀的人同时申请这艘舰艇。像他这样在高层中没什么关系的年轻人,那么快就能有艘舰只指挥,真是够幸运的。"

"我是感到自己很幸运,将军,我向你保证,"温特沃思上校一脸正色地回答道,"就像你所期待的那样,我对给我的安排也很满意。当时,我的宏伟目标就是出海,一个非常宏伟的目标。我就想做点什么。"

"你肯定想。像你这样的年轻小伙子,怎么会在岸上待上半年?如果一个人没有妻子,他很快就会想再回到海上。"

"可是,温特沃思上校,"路易莎叫了起来,"当你登上'阿斯普号',看到他们给了你这样一个年代久远的东西,你一定非常愤愤不平吧。"

"在那之前我就非常清楚她是什么个状况了,"他面带笑容地说,"我也没什么可发现的,就像你对一件旧斗篷的款式和结实程度不会有什么新发现一样,因为从你记事起,你就看到你的熟人中有一半的人都借过这件斗篷,最终在某个大雨天它被借给了你。啊!对我来说,她是亲爱的老'阿斯普号'。她完成了所有我想要她做的。我就知道她一定会。我知道的是,要么我们会一起葬身海底,要么她就会造就我。每当我乘着她出海的时候,我从来没有遇到过连续两天的坏天气。第二年秋天,在我们俘虏了足够多的私掠船,已经玩够了以后,我在回国的途中又走了好运,碰上了我朝思暮想的法国巡航舰。我把她带到了普利茅斯,这时候又一次鸿运当头,我们刚驶入普利茅斯湾还不到六小时就刮起了狂风,一直刮了四天四夜。这样的狂风刮上两天,就足以让可怜的老'阿斯普号'完蛋,而我们与那'伟大的国度'[1]的接触也并没有怎么改善我们的状况。要是晚了二十四小时,我就只会是报纸上某个角落里短短的一段话中的某位英勇的温特沃思舰长[2]了,没有人会想起我,因为我只是在一艘护卫舰里丢了性命。"

安妮知道自己在颤抖,可也就只有她自己知道。两位马斯格罗夫小姐却能够惊呼起来,公开而又真诚地表示自己的同情与恐惧。

"那么就是在那之后,我猜,"马斯格罗夫太太低声说,就好像是在自言自语,"是在那之后,他去了'拉科尼亚号',在那里他遇见了我们可怜的儿子。查尔斯,亲爱的,"(招手让他去她那里),"一定要问问温特沃思上校,他是在哪里第一次遇到了你可怜的弟弟。我总是忘了。"

"是在直布罗陀,母亲,我知道。迪克那时候病了,被留在了直布罗陀,他之前的舰长帮他写了一封推荐信给温特沃

---

[1] 指法国,这时期的法国自称为"La Grande Nation"。
[2] 自1748年起,英国皇家海军的舰长(captain)被宣布与陆军中的中校同级,而担任舰长满三年后,则与陆军中的上校同级(Rex Hickox, "Captain", in Rex Hickox, *All You Wanted to Know about 18th Century Royal Navy: Medical Terms, Expressions and Trivia*, Bentonville: Rex Publishing, 2005, p.30)。因此,英语中的"captain"既是军衔也是军职。在英国海军传统中,即便军衔高于上校,如准将,在担任舰长期间,也需要佩戴上校肩章,一则英国皇家海军官网的新闻便提到了这一点(详见 https://www.royalnavy.mod.uk/news-and-latest-activity/news/2016/may/24/160524-queen-elizabeth-new-captain)。

思上校。"

"噢！不过，查尔斯，告诉温特沃思上校，他不用担心当着我的面提起可怜的迪克，因为听到这样一个好朋友谈起他反倒是一件令人愉快的事情。"

查尔斯对这件事情的种种可能多少考虑得更细一些，所以只是点了点头，就走开了。

小姐们此刻已开始搜寻"拉科尼亚号"了，温特沃思上校按捺不住自己的志得意满，从她们手里拿过那卷珍贵的名册，替她们省去了麻烦，又一次大声读出了这艘舰艇的名称与级别，以及她当前已退役这个事实，并抬起头来评论说，她也是他最好的朋友之一。

"啊！我在'拉科尼亚号'里度过的那些快乐日子！驾驶着她，我挣钱挣得可快了！我和我的一个朋友，一起在亚速尔岛附近进行了一次极为愉快的航行。可怜的哈维尔！姐姐，你知道他那时候多需要钱，比我还需要。他有妻子。了不起的家伙！我永远也不会忘记他当时那幸福的样子。他是因为她，完全是因为她，才会感到那么幸福。第二年夏天，我在地中海的时候也同样走运，那时我多希望他也在场。"

"先生，我敢肯定，"马斯格罗夫太太说，"你被任命为那艘舰艇的舰长的日子，对我们来说也是一个幸运日。我们永远也不会忘记你的善意。"

她内心百感交集，所以声音低沉。温特沃思上校只听了个大概,而且可能也根本没想起来迪克·马斯格罗夫这个人,所以看起来有些不明就里,似乎还在等着她说下去。

"我哥哥,"一位小姐悄声说道,"妈妈想到了可怜的理查德。"

"可怜的好孩子!"马斯格罗夫太太接着说下去,"在你的关照下,他已经变得那么沉稳了,也爱写信了!啊!要是他没有离开你,那该多好!说真的,温特沃思上校,他后来离开了你,这让我们感到很遗憾。"

听到这话,温特沃思上校的脸上滑过一道表情,他明亮的眼睛闪了闪,漂亮的唇角也微微上翘,这让安妮明白,他当时并没有像马斯格罗夫太太那样对她儿子抱有美好的祝愿,反倒是可能正想方设法要摆脱他。不过,那一丝自娱之色倏然而逝,只有像她这么了解他的人才能发现。下一秒钟,他已是一脸的郑重其事与严肃,几乎立即就走到了她与马斯格罗夫太太坐着的沙发跟前,在马斯格罗夫太太身旁坐下,用低沉的声音和她聊起了她的儿子。他满怀同情,没有丝毫做作,完全顾及到了那位母亲情感中所有的真实与诚挚。

安妮与他此时正坐在同一张沙发上,因为马斯格罗夫太太立马就挪了挪身子,给他让出了地方——他们之间只隔着马斯格罗夫太太。这实在不是一个可以忽略不计的障碍。马斯格罗夫太太身材壮实,从外形看天生就更适合显得兴致勃勃、精神愉快,而不适合表现得柔弱与多愁善感。虽然安妮激动不安，但她纤柔的身形与忧思笼罩的面容算是被全部遮挡住了。温特沃思上校应该得到称道，因为他克制住了自己，耐心地听着马斯格罗夫太太为儿子的命运而发出的和她本人一样沉重的叹息，只是这个儿子在世时从未有任何人挂念他。

当然，身形的大小和内心的哀痛并不一定成正比。庞大笨重的形体和世上最曼妙婀娜的身段一样，都同样有权利处于极度痛苦之中。只是，无论公正与否，世间总有些不相称的结合，让理性无法为之辩驳，令品位无法容忍，更足以成为揶揄的对象。

将军想提提精神，就背着手在房间里踱了两三圈。被妻子提醒要守规矩后，他来到了温特沃思上校这边。他只顾着琢磨自己的想法，并没有注意到是否会打断别人，信口就说道：

"去年春天，如果你在里斯本多待上一周，弗雷德里克，就会有人找你说情，让玛丽·格里尔森夫人和她的几个女儿搭乘你的舰艇。"

"是吗？那我倒是很庆幸当时没有多待上一周。"

将军怪他没有骑士风度，他为自己做了辩护，但却声称，他从来也不愿意让任何女士登上他的舰艇，除非只是为了到上面参加个舞会或探亲访友，那样也就只是几个小时的事。

"不过，我自己也明白，"他说，"这倒不是因为我对她们不够有风度，而是因为我觉得，无论多努力，无论做出多少让步，还是无法在舰艇上为女士们提供她们应当享受的食宿条件。将军,把女士们有权利要求享受到种种舒适看得很重要,并不是没有风度的表现,而这也正是我所做的。我讨厌听到舰艇上有女人,或者看到她们在舰艇上。所以,除非是没有办法,我绝不会让一家子夫人小姐搭乘我指挥的舰艇去任何地方。"

这番话导致了他姐姐的不满。

"哟,弗雷德里克!真不敢相信你能说出这样的话。全是些毫无根据的假高雅!女士们在舰艇上可以和住在英格兰最好的房子里一样舒服。我觉得我和许多女人一样在舰艇上生活了相当长的时间,而且我也知道,战列舰上的生活条件比哪儿的都强。我要说的是,我现在所享受到的舒适与安逸,即便是在凯林奇府(她朝着安妮友好地点点头),都没有超过我在乘坐过的大多数舰艇上曾经享受过的,这样的舰艇一共有五艘。"

"你没有说到重点,"她弟弟反驳说,"你当时和你丈夫在一起,而且还是舰艇上唯一的女人。"

"那你,你自己不也把哈维尔太太、她妹妹、表妹和三个孩子从朴茨茅斯带到了普利茅斯。你这种细致过头而又非同寻常的风度那时候又去哪儿了?"

"全都消失到我的友情中了,索菲娅。我会尽我所能帮助任何一位军官兄弟的妻子;只要哈维尔有需要,我会把他的任何东西从世界尽头捎回来。但是,别认为我当时觉得这件事情本身没有任何不妥之处。"

"你放心好了,他们肯定都觉得很舒适。"

"或许是的,但我也不会就因此更欢迎她们。竟然有这么多的女士与孩子没有权利在舰艇上过得舒服。"

"亲爱的弗雷德里克,你这么说就太没有根据了。请问,如果每个人都像你这么想,那么我们这些可怜的水手的妻子又该如何呢?我们常常想要从一个港口赶到另一个港口,去追随我们的丈夫。"

"可你看,我的个人想法并没有妨碍我把哈维尔太太和她全家送到普利茅斯啊。"

"但我不喜欢听你这样说,就像一位装腔作势的绅士,好像女人就只能是纤弱的淑女,完全不明白事理。我们大家可没有指望这一辈子都过得一帆风顺。"

"啊!亲爱的,"将军开口了,"等他有了自己的妻子,他就会是另一副腔调了。等他结婚后,如果我们能幸运地活到另一场战争爆发,我们就会看到他做你我,还有其他很多人都做过的事情。到时候,只要有人能把他妻子带到他身旁,他就会感恩戴德了。"

"是啊,我们会看到的。"

"这样我可就无话可说了,"温特沃思上校提高了嗓门,"只要成了家的人开始攻击我说,'哎哟!你要是结了婚,想法就会大不一样',我就只能说,'不,我不会的';接着他们又会说，'不，你会的'，然后就到此为止了。"

他站起身来，走到了一边。

"夫人，你一定是位了不起的旅行家！"马斯格罗夫太太对克罗夫特太太说道。

"还行吧，太太。结婚十五年来，我是去了不少地方，但还有很多女人，她们去的地方更多。我横跨大西洋四次，去过一次东印度群岛，之后又返回。除了国内不同的地方外，还去过科克、里斯本和直布罗陀。但我从来没有越过直布罗陀海峡，也没去过西印度群岛。你知道吧，我们从不把百慕大或巴哈马称为西印度群岛。"

马斯格罗夫太太说不出任何不同意见，她也不能因为自己这辈子都没有谈起过它们就责怪自己。

"太太，我向你保证，"克罗夫特太太紧接着又说，"战列舰上的生活条件哪儿都没法比。你知道吧，我说的是高级别的舰艇。当然，如果你在巡航舰上，你就会比较受限制，但明白事理的女人在那上面也应该会觉得称心如意。我敢这么说，我在舰艇上度过了一生中最幸福的时光。你知道吧，只要我们在一起，我们就无所畏惧。谢天谢地！我的身体一向都很好，什么气候都能适应。出海后的头二十四小时总会有点不舒服，但过后就不会再晕船。我只有一次真正觉得自己身体难受、精神不利落，那是我独自在迪尔过冬的时候，将军（那时候是克罗夫特上校）当时正在北海。那次我真的觉得自己病了,或者说体会到了危险,终日惶恐不安,不知道该怎么替自己打算,也不知道什么时候能收到他的下一封信,所以就想象着自己哪儿哪儿都不舒服。但是,只要我们能在一起,我就从来不生病,也不会遇到任何困难。"

"哎,就是这样的。是啊,的确如此,真是这样的。我完全同意你的看法,克罗夫特太太,"马斯格罗夫太太热烈地回答道,"没什么事情比夫妻分离更糟了。我完全同意你的看法。我知道那是怎么一回事,因为马斯格罗夫先生总要外出出席巡回法庭[1],审判结束、他安全回来以后,我就高兴得不得了。"

这次晚会以跳舞结束。这个提议刚一提出,安妮就主动表示愿意效劳,就像往常一样。尽管坐在钢琴后面的她眼中不时泪光闪烁,她依然很高兴自己有事可做,不求任何回报,只希望没有人会留意到自己。

眼前的人群兴高采烈,充满快乐,不过似乎谁也没有温特沃思上校的兴致高。她觉得他完全有理由这么兴致勃勃,因为他得到了众人的礼遇与尊重,尤其是所有年轻女子的青睐。几位海特小姐,也就是前面提到的那家表亲家里的姑娘们,显然已经很荣幸地爱上了他。亨丽埃塔和路易莎也似乎眼里只有他,要不是两人看起来仍然姐妹情深,说她们是誓不两

---

[1] 指针对严重程度不那么高的刑民案件而在各郡定期设立的法庭,出席者为当地治安官以及在英格兰境内各郡听审的有特别委任状的巡回法官。

立的情敌也未尝不可。如果他因为处处都被这样热切的爱慕包围着而有些飘飘然,谁又会感到奇怪呢?

安妮心中思绪万千,以上这些只是其中的一部分,而同时她的手指头还在机械地弹奏着,足足弹了半个小时,没出一点儿错,但也毫无知觉。有那么一次,她感觉到他在看自己,观察她已不复往日的容颜,或许是试图在其中探寻那张曾令他痴迷的面容的残迹。有那么一次,她知道,他肯定谈起了她——她听见回答后才意识到,然后她就可以肯定,他在问他的舞伴埃利奥特小姐是不是从不跳舞。回答是"啊!不,从来不。她已经不再跳舞了。她宁可弹琴,她从不会厌倦弹琴"。还有那么一次,他搭理了她。舞跳完了以后,她离开了钢琴,然后他就坐了下来,想给两位马斯格罗夫小姐弹支小曲听。她无意中回到了房间的那一角,他看到了她,马上就站起身来,以一种刻意的温文尔雅说道:

"请原谅,小姐,这是您的位置。"尽管她随即就坚决否认,并向后退去,但他却再也不愿意坐下。

安妮不想再见到这样的神情,也不愿再听到这样的言语。他冷冰冰的客气与礼节性的斯文,比什么都糟。

第九章

温特沃思上校来到凯林奇就像回家一样,他想待多久都可以,因为将军像他妻子一样对他满怀手足之爱。他刚来的时候,原本打算很快就动身去什罗普郡,去探望住在那里的哥哥,但上克洛斯对他的吸引力实在太大了,让他推迟了这个安排。这里的人那么热情地待他,那么恭维他,所有的一切都那么令人着迷;年长者是如此热情好客,年轻人又是如此可亲,他别无选择,只好打定主意继续待下去,过段时间再去欣赏爱德华妻子的魅力与才华。

没过多久,他就基本上天天都待在上克洛斯了。很难说是马斯格罗夫一家更乐意邀请他,还是他自己更愿意上门拜访。特别是每天白天,他在家都没人陪伴,因为将军与克罗夫特太太通常要一道外出,去关心他们的新领地、草地和羊群,要么四处溜达,让外人无法忍受,要么就驾着他们新近添置的单马双轮轻便马车外出闲逛。

至此,马斯格罗夫一家和他们家的亲友对温特沃思上校只有一个看法,那就是热烈且不变的倾慕,它无处不在。可是,当某位查尔斯·海特回到他们中间后,这种刚建立不久的亲密关系让他十分不安，也让他觉得温特沃思上校碍了他的事。

查尔斯·海特在那家表兄妹当中年龄最大。他是一位性格敦厚、举止讨人喜欢的年轻人，在亨丽埃塔结识温特沃思上校之前，他和亨丽埃塔之间似乎特别情投意合。他已肩负神职，在附近教区担任牧师助理，因为不需要住在那里，他住在父亲家中，距离上克洛斯仅两英里。在这段关键时期，短暂的离家外出让他的意中人因为他无法献殷勤而失去了守护，他回来后就发现她的态度发生了极大转变，也见到了温特沃思上校，这让他痛心不已。

马斯格罗夫太太和海特太太是亲姐妹。她俩本来都挺富有，只是她们各自的婚姻让两人的社会地位大为不同。海特先生有一些家产，但和马斯格罗夫先生的比起来实在不值一提。马斯格罗夫家是当地的上流社会家庭，可海特家的孩子们，要不是因为他们和上克洛斯沾亲带故，就差点儿不能入流了，原因就在于他们的父母身份卑微、离群索居、没有文化，他们自己所受的教育又相当不足。当然,这位长子并不包括在内，他想要成为学者和绅士，在教养和风度上也大大超越了家里其他人。

这两家人关系一直非常好，一方不骄傲，另一方不嫉妒，两位马斯格罗夫小姐的确有优越感，但也只表现为她们喜欢提高她们表兄妹的品位。亨丽埃塔的父母已经注意到查尔斯对自己女儿大献殷勤，但却并没有阻挠："对亨丽埃塔来说，这门亲事算不上门当户对，可如果她喜欢他……而且，亨丽埃塔看起来也的确喜欢他。"

温特沃思上校来这里以前，亨丽埃塔自己也完全是这么想的。但从那以后，查尔斯表哥很快被抛到了脑后。

温特沃思上校更喜欢两姐妹中的哪一位呢？据安妮的观察，这还很难说。亨丽埃塔或许更漂亮，路易莎更活泼，而且她也不知道究竟什么样的性格现在对他更有吸引力，是温柔一些的，还是活泼一些的？

或许是因为没怎么看出来，也或许是因为完全信任两个女儿和所有接近她们的青年男子，以为他们能够谨慎行事，马斯格罗夫夫妇似乎对此采取了顺其自然的态度。关于这几位年轻人，大宅邸里看不到一丝半点担心，也听不到任何评论。可农居里的情况就不一样了，住这里的这对年轻夫妇更乐意猜测与琢磨。温特沃思上校同两位马斯格罗夫小姐才见过四五次面，查尔斯·海特也不过刚刚重新露面，安妮就听到妹夫与妹妹谈论起了上校更青睐哪位小姐这个话题。查尔斯认为是路易莎，玛丽认为是亨丽埃塔，但两人都同意，无论他娶了哪一位，都是件天大的好事。

查尔斯"这辈子还没见过比温特沃思上校更令人愉快的人"，他很确定上校在战争中挣了不下两万英镑，这可是他有一次听上校亲口说的。这可算是发财了。而且，如果以后再打仗，他还会再有机会的。他还确信，温特沃思上校很有可能在海军军官里出人头地。啊!这门亲事对哪个妹妹来说都棒极了。

"哟!真是这样的,"玛丽也跟着说,"天呢!说不定他能飞黄腾达!说不定他还能被封为准男爵!'温特沃思夫人'听起来可真是太顺耳了。真的,对亨丽埃塔来说,那可是桩大好事!到那时,她就会取代我的位置,亨丽埃塔不会不喜欢的。弗雷德里克爵士和温特沃思夫人!只是,那也就是新册封的爵位,我可从来都瞧不上这些新册封的爵位。"

就因为查尔斯·海特,玛丽才最愿意相信上校看中的是亨丽埃塔,她希望看到查尔斯·海特希望落空。她是绝对瞧不起海特一家的,认为如果两家再亲上加亲,就会是天大的不幸,对她和她的孩子们来说简直无法接受。

"你知道的,"她说,"我觉得他根本就配不上亨丽埃塔,而且从马斯格罗夫家已有的姻亲关系来看,她也没权利如此葬送自己的未来。我认为,任何年轻女子都没有权力选择令自己家中顶梁柱不快与不便的对象,也没有权力将低微的旁系亲属带给那些不习惯于这类亲戚的人。请问,查尔斯·海特是谁啊?一个乡村牧师助理而已,完全配不上上克洛斯的马斯格罗夫小姐。"

不过,她丈夫可不会同意她的这个看法,因为他挺看重自己的表弟。再说,查尔斯·海特还是长子,他自己也正是从长子的角度考虑问题的。

"玛丽，你这可就是瞎说了，"他于是这么回答道，"对亨丽埃塔来说，也许这门亲事不是特别好，但查尔斯也极有可能通过斯派塞家，在一两年内从主教那里谋到一份差事。而且，你还要记住，他是家中长子，我姨夫去世后，他就会继承一份可观的产业。温斯罗普的产业不少于250英亩土地，汤顿那边还有个农场，那里的地可是这一带最肥沃的。我跟你这么说吧，除了查尔斯以外，谁都配不上亨丽埃塔，真的，不可能有别人。只有他才配得上，而且他还特别温厚本分，是个好小伙。温斯罗普只要到了他的手里，他就会让它大变样，生活方式也会大有改观。有了那份产业以后，他就永远也不会被轻视。那可是一宗不错的自由保有产业。不行，不行！如果不嫁给查尔斯·海特，亨丽埃塔可能会过得更糟糕。如果她嫁给他，路易莎能抓住温特沃思上校，那我可就别无所求了。"

"查尔斯爱怎么说就怎么说吧。"查尔斯刚走出房间，玛丽就高声对安妮说，"如果让亨丽埃塔嫁给查尔斯·海特，那就太可怕了。这对她来说会很糟糕，对我来说就更倒霉。所以，我真的特别希望温特沃思上校会很快让她把查尔斯·海特忘得一干二净，我相信上校已经差不多做到了。昨天她就没怎么搭理查尔斯·海特，我真希望你当时在场，能看到她的反应。至于说温特沃思上校喜欢路易莎和喜欢亨丽埃塔一样多，这就是胡扯，他当然更喜欢亨丽埃塔。可查尔斯居然还这么肯定！你要是昨天和我们在一起就好了，这样的话，你就可以帮我们判断一下了。我相信你的看法会和我一样，除非你打定主意就要跟我对着干。"

玛丽说的是马斯格罗夫先生家的一次晚宴，安妮本可以看到所有这一切，但她当时借口头疼留在了家里，另一方面也是因为小查尔斯又有点不对劲。她本来只想避开温特沃思上校，但现在看来，除了可以安安静静地在家里待上一个晚上外，还有一个好处是，她还因此不用当裁定人。

至于温特沃思上校的想法，不管他是喜欢亨丽埃塔多一些，还是喜欢路易莎多一些，她觉得更重要的是，他应该尽早弄明白自己的心意，不要耽误了任何一个姐妹的幸福，或让他自己的名誉受损。她们中无论哪一个，都完全有可能成为他多情又柔顺的妻子。关于查尔斯·海特，她为一位毫无恶意的年轻女子的轻率举动而感到痛心，也很同情这种举动所带来的痛苦，但如果亨丽埃塔发觉自己过去也误会了自己的感情，那她就应该让别人尽早知道这种改变。

查尔斯·海特在他表妹的举动中发现了不少令他不安与屈辱的迹象。她心里有他已经很久了，所以不会完全同他疏远，不至于两次见面就浇灭往昔的所有期望，让他只能别无选择地远离上克洛斯。但表妹近来的变化的确很惊人，背后的原因可能就是温特沃思上校这个人。他只是离开了两周，当他们上次分别时，她也像他一样，期待他不久后就能辞去现在的牧师助理一职，转而担任上克洛斯的牧师助理。当时的她看起来还在一心盼着堂区长雪利博士会下定决心招名牧师助理，该博士四十多年来一直勤勤恳恳地履行自己的职责，现已年老体弱，在很多教区事务上已力不从心；她还盼着该博士在力所能及的范围内让这个牧师助理职位够体面，并同意把这个职位给查尔斯·海特。如果这样，查尔斯·海特就只用来上克洛斯，用不着往六英里外的另一个方向去，他会得到一个从各方面来看都更好的牧师助理职位，会成为他们亲爱的雪利博士的助手，还会把可亲可敬的雪利博士从那些既让他十分操劳又有损于他身体的繁重职责中解脱出来。即便对于路易莎来说，这些好处也不是小事，而对于亨丽埃塔来说，它们简直就更是她心心念念的一切。可当他回来后，唉！她们对这件事情的满腔热情就已经无影无踪了。他在那里描述着自己刚和雪利博士进行的一次谈话，路易莎却一个字也没有听进去，她在窗户附近张望着，留心的是温特沃思上校的身影，就连亨丽埃塔也至多只是三心二意地听听，就好像已经全然忘记了先前对这次洽谈的全部担忧与关心。

"嗯，我真的挺高兴的，但我一直认为你会得到它，我一直认为你一定会。我以前也不觉得——总之，你知道的，雪利博士一定会找位牧师助理，而你已经得到了他的承诺。路易莎，他来了吗？"

天上午，就在那次安妮没有出席的马斯格罗夫家晚宴后不久,温特沃思上校走进了农居的客厅,里面只有安妮和摔伤的小查尔斯,小查尔斯正躺在沙发上。

他猛然发现自己几乎和安妮·埃利奥特单独在一起,这让他在举手投足间乱了分寸。他错愕不已,只说出了一句"我还以为马斯格罗夫小姐们在这里——马斯格罗夫太太跟我说可以在这里找到她们",随后就走到窗户前,想要镇定下来,同时也琢磨该怎么做。

"她们在楼上和我妹妹待一起,待会儿就会下来,我想。"安妮如此回答道,自然也有些慌乱。要不是小查尔斯喊她过去替他做点什么,她就会马上走出房间,把温特沃思上校和她自己从窘境中解脱出来。

他仍然站在窗前,镇定而又客气地说了声"我希望孩子已经好一些了",然后就默不作声了。

她当时只能跪在沙发旁边照顾她的病人,就这样过了好几分钟。然后,她欣喜地听见有人穿过了那间小门厅。她转过头去,满心期望看到这家的男主人,可见到的却是意料之外的查尔斯·海特,他对当时的情况完全不知所措,就像温特沃思上校不愿意见到安妮一样,他或许也不想见到温特沃思上校。

她只勉强着说了一句:"你好!请坐,其他人马上就下来。"

不过,温特沃思上校从窗前走了过来,显然想要搭话,可查尔斯·海特却在桌旁坐了下来，拿起了报纸，这立马打消了上校的念头，于是上校回到了窗前。

接下来，又来了一个人，就是这家的小儿子。他只有两岁，是个矮矮胖胖的冒失鬼。他让外面的某人帮他开了门，闯到他们中间来，径直走到沙发前去看看是怎么一回事，瞧见了能拿到手的好东西就开口要。

因为没什么可吃的，他只能在那里一阵捣乱。姨妈不让他欺负生病的哥哥，他就黏在了她身上。她当时正跪在那里忙着照看小查尔斯，根本没法脱身。她命令他，跟他说好话，坚决地要求他，可怎么说都没用。她有一次还真的推开了他，可小家伙更觉得好玩了，又直接扑到了她的背上。

"沃尔特，"她说道，"马上下来。你真是太烦了，我现在很生你气。"

"沃尔特，"查尔斯·海特喊道，"你干吗不听话？你没听见姨妈说什么吗？来我这儿，沃尔特，来查尔斯表叔这儿。"

但沃尔特还是不动。

可是，下一刻，她就觉得小家伙松开了她，有人正在从她背上抱走他，尽管沃尔特把她的头使劲往下压，但那人还是解开了他紧紧搂着她脖子的小胳膊，果断地把他抱到了一边去。这时候，她才发现那人是温特沃思上校。

这个发现让安妮百感交集，竟连话都说不出来。她甚至无法向他道谢，只能低头俯看小查尔斯，心中却波澜起伏。

他上前替她解围所暗含的好意——这举动——整个过程中的沉默——这个情形里的所有小细节——连同传到她耳中的他刻意逗弄孩子的声音,所有这些很快让她明白过来,他不愿意听她道谢,或者更准确地说是在证明他根本不想和她搭话。所有这一切让她心乱如麻,痛楚万分,始终无法平息内心的激动,直到玛丽和马斯格罗夫小姐们进来后,她把孩子托付给她们,然后离开了房间。她没法留下来。也许,这刚好是观察那四位如何表达爱慕、争风吃醋的好机会,他们现在聚到一起了,可她却无法为此而留下。很显然,查尔斯·海特对温特沃思上校不够友好。就在温特沃思上校直接插手后,他有些恼怒地说了句"你刚才就应该听我的,沃尔特,我告诉了你别去烦你姨妈",这句话给她留下了很深的印象,她听出来他很后悔,温特沃思上校居然做了他原本应该做的事情。不过,在她平复好自己的心绪之前,无论是查尔斯·海特的心思,还是任何人的心思,她都不感兴趣。她感到羞愧,为自己因为这点琐事就如此紧张、如此不知所措而羞愧,但就这样吧,只有长时间的独处与沉思才能让她恢复平静。

第十章

让安妮能够观察的机会总是会到来的。不久以后,安妮就有了自己的看法,因为她经常同那四位待在一起,但她很明智,不会在家里说出来。她知道,她的看法既不能让妹夫高兴,也不会令妹妹满意。尽管她认为温特沃思上校更偏向于路易莎,但根据自己的记忆与经验,她的判断是上校谁也没爱上。她们爱他更多一些,但他并没有处于恋爱中。那只是一点点稍有些热度的倾慕,但它或许必将以爱上某位告终。查尔斯·海特似乎已明白自己受到了冷落,但亨丽埃塔有时候又表现出在两人间摇摆不定的样子。安妮真希望自己能够让他们明白他们都在忙些什么,指出他们让自己面临着什么样的不便。她并不认为他们当中有谁在故意欺骗。最让她感到宽慰的是,她相信温特沃思上校丝毫没有觉察到他正在带来什么样的痛苦。他的举止中毫无胜利者的志得意满,那种令人鄙视的胜利者的志得意满。或许,他从来没有听说过,也没有想过查尔斯·海特有自己属意的对象。他唯一的错误是同时接受了(一定是"接受"这个词)两位年轻女子的好感。

不过,一番短暂的挣扎后,查尔斯·海特似乎退出了战场。三天过去了,他一次也没有来过上克洛斯,其间的变化明白无误。他甚至拒绝了一次固定宴请,刚好那天,马斯格罗夫先生看见他面前放了好几本厚厚的书,于是马斯格罗夫妇就断定事情不对劲了,还表情严肃地谈论说,他这样用功,会把自己累死的。玛丽希望而且也相信,亨丽埃塔已经明确地拒绝了他,可她丈夫却一直在盼着第二天就能见到他。安妮只觉得查尔斯·海特够明智。

在此期间的一个上午,查尔斯·马斯格罗夫和温特沃思上校一道离开打猎去了,农居中的姐妹俩正安静地坐在那里做针线活儿,大宅邸的姐妹俩来到窗前探望她们。

时值十一月,那天的天气格外好。两位马斯格罗夫小姐穿过小庭院而来,只是为了停下来说一声她们要去散步,但会走得很远,因此断定玛丽不会愿意和她们一起去。玛丽不甘心,因为被人认为走不了远路,于是立马回答说:"啊,不,我非常愿意和你们一起去,我很喜欢散步时走得很远。"安妮注意到了两位小姐的神情,明白这正是她们最不乐意的,同时又再次暗暗惊叹这种必要性背后的家庭习惯,这家人已经习惯了凡事互相通气、共同经历,不管内心多不情愿,也不管会多不方便。她试着劝玛丽别去,但完全没用。事已至此,安妮觉得最好还是接受两位马斯格罗夫小姐对她的更为诚挚的邀请,或许她妹妹中途回来时她还能派上用场,陪她一起回来;如果两位小姐有什么安排,也可以减小对她们的干扰。

"真想不到,她们竟然会认为我不喜欢散步时走得太远!"玛丽一边上楼一边说,"大家总认为我走不了远路!可如果我们拒绝了和她们一起去,她们又会不高兴。别人都这样特意过来邀请了,怎么好意思拒绝呢?"

她们正要出发时,绅士们回来了。他们带出去的是一条小狗,让他们打猎打得极不尽兴,只好早早回来。所以,他们刚好也有时间、体力与兴致去散步,于是就兴冲冲地参加了进来。如果安妮能够预见到这样的发展,她就会留在家里,但出于关注与好奇,她猜想现在退出已经太迟了。于是,朝着两位马斯格罗夫小姐选择的方向,六个人就一道出发了。显然,这两位小姐认为,这次散步理当听从她们的安排。

安妮的原则是不妨碍任何人,所以每当田间道路狭窄,不时需要他们分开走时,她就和妹妹与妹夫走在一起。这次散步让她心情愉悦,这一定是因为天气很好且身体得到了舒展,她欣赏着晚秋时节洒落在黄褐色的树叶与凋敝的树篱上的金色阳光,默诵着几首描写秋色的诗篇,这样的诗篇成百上千。对于品位高雅又多愁善感的人来说,秋天是一个有着独特且无尽的感染力的季节,每一位值得人们吟诵的诗人都会受其吸引,或是尽力描绘它,或是借景感怀。她尽可能地让自己如此一心一意地沉思与吟咏,可当她能够听到温特沃思上校与两位马斯格罗夫小姐的交谈时,她却无法不去听。只是,她并没有听到什么特别的。他们谈得倒是兴高采烈,就是那种关系密切的年轻人可能进行的交谈。他和路易莎的交谈比和亨丽埃塔的多,路易莎的确比亨丽埃塔更主动,更想博得他的好感。这种区别看起来正在越来越明显。路易莎说的一段话让她印象深刻。他们一路上都在赞美当天的天气,在又一次赞美之后,温特沃思上校接着说道:

"对将军和我姐姐来说,这天气可真是棒极了!今天上午他们就准备驾车跑得远远的,我们或许还能从这里的某个小山丘上和他们打招呼呢。他们说起过要来这一带。我真想知道他们今天会在哪里翻车。啊!我跟你说,这样的事情可是经常发生的。不过,我姐姐倒无所谓,她还挺乐意被颠到车外。"

"啊呀!我知道,你在故意夸张了,"路易莎高声说着,"不过,如果真是那样,我要是她,也会那么做。如果我像她爱将军那样爱着一个人,我也会一直和他在一起,什么也不会让我们分开。而且,我也会宁愿让他把我从车里颠出去,也不愿在别人驾驶的车里坐得稳稳当当的。"

这话里透着热切。

"你真的会?"他喊了出来,语调同样热切,"你真让我敬佩!"接着,两人都沉默了一会儿。

安妮没能立刻接着默诵什么诗句。有那么一刻,她没能顾上这宜人的秋景,只记起了某首哀婉的十四行诗,它是这岁暮残景的真实写照,只有渐逝的欢乐,那些青春与希望,还有春天的意象全都已经渺无踪影。当大家奉命踏上另一条小路时，她勉强振作了起来，问了句："这不是一条去温斯罗普的路吗？"但没人听见，或者，至少没有搭理她。

不过，温斯罗普或它周围这一带的确是他们要去的地方，因为年轻男子有时候就在家附近溜达，这样就会有相遇之喜。他们顺着缓坡向上又走了半英里，穿过一片片广阔的圈占地，那里农人们正在忙着耕作，而这新辟出的小道更表明，农人们正在对抗着那诗意感伤的情怀，一心想要带回春天。就这样，他们登上了最高的小山丘的顶端，这是一座位于上克洛斯和温斯罗普之间的小山丘。很快，他们就望见了坐落在另一侧山脚下的温斯罗普的全貌。

温斯罗普就如此呈现在了他们眼前，既谈不上秀美，也毫无庄严可言，只有一幢低矮的平淡无奇的房子，四周都是谷仓和农场建筑物。

玛丽惊呼了起来："天呐！这是温斯罗普，我压根儿就没想到！哎呀，我觉得我们最好还是往回走吧，我可真是累坏了。"

亨丽埃塔自觉羞愧难当，加上又没有看到查尔斯表哥正沿着哪条路散步，或正斜靠在哪扇门上，就准备遂了玛丽的意。可查尔斯·马斯格罗夫却说"不"，路易莎则是更急切地喊着"不，不！"，还把亨丽埃塔拉到一旁，为这事恳切地劝说起来。

这时候，查尔斯斩钉截铁地表示，既然已经离得这么近了，他一定要去看看自己的姨妈。虽然很没有把握，他显然还是想鼓动妻子和自己一起去。但眼下这种情况恰好是他妻子展现自己坚强决心的机会，所以，当他提议说，既然她已经很累了，她就刚好可以在温斯罗普歇上一刻钟时，她斩钉截铁地回答说："啊！不，真的！再爬上山来会让她更糟糕，还不如坐在这里对她有好处。"总之，她的神情和态度都表明，她是绝对不可能去那里的。

这样一番争论与商量后，查尔斯和他的两个妹妹做好了安排：他和亨丽埃塔跑下山去待上几分钟，看看他们的姨妈和表兄妹们；其他人就在山顶上等着他们。路易莎看起来是这个计划的主要策划者，她陪着他们往山下走了几步，一边还跟亨丽埃塔说着什么。玛丽这时候趁机满脸鄙夷地四下张望，一边还跟温特沃思上校说：

"有这样的亲戚真是特别不愉快！但我跟你说，我这辈子也就顶多去了那幢房子两次。"

他并没有接话茬，只是撇嘴一笑表示赞同，然后在转身走开之际，轻蔑地瞥了一眼。安妮完全明白其中的含义。

他们停留的地方是一处景色宜人的山脊。路易莎回来了。玛丽在一道栅栏的台阶处找到了一个舒服的位子坐下，看到其他人都站在她附近，心里很得意。不过，玛丽很快就高兴不起来了，因为路易莎拉走了温特沃思上校，他们到附近的灌木树篱里采坚果去了，渐渐不见了踪影，也没了声音。玛丽开始嫌弃起自己的座位来，确信路易莎一定在别的某个地方找到了一个更好的位子，于是就不顾一切地也要去找个更好的。她转过同一扇门，但却没有看见他俩。安妮替她找了个好位置，就在灌木树篱下方朝阳处干燥的土埂上。她相信他俩还在树篱中的某个地方。玛丽坐了一会儿，但还是嫌不够好。她很肯定，路易莎已经在别的某个地方找到了一个更好的位子，所以她还要再找找，要超过路易莎。

安妮是真的累极了，很高兴能够坐下。但很快，她就听见了身后树篱中温特沃思上校和路易莎的声音，他们俩似乎正沿着树篱中央那条崎岖杂乱的通道往回走。他们越来越近，一边还说着话。她首先听出的是路易莎的声音，她好像正在急切地说着什么。安妮最先听到的是：

"就这样，我劝她去了。她居然会因为那样的无稽之谈就吓得不敢去了，真叫我无法忍受。什么呀！我会因为那个人或任何一个人的态度与介入，就不去做我本已打定主意要做的事情吗？更何况我还知道那件事情是正确的。不，我才不会被如此轻易地说服。我要是下定了决心，那就是下定了。今天，亨丽埃塔看样子本来就已经下定决心要去温斯罗普，可她还是差一点就放弃了，就为了无谓的讨好。"

"这么说来，要不是你，她就会回去的？"

"她还真的就会。我这么说也觉得有些丢人。"

"她可真幸运，身边有你这么个意志坚定的人！你刚才做出的那些说明，证实了我上次遇到他时的观察结果，我没必要假装不知道眼下是什么情况。看来，这不仅仅是一个到你们姨妈家去进行日间礼节性拜访的问题；如果她没有足够的决心去扛住这类琐事中的无聊干扰，那么当遇到大事的时候，当他俩面临的境遇需要坚韧与毅力时，他会陷入痛苦，而她也一样。我看出来了，亨丽埃塔温柔可爱，你的性格却是果断又坚定。如果你关注她的行为与幸福，就尽你所能地向她灌输你的精神吧。但毫无疑问，这就是你一直在做的。太过柔顺与优柔寡断的性格有一个最大的缺陷，那就是对它的任何影响都靠不住。你永远也无法肯定好感会不会持久，任何人都可能改变它。让那些希望幸福的人都坚定起来吧。这颗坚果，"他一边说着，一边从上面的枝条上摘下一颗，"可以证明。这是一颗漂亮光滑的坚果，它有着自然赋予它的力量，经受住了秋日的风吹雨打，浑身上下没有一个小孔、一丝伤痕。这颗坚果，"他接着说道，调侃中透着郑重，"仍然享有它作为一颗榛子能够拥有的幸福，而它的众多兄弟却已经掉落在了地上，任人践踏。"随后，他又恢复了之前那种诚挚的语气："对于我所关心的所有人，我首先希望的是他们意志坚定。如果路易莎·马斯格罗夫在她人生中的 11 月依然美丽快乐，她将庆幸她今天的所有意志力。"

他说完了——但却没有得到任何回应。假如路易莎能够立刻就对这番话做出回应，安妮肯定会感到惊讶，因为它是如此富有深意，说话的人又是如此严肃热切！她能够想象得到路易莎的心情。而她自己——她不敢动弹,生怕她会被发现。她待在那里,一丛低矮、枝叶繁茂的冬青遮住了她,他们则继续往前走。然而,还没等到他们走到安妮听不到的地方,路易莎又捡起了话头。

"玛丽在很多方面都挺温厚,"她说,"但她那些废话,她的倨傲,那埃利奥特家的倨傲,有时候真会惹恼我。在她身上,埃利奥特家的倨傲实在太多了。我们真的特别希望当初查尔斯娶的是安妮。我想,你不知道他曾经想娶安妮吧?"

短暂的停顿后,温特沃思上校开了口:

"你的意思是,她拒绝了他?"

"唉!是的,千真万确。"

"那是什么时候的事?"

"我并不特别清楚,因为当时亨丽埃塔和我还在上学。不过,我相信大概是在他和玛丽结婚的前一年。我真希望她答应了他的求婚。我们大家都会更喜欢她。爸爸和妈妈总是认为,她之所以拒绝,是因为她那了不起的朋友拉塞尔夫人横加阻拦。他们觉得,大概是查尔斯不够有学问、书读得不够多,不合拉塞尔夫人的意,于是她就劝说安妮,让她拒绝了他。"

声音渐渐远去,安妮再也听不清楚了。她内心的激动仍然让她无法动弹。在她能够挪动脚步之前,她得好好平复一下情绪。传说中的偷听者的命运并没有完全发生在她身上,她并没有听到别人讲她坏话。然而,她还是听到了许多让她伤心万分的内容。她明白了温特沃思上校如何看待她的性格，而他的举动也表明他对她还有一定程度的情绪与好奇，这无疑让她心中波涛汹涌。

她镇定下来以后就立刻去寻找玛丽，找到她以后，又和她一起回到她们原来待过的篱笆台阶那里。大家很快也聚齐了，并再次一起上路。这让安妮感到些许宽慰，只有在人群中，她才能得到她精神上所需要的孤独与沉寂。

查尔斯和亨丽埃塔回来时还带上了查尔斯·海特，这也是预料之中的事情。这过程中的细枝末节安妮无法理解，就连温特沃思上校似乎也没有完全的信心说自己明白是怎么回事。但毫无疑问的是，男士那边退缩后，女士这边心软了，现在他们很高兴能重新在一起。亨丽埃塔看上去有些难为情，但又特别开心，查尔斯·海特则是一脸春风得意。几乎从大家向上克洛斯出发的那一刻起，他们就一副彼此深情款款的样子。

现在一切都表明，路易莎非温特沃思上校莫属。事情已经再明显不过了。只要是遇到需要分开走的时候，甚至哪怕是不需要分开走的时候，他俩都走在一起，几乎就和另外两个人一样。在走过一块狭长的草场时，尽管空间足够大家并排一起走，他们也是这样分开走的，明显地分成了三组。安妮自然属于其中那最死气沉沉、相互间最不够殷勤的三人组。她和查尔斯与玛丽走在一起，觉得很累，所以很高兴自己能挽着查尔斯的另一只胳膊。不过，查尔斯虽说对她很和气，却没有好脸色给自己妻子。玛丽明摆着不听他的话，现在可就该自作自受了，因为查尔斯随时都会甩开她的手，用树枝抽打树篱中那些荨麻的花穗。于是，玛丽就开始长吁短叹起来，认为自己照规矩走在了树篱这边，但没想到竟然受了委屈，而走在另一边的安妮却一点儿也没被打扰。结果，查尔斯干脆甩开了两人的手，去追一只他偶然间瞥见的鼬鼠，这下她俩就几乎没办法拉上他一起走了。

这片草场的边上是一条小路，他们所走的这条小径的尽头刚好和它相交。当他们走到草场出口的门时，一辆朝着同一方向行驶的马车也刚好快到跟前。他们早就听见了这辆马车的声音，但这时才发现，原来是克罗夫特将军的单马四轮马车。将军和他妻子已经按照计划出去兜了一圈，现在正在往回走。当他们听说这帮年轻人已经走了这么长的路以后，便好心地提出，如果哪位女士感到特别疲惫，他们可以捎上她，这样她就可以少走整整一英里的路，因为他们会穿过上克洛斯。这个邀请没有特定对象，大家也都谢绝了。两位马斯格罗夫小姐根本不觉得累，玛丽则或许是因为没有把她作为第一个邀请对象而感觉受到了冒犯，也或许是因为路易莎所说的那种埃利奥特家的倨傲而无法忍受成为单马四轮马车的第三位乘客。

散步的人们穿过了小路，正在登上对面的栅栏，将军也正要再次策马前行。这时,温特沃思上校迅速地越过树篱,和他姐姐说了点什么。从后面的结果倒也能猜出他可能说了些什么。

"埃利奥特小姐,我想你一定累了,"克罗夫特太太大声喊道,"请赏个脸,让我们把你捎回去。这里完全能坐下三个人,放心好了。如果我们都像你那样,我相信或许可以坐下四个人。你一定要上来,真的,一定啊。"

安妮还站在小路上,尽管她本能地准备拒绝,但却没能开得了口。将军也附和着他妻子,善意地催她过去。她无法拒绝他们。他们还尽量往一侧挤了挤,给她留出了一个角落,温特沃思上校一言不发地转向了她,默默地把她扶上了车。

是的,他就那么做了。她坐在了马车里,感觉到是他让自己坐在了那里,是他的意愿与双手完成了这一切。她认为,这是因为他觉察到了她的疲惫,决心让她能够休息一会儿。所有这些事情清晰地表明了他对她的态度,这让她大为感动。看起来,这个小插曲为前尘往事做了个了断。她明白了他的心意。他不能原谅她,但却无法做到毫无情谊。尽管他因为过往而责怪她,至今依然耿耿于怀,满怀对不公正的怨恨,尽管他的眼中已完全不再有她,尽管他已渐渐爱恋上了另一个人,但他依然无法在她受苦之时不施以援手。这是往昔情感的余烬,是纯粹但却尚未被承认的友情的冲动。它证明了他的内心是多么温暖美好,每每想到这一点,她就不免既高兴又痛苦，只是不知道哪种情感占了上风。

一开始的时候，她只是心神恍惚地在那里应对车上两位同伴的好意与问询。等他们已经沿着起伏不平的小路走了一半后，她才差不多完全弄清楚他们在说什么。她发现，原来他们正在谈论"弗雷德里克"。

"他当然是打算娶那两位姑娘中的某一位啦，索菲，"将军说道，"但不知道是哪一位。而且，他追她们也追得够久了，也该定下来了。哎，这也是因为是和平时期啊。如果现在是战争期间，他早就已经选好了。我们海员，埃利奥特小姐，在战争期间可没条件长时间谈情说爱。亲爱的，从我第一次见到你，到我们一起坐在我们在北雅茅斯的住处，中间一共隔了多少天呀？"

"我们最好还是别提这事了，亲爱的，"克罗夫特太太快乐地回答道，"要是埃利奥特小姐知道了我们是在多短时间内就定下了终身，她永远也不会相信我们在一起会幸福。可是，在那之前，我早就知道你的为人了。"

"好啦，我早就听说你是一位十分漂亮的姑娘。除此之外，我们还用再等什么呢？我不希望手头的这种事情拖得太久。我倒希望弗雷德里克能把帆扯开得更多一些[1]，把这两位年轻小姐的某一位给我们带回到凯林奇。到那时，他们就随时有

---

[1] 指扬起更大的帆，动作更快一些。

人做伴了。她俩都是好姑娘,我简直就分不清楚谁是谁。"

"的确啊,都是性情温和、毫不矫揉造作的女孩子,"克罗夫特太太也夸赞了几句,只是语气更加平静,让安妮觉得,她因为洞察力更加敏锐,或许认为她俩都配不上她弟弟,"家世也很体面。再也没有更合适结亲的人家了。亲爱的将军,那根柱子!——我们快撞上那根柱子了。"

不过,她冷静地向另一个方向拽了拽缰绳,大家侥幸躲过了这次危险。接下来还有一次,她又明智地出了手,他们才既没有卡在车辙里,也没有撞上粪车。安妮饶有兴趣地看着他们驾车,觉得这或许是一个反映他们如何处理日常事务的好例子,不多久就发现,自己已经他们被平平安安地送到了农居。

第十一章

现在,拉塞尔夫人回来的日子就快到了,甚至具体日期也已经定了下来。安妮已和她约定,一旦她安顿下来,就马上去和她住在一起,所以也盼着早些搬去凯林奇,甚至还琢磨起了这会如何影响到她自己的生活。

这会让她和温特沃思上校住在同一个村子里,离他只有大约半英里远;他们将不得不去同一个教堂,两个家庭之间也必定会有来往。她不愿意这样;不过,从另一方面看,他在上克洛斯待的时间那么多,所以她从这里搬走反倒是意味着她撇下了他,而非冲着他去。总的说来,她相信,在这个耐人寻味的问题上,她一定是赢家,正如她也肯定将会因为家庭生活环境的变化——她为了拉塞尔夫人而离开可怜的玛丽——而受益。

她希望自己或许可以避免在凯林奇府见到温特沃思上校,那些房间曾见证过他们的相会,故地重访将会触景伤情。不过,她更加希望拉塞尔夫人和温特沃思上校最好永远也不要在任何地方碰面。他们两人谁也不喜欢谁,泛泛之交现今再重逢,也不会有任何益处。假如拉塞尔夫人看到他俩在一起,她可能会觉得他太过从容,而她却太不从容。

她觉得自己已经在上克洛斯待得够久了。当期待着搬离上克洛斯时,她主要琢磨的事情也就是这些。她在上克洛斯作客两个月,小查尔斯生病期间她能发挥自己的作用,这将是这段时间留给她的美好回忆,但既然他已在迅速好转,她就再没有待下去的理由了。

可是,就在她作客的最后几天,情况发生了让她完全意想不到的变化。整整两天,上克洛斯的人没有见到温特沃思上校的身影,也没有他的任何消息。之后,他又在他们当中出现了,还跟大家解释了他那两天不来的理由。

一封来自他朋友哈维尔上校的信终于辗转送到了他手中,让他得知这位上校已和家人搬到莱姆过冬,所以他俩竟在无意之间只相距了 20 英里。哈维尔上校自从两年前受重伤以后,身体就一直不好,温特沃思上校着急见到他,所以就立刻动身去了莱姆,在那里待了二十四小时。所有人都表示理解,大家都盛赞他对朋友的情谊,也对他的朋友产生了浓厚的兴趣。他对莱姆一带的秀丽景色的描述让所有人都听得热血澎湃,渴望亲自去看看,去莱姆一游的计划也就应运而生。

年轻人都急不可待地想去看看莱姆,温特沃思上校也说自己想再去一趟。那里距离上克洛斯仅 17 英里,时间虽然已是 11 月,但天气却还不错。总之,路易莎是这群热切盼望去莱姆的人中最热切的那位,她已打定主意非去不可。除了喜欢我行我素外,她现在还认为任性而为值得夸赞。尽管她父母一再希望将这个旅行计划推迟到夏天,但她却全然不顾他们的意见,于是他们就准备去莱姆了——查尔斯、玛丽、安妮、亨丽埃塔、路易莎和温特沃思上校。

起初,他们的安排并不够谨慎,打算上午去、晚上回,可马斯格罗夫先生爱惜自己的马,不同意这个计划。经过周全的考虑后大家发现,眼下已是11月中旬,天黑得较早,而当地地形状况又使得来回路上就需要七个小时,减去这部分时间后,一天里也就没余下多少时间可以去游览一个新地方了。所以,他们会在那里住上一个晚上,第二天赶回来吃晚饭。大家认为这个改动可不算小。尽管他们在正常早餐时间前就在大宅邸会合并准时出发,但直到正午后许久,两辆马车——四位女士乘坐马斯格罗夫先生的四轮大马车,温特沃思上校乘坐查尔斯驾驭的两轮双马马车——才沿着长长的山坡而下,驶入莱姆,进入小镇更加陡峭的街道。显然,在日暮西山、寒意渐起以前,他们的时间只够四处看看。

在一家客栈订好了房间与晚餐后,接下来要做的当然是直接赶到海边去。他们来的时节太晚,已错过莱姆作为一个旅游胜地可能提供的种种娱乐活动,集会厅都已关闭,房客也差不多全走光了,除了当地居民,几乎就没有什么家庭留下。当地的建筑物本身也没什么值得欣赏的。外乡人想要看到的是小镇独特的地势、那条几乎直冲入海的主街,以及那条通

劝 导

向科布海堤[1]的步行道,这条步行道环绕着这个美丽的小海湾。旅游旺季期间,小海湾焕发着活力,处处是更衣车和人群,科布海堤本身也有古迹遗址与新式改建之处,那条由一道道壮美的悬崖构成的线条向外一直延伸到了小镇的东边。如果一个异乡人在领略过莱姆周边环境的魅力后还不希望进一步了解这个小镇,那他肯定是个怪人。莱姆附近的查茅斯有起伏的山峦,有延绵的田野,更有阴郁的峭壁衬托下的幽静宜人的海湾,一块块低矮的岩石散落在沙滩上,使得这里成为观潮与静坐遐思的绝妙去处。令人欢欣鼓舞的上莱姆村绿树成荫;平尼就更不用提了:在那里,富有浪漫色彩的岩石之间夹着一道道绿色的峡谷;在那里,茂密果园与一丛丛森林树木四处散落,向人们表明,自从这里的岩崖第一次部分崩塌、为如此景观打下基础起,多少个世代已然过去;在那里,如此绝妙动人的景观就呈现在了眼前,比起遐迩闻名的怀特岛上的相似景致,它有过之而无不及。要想真正了解莱姆的价值,这些地方就必须多去几遍。

沿着一间间现在已空无一人的阴郁冷清的房间,上克洛斯的这群游客往下走去,一路向下,很快就来到了海边。就像所有那些第一次来到海边必然会停留下来凝望一阵子,想

---

[1] 该海堤始建于13世纪,此后曾多次修缮与加固,环绕莱姆镇西边,延伸入海,是莱姆最具特色的建筑。

要好好打量大海一番的人那样，他们停留了一会儿，然后就向科布海堤走去。那既是他们的游览目标，也是为了方便温特沃思上校，因为在一个年代不明的老码头脚下不远处有一幢小屋，哈维尔一家就住在那里。温特沃思上校拐进去拜访自己的朋友，其他人继续往前走，他会在科布海堤上与他们会合。

他们一路都在好奇不已、赞不绝口，当他们看见温特沃思上校带着三个同伴向他们走来时，就连路易莎也似乎没感觉到他们与温特沃思上校分开了很久。根据先前听过的描述，大家已经知道，温特沃思上校带来的三位同伴是哈维尔上校和他的太太，以及同他们住在一起的本威克舰长。

本威克舰长曾担任过"拉科尼亚号"的上尉[1]。温特沃思上校上次从莱姆回去后谈起过他，热情地夸赞他，说他是一

---

[1] 原文为"first lieutenant"。英国皇家海军尉官这个军阶的设立可追溯至1580年，初衷仅仅是为了在舰长生病时能有人充当候补。复辟时期，该军阶被永久性地确立下来，其性质也从候补演化为具有特定职责的军衔。只有进入尉官级别及以上的海军军官才能被列入"海军军官名册"。高级尉官（senior lieutenant）即上尉（first lieutenant）负责在舰长指挥下组织与管理舰艇。一级与二级风帆战列舰上可设六个级别的尉官。自1748年起，英国皇家海军尉官被认定与陆军上尉同级（"lieutenant", https://www.royalnavalmuseum.org/info_sheets_nav_rankings.html; Rex Hickox, "Lieutenant", in Rex Hickox, *All You Wanted to Know about 18th Century Royal Navy: Medical Terms, Expressions and Trivia*, Bentonville: Rex Publishing, 2005, pp.30-31）。

位优秀的年轻人与军官，上校自己一直都很赏识他。这让每个人都对本威克舰长心怀敬意。温特沃思上校还提起过本威克舰长的一段私人经历，更让他成为每位女士关注的对象。他与哈维尔上校的妹妹订过婚，现在正为她的早逝而哀痛不已。有那么一两年，他们一直在期待着财富与晋级。现在财富有了，他作为上尉得到了可观的赏金；晋级也终于到手了，可范妮·哈维尔却没能活着听到这个消息。今年夏天，他还在海上执行任务的时候，她去世了。温特沃思上校相信，没有一个男子会像可怜的本威克爱恋范妮·哈维尔那样如此深爱一个女子，也没有一个男子会像本威克那样因为这样一个可怕的变故而如此备受折磨。他认为，本威克舰长的性情就是会为情所困而不易走出来的那一类，他将自己内心的痛苦隐藏在了沉默、肃穆与疏离的举止背后，沉迷于阅读与需要久坐的事情之中。让这个故事更有趣的是，如果可以这样说的话，虽然范妮的去世使得本威克舰长不能与哈维尔一家结亲，但却增进了他们之间的情谊，他现在已经和哈维尔一家完全生活在了一起。哈维尔上校现在租住的房子租期是半年，他的个人爱好、健康和经济状况也促使他选择在海边找栋开销不大的房子住下，而这一带地区的壮观景色与冬季莱姆的萧条，似乎也完全契合本威克舰长的心境。这激发了大家对本威克的由衷同情与好感。

当大家一同上前迎接他们时，安妮却在暗暗思量："不过，他的伤痛或许并不如我的那么深重。我无法相信他会一直如此万念俱灰。他比我年轻青涩，即便年龄上并非如此，付出情感的时间总要短一些；作为一个男子，他也更富有朝气。他会重新振作起来，同另一个人幸福地在一起的。"

大家见面了，也互相做了介绍。哈维尔上校身材高大，肤色较深，看上去聪敏厚道。他稍微有点跛，由于五官粗犷、身体欠佳，看上去比温特沃思上校年岁大多了。本威克舰长无论相貌还是年龄都是他们三人中最年轻的，也比其余两人个子小。他长得挺讨人喜欢，但却正如他应该的那样散发着忧郁，也不肯交谈。

哈维尔上校尽管在言谈举止上不及温特沃思上校，但也是一位十足的绅士，不做作、热情且殷勤体贴。哈维尔太太不如她丈夫那么谦恭有礼，但看起来也同样和蔼可亲。最令人舒心的莫过于，夫妻俩都乐于将所有人视为自己的朋友，因为这些人都是温特沃思上校的朋友；最能体现他们热情好客的，则是他们一再诚挚地邀请所有人同他们一道共进晚餐。众人以已在客栈预订了晚餐为由婉言推辞，他们才最终勉勉强强地接受了这个理由，但看起来好像有些难过，温特沃思上校带了这么一群人来莱姆，可他居然没有理所当然地认为这些人应该和他们一道共进晚餐。

所有这一切表明，他们与温特沃思上校之间情谊深厚，而如此非同寻常的热情好客，也极具迷人的魅力，它完全有别于寻常的那些来往应酬，或那些礼节性与炫耀性的宴请。可是，这又让安妮觉得，如果她进一步熟悉他的军官兄弟们，她的情绪也不会受益多少。她心里想的是"这些人本来会是我的朋友"，所以她不得不竭力挣扎着不让情绪过于低落。

离开科布海堤后，他们来到了新结交的朋友家中，发现房间都很小，也就只有诚心邀请的人才会觉得能够在这里招待这么多客人。有那么一瞬间，安妮自己也对此有些诧异，但很快更愉悦的情感就取代了这种感觉，因为她看出来，哈维尔上校进行了各种别出心裁的设计与颇具匠心的安排，恰到好处地利用了原有空间，弥补了租住的房子家具不足这个缺陷，使门窗得到了加固，可以抵御即将来袭的冬季风暴。房东已为各个房间提供了一些普通的必需品，但状况都一般，与它们形成对比的是几件用稀有木料精心制作的木器，以及哈维尔上校从他去过的那些遥远的国度带回来的珍稀贵重物件。安妮觉得室内布置的这些变化非常有趣，将这一切都归功于哈维尔上校的职业，以及这种职业的成果与这种职业对他习惯的影响，而这一切也呈现出了一幅安宁与家庭幸福的画面，让她多多少少感受到了某种喜悦。

哈维尔上校并不喜欢阅读，但他还是巧妙地放置了一批数量还过得去的精装书，给它们制作了精美的书架，它们都是本威克舰长的收藏。由于跛足，哈维尔上校不能多运动，但他想做事情，也心灵手巧，所以在室内也忙个不停。他绘图、上漆、做木工活儿、涂胶水，给孩子们做玩具，改进网针与扣针；要是其他事情都做完了，他就坐在房间的一角编织自己的大渔网。

当他们离开哈维尔家时，安妮感觉自己将幸福留在了身后。安妮发现自己和路易莎走在了一起，路易莎兴致盎然地大谈特谈自己如何仰慕与热爱海军的品质：他们友善，他们注重兄弟情谊，他们率直，他们正直。她还坚持认为，海员比英格兰其他任何阶层的人都更难得，也更具有热情，只有他们才懂得应该如何生活，只有他们才值得受到尊重与热爱。

他们回去更衣用餐，一切都按照安排进行，没出一点差错。不过，客栈的店主还是因为"完全不当季"、"莱姆的交通不便"以及"没有旅伴"而再三表示歉意。

安妮发现，同自己最初所预料的相比，她如今同温特沃思上校待在一起的时候已经越发坚强了。和他同坐在一张餐桌前，彼此间应酬几句客套话，已是小事一桩，虽然他们之间也从未越过这条界限。

天色已很晚了，女士们只能等到第二天再相聚。不过，哈维尔上校答应过晚上来拜访他们。他来了，但出乎众人意料的是，他还带来了他的朋友。大家之前已经发现，因为有这么多陌生人在场，本威克舰长显得很拘谨，但他还是再次来到了他们当中，虽然他的情绪明显看起来同众人整体的欢乐氛围格格不入。

在房间的一端,温特沃思上校和哈维尔上校是交谈的中心,他们追忆往日时光,提到了许多逸闻趣事,吸引着其他人的注意力和兴趣。在较远的另一端,安妮碰巧和本威克舰长坐在了一起,善良的天性促使她同本威克舰长攀谈了起来。他很腼腆,常常心不在焉,但她柔和的面容与温文尔雅的态度很快就发挥了作用。她起初的努力得到了回报。本威克舰长显然是一个相当喜欢阅读的年轻人,虽然他读的主要是诗歌。除了让他相信她至少能一整晚与他畅谈他那些朝夕相处的同伴们或许并不感兴趣的话题外,她还希望自己的一些建议会真正对他有所帮助,因为在交谈过程中她自然而然地提到,对抗痛苦既是一种责任也有益于己。本威克舰长虽然腼腆,但却似乎并不内向寡言,反而看起来很乐意摆脱他平常对情感的束缚。他谈论诗歌,谈论当代诗坛的繁荣,简要地比较了几位一流诗人,试图确定下来究竟是《玛密恩》还是《湖上夫人》更受读者欢迎,以及该如何评价《异教徒》与《阿比多斯的新娘》,甚至还讨论"异教徒"一词该如何念[1]。他证明自己熟知前一位诗人所有的柔美诗篇,也对后一位诗人刻画万念俱灰之哀思的所有激情之作了如指掌;他满怀激

---

[1]《玛密恩》(1808)与《湖上夫人》(1810)均为英国小说家与诗人司各特的作品;《异教徒》(1813)与《阿比多斯的新娘》(1813)均为英国浪漫派诗人拜伦勋爵的作品。

情地背诵了一些描写破碎的心灵与饱受不幸摧残的内心的诗行，完全是一副迫切想要得到他人理解的样子。因此，安妮冒昧地建议他不要只读诗歌，并直言,她认为诗歌的不幸在于，那些全心全意热爱它的人很少能不失毫厘地欣赏它，那些能够真正估量出它的价值的强烈情感正是那些只应该有节制地品味它的情感。

他的表情表明他并未因此感觉难堪，反倒高兴自己的境况被隐约提及，于是安妮也受到了鼓舞，就继续谈了下去。她觉得自己的想法更为成熟，所以就大胆地建议他在日常阅读时多读一些散文。当被要求谈得更具体一些时，她就提了一些她当时能够想到的英国最好的道德家的作品、优秀的书信集以及一些才华横溢又经受了磨难的人士的回忆录，希望这些最高尚的训诫、最强有力的道德与宗教磨炼的例证能帮助他振奋与强化精神。

本威克舰长专注地听着，看上去很感激这番谈论背后的关切。他虽然摇头叹息着，表示他不太相信有什么书能化解他这样的悲痛，但还是记下了她推荐的那些书，也答应去找来读读。

这个夜晚结束了，一想到自己来莱姆就是为了劝一位素昧平生的青年男子忍耐与顺从命运，安妮不禁觉得好笑，而当她再次仔细思量以后，又开始担忧起来，因为就像其他众多道德家与说教者一样，她虽然滔滔不绝地谈论了某一点，可她自己的行为却经不起检验。

第十二章

第二天早晨,安妮和亨丽埃塔是众人中起得最早的,于是就相约着在早饭前去海边走走。她们来到沙滩上看潮水起落,徐徐海风从东南方吹来,送来层层浪潮,这已是在如此平坦的海滩上能见到的最壮美的景象。她俩赞叹这清晨,为大海而喜悦,分享着这清新宜人的和风带来的愉悦,然后就沉默下来,直到亨丽埃塔突然开口说:

"啊!是呀——我完全相信,除了极个别的例外,海边的空气总能有益身体。去年春天,毫无疑问,它就大大地帮助了大病初愈的雪利博士。他本人也说,来莱姆住上一个月比他吃的什么药都有帮助,待在海边也让他感觉又年轻了。我不禁感到可惜,他没有常住在海边。我真心认为,他不如离开上克洛斯,在莱姆定居下来。安妮,你觉得呢?难道你不同意我的看法吗?这样做对他自己和雪利太太都再好不过了。你知道的,她在这儿有几个亲戚,还有很多熟人,这会让她过得挺舒心的。而且,我也敢肯定,她会很乐意到这样一个地方,万一雪利博士再次突然发病,也可以随时就医。真的,我觉得,雪利博士与雪利太太这样的大好人,一生行善积德,却只能在上克洛斯这种地方消磨残年，除了我们一家以外，他们似乎完全与世隔绝，这挺凄凉的。我希望他的朋友们会向他提出这个建议。我真的认为他们应该这样做。至于能否获准到教区外居住，以他的年龄与声名，应该不会有困难。我只担心有没有什么理由能说服他离开自己的教区。他死守规矩又相当谨慎，而照我看来，已是太过谨小慎微了。难道你不觉得他太过谨小慎微吗，安妮？如果一位牧师在另有他人可以把他的工作做得很好的情况下，仍然为了履行职责而牺牲个人健康，难道你不觉得这想法是错误的？而且，是在相距仅17英里的莱姆——如果教区里有人对什么不满，他住得够近，也能听到。"

亨丽埃塔说这番话时，安妮不止一次在心里发笑。她顺着话题说了几句，很乐意能有所帮助，因为她既理解一位青年男子的心情，也同情一位年轻小姐的心情——但也仅仅是一种更低标准的帮助，因为除了笼统的附和外，她还能做点什么呢？她就此合理又得当地发表了一通看法，像亨丽埃塔所期望的那样，说她觉得雪利博士的确该休息了，认为雪利博士最好聘请一位积极、受人尊重的年轻人担任常驻牧师助理，甚至还特别体贴地暗示说，这样一位常驻牧师助理最好已经成家。

亨丽埃塔非常满意自己的同伴，于是又说道："我真希望拉塞尔夫人就住在上克洛斯，而且还和雪利博士关系密切。我一直听说拉塞尔夫人是一位对谁都能有巨大影响力的女人！我一向都认为她能说服别人去做任何事情。我以前就跟你说过,我怕她,很怕她,因为她真是太聪明了。但我也特别尊重她,希望我们在上克洛斯也能有这样一位邻居。"

亨丽埃塔表达谢意的方式让安妮觉得很有趣,而让她同样觉得有趣的则是,事态的发展和亨丽埃塔新近对自己幸福的考虑竟然会让一位马斯格罗夫家的成员对她的朋友产生了好感。不过,她只来得及笼统地附和几句,说自己也希望上克洛斯有这样一位女性,然后这些话题就戛然而止了,因为她看见路易莎和温特沃思上校向他们走了过来。他俩也是趁着早餐准备好以前出来溜达一圈。可随即路易莎又想起来她要去一家商店买点东西,于是就请他们大家一起陪她回镇上去。大家便欣然同意了。

正当他们准备登上沿海滩向上的石阶时,一位绅士刚好准备往下走,他彬彬有礼地往后一退,停下来给他们让路。他们登上了台阶,从他身边经过。这时,安妮的容貌吸引住了他,他带着某种诚挚的爱慕打量着她,她当然不可能对此毫无察觉。安妮此时看上去动人极了,轻抚着她脸庞的海风让她的眼神充满了灵动,她原本就十分端庄秀美的容颜也因此重新焕发出了青春的润泽与清新。显然,这位绅士——他在举止上是一位十足的绅士——对她极为倾慕。温特沃思上校当即就回过头看了她一眼,表明他也注意到了这一点。他的目光在她身上停留了片刻,眼神一亮,似乎在说:"那位男子被你迷住了,此刻,就连我也见到了昔日的安妮·埃利奥特。"

他们陪路易莎买好东西后,又闲逛了一会儿,才回到客栈。后来,当安妮从自己房间出来匆匆赶往餐厅时,她差点撞上了刚才那位绅士,他当时正从隔壁套房中出来。先前,她猜测他同他们一样是外乡人,而当他们回来时,她还见到了一位气派的马夫,他当时正在两家客栈附近溜达,于是便断定那位马夫是他的男仆。这个猜想的另一个证据是,主仆两人都在服丧。现在证明他果然和他们住在同一家客栈。尽管第二次相遇很短暂,但这位绅士的眼神再次证明,他认为安妮的外表十分动人,而从他主动表示歉意且态度得体妥帖来看,他极有教养。他看上去大约三十岁,长相不算好看,但却挺讨人喜欢。安妮还真想认识他。

正当他们快吃完早餐时,他们听到了马车行进的声音——这几乎是他们到莱姆以后第一次听到的马车声,于是有一半的人就赶去了窗户边。"这是一位绅士的马车,一辆两轮双马马车,但只是从马厩驶到正门口——一定是有人要走了——驾车的是一个正在服丧的男仆。"

一听说是一辆两轮双马马车,查尔斯·马斯格罗夫就跳了起来,想同他自己的那辆比较一番,而正在服丧的男仆也让安妮心生好奇。于是,当马车的主人在客栈主人一家鞠躬行礼、万般周到的相送下走出正门,坐上马车出发时,他们六个人都已聚在一起张望了。

"啊!"温特沃思上校立刻喊了起来,同时瞥了一眼安妮,

"就是我们刚才从他身边经过的那个人。"

两位马斯格罗夫小姐也认为是。大家自然而然地望着他朝山上驶去,直到看不见他了才回到餐桌旁。之后不久,一位侍者走了进来。

温特沃思上校马上就问道:"请问你能告诉我们刚才离开的那位绅士姓什么吗?"

"当然可以,先生,那是位埃利奥特先生,一位非常富有的绅士——昨晚住店,是从锡德茅斯来的——先生,你们昨天吃晚饭的时候肯定听到了马车的声音。现在他正继续往克鲁肯去,然后会去巴斯和伦敦。"

"埃利奥特!"还没等那位能说会道的侍者说完话,一些人就面面相觑,另一些人就重复起了这个姓氏。

"天呐!"玛丽叫了起来,"那一定是我们的堂兄——一定是我们那位埃利奥特先生,一定是的,准没错!——查尔斯,安妮,难道不是吗?还在服丧,你们瞧,我们那位埃利奥特先生也是这样的。真是太巧了!跟我们住在同一家客栈里!安妮,那位可不就是我们那位埃利奥特先生、父亲的继承人吗?请问,先生,"玛丽转过头去问侍者,"你有没有听到——他的男仆有没有说起他是凯林奇那个家族的人?"

"没有,夫人——他没有提到过具体的家族,但他说过,他的主人是一位非常富有的绅士,有朝一日会成为准男爵。"

"果然!你们瞧!"玛丽更加欢天喜地地嚷嚷起来,"跟我说的一样！沃尔特·埃利奥特爵士的继承人！——我就知道，如果真是他的话，总会有人知道的。请相信，那可是一个不管他走到哪里，他的仆人们都会刻意宣扬的细节。不过，安妮，你想想，这该有多巧！真希望我多看了他几眼。真希望我们能及时知道他的身份，这样或许就可以请人把他引见给我们了。真是太遗憾了，我们居然没有互相认识一下！难道你不觉得他长得像埃利奥特家的？我没怎么看他，光顾着看那两匹马去了，但我还是觉得他长得就有些像埃利奥特家的。奇怪，我怎么就没有注意到纹章！哦！——是长外套搭在了鞍垫上，把纹章遮住了。就是这样的，不然的话，我肯定会注意到的。还有制服，如果那男仆不是正穿着丧服，我一看他的制服就会认出来。"

"这么多凑巧的事情会在一起后，"温特沃思上校说，"我们必须说，是上天注定你无法与你堂兄结识。"

安妮等玛丽能够冷静下来听别人说话后，才心平气和地跟她解释，想要让她相信，她们的父亲与埃利奥特先生好多年前就已经没什么交情了，现在去设法结交，会很不妥当。

不过，她同时也暗自庆幸遇见了堂兄，知道凯林奇未来的主人无疑是位绅士，看起来也明事理。她无论如何也不会提起自己同他的第二次相遇。值得庆幸的是，玛丽也并不太在意他们早晨散步的时候与他擦肩而过这件事，如果她知道安妮曾在走廊里撞上了他，他还跟安妮礼貌万分地道了歉，而她自己却根本没有走近他身旁，她会觉得安妮让自己受了大委屈。不，堂兄妹之间的那次偶遇绝对得保密。

"当然啦，"玛丽说道，"你下次写信去巴斯的时候，一定要提一下我们见到了埃利奥特先生这件事情。我觉得父亲应该知道这件事。一定要把关于他的所有情况都写上。"

安妮没有直接回答。不过，她认为这个情况不仅没必要提，反而应该隐瞒下来。她知道，很多年前埃利奥特先生就得罪了她父亲；她猜测，伊丽莎白也牵涉其中。毋庸置疑的是，他俩一提到埃利奥特先生就会不高兴。玛丽自己从不写信去巴斯，时不时地与伊丽莎白互相写一些无聊的信件这件苦差事就落在了安妮头上。

早餐吃完没多久，哈维尔上校夫妇与本威克舰长就过来了，大家之前已约好了要和这三位一起在莱姆逛上最后一圈。他们应该在一点钟动身返回上克洛斯，在此之前所有人都会待在一起，尽量在户外走动走动。

安妮发现，他们刚走上大街，本威克舰长就往她身边凑。他俩前一晚上的交谈并没有让他不愿意再接近她，于是他们两人就一起走了一会儿，像先前那样谈论司各特先生和拜伦勋爵，但还是像之前那样，像任何其他两个读者一样，他们无法就这两位诗人作品的价值取得共识，直到最后不知道为什么，几乎每人身边的同伴都换了个人。这次，走在安妮身边的不再是本威克舰长，而是哈维尔上校。

"埃利奥特小姐，"哈维尔上校低声说道，"你做了件好事，让那可怜的家伙说了那么多话。我真希望他能够经常有这样的同伴。我知道，像他现在这样把自己封闭起来，对他很不好。可我们又能怎么办呢？我们不能分开呀。"

"是的，"安妮说，"看得出来现在的确不可能。不过，或许总有那么一天——我们知道时间总会抚平所有的伤痛，而且哈维尔上校，你必须记住，你的朋友才失去爱人不多久——我想就在今年夏天吧。"

"是的，没错，"（一声长叹），"就在6月。"

"他当时可能并没有立马就得到消息。"

"他直到8月的第一个星期才收到消息，当时他正从好望角回国——刚刚奉命指挥'勾捕者号'。我当时在普利茅斯，就怕听到他的消息。他寄来了好几封信，但'勾捕者号'又奉命驶往朴茨茅斯。必须在那里把消息传给他，可由谁去说呢？我可不要。我宁愿被吊死在帆桁上。除了那个好心的家伙（指了指温特沃思上校）以外，没有人做得了这事。'拉科尼亚号'一周以前就已经到达普利茅斯，可能不会再被派出海。他刚好有机会休假——给上司写请假信，但没等批复就昼夜不分地赶到朴茨茅斯，一到那里就立刻划着小船登上'勾捕者号'，然后在接下来的一周里就没有离开那可怜的家伙半步。他就是这么做的，换作别人，谁也救不了可怜的詹姆斯。你可以想一想，埃利奥特小姐，他对我们来说有多可贵！"

安妮的确思考了这个问题，也有自己的定论，于是便在自己情感能够允许以及哈维尔上校的情感似乎可以接受的范围内，尽可能充分地进行了回答，因为哈维尔上校已难过得无法重新提起这个话题。当他再次开口说话时，谈的已完全是另一个话题了。

哈维尔太太觉得，到他们家这段距离已足够她丈夫的活动量了，这为上克洛斯这群人的最后这次散步确定了路线：大家陪他们走到家门口，然后就返回来出发。大家仔细估量，觉得时间只够这样安排。可当他们快到科布海堤时，大家又都希望再到上面走一走。所有人都想去，而路易莎更是立刻就打定了主意。大家都认为，也就相差一刻钟而已，早一些晚一些并没有任何区别。于是，在深情道别与进行种种可以想见的相互邀请与承诺后，大家在哈维尔夫妇家门口与他们辞别，然后就向着科布海堤出发，去和它好好道别。本威克舰长继续陪着他们，他看起来是想和他们一起待到最后。

安妮发现本威克舰长又靠近了她。眼前的景致让他情不自禁地吟诵起了拜伦勋爵的"暗蓝色的大海"[1]，安妮也很乐意尽可能地将注意力集中在他身上，可不多久其他事情就让

---

[1] 拜伦的长诗《海盗》(*The Corsair*, 1814) 以这两句诗行开篇，即"在暗蓝色的大海上，海浪在欢乐地翻滚 / 我们的思想无边无际，我们的灵魂无拘无束。"(O'er the glad waters of the dark blue sea /Our thoughts as boundless, and our souls as free)。

她分了心。

由于风太大,新科布海堤的上层让女士们觉得待着不舒服,于是大家都赞成沿着石阶往下走到下层。大家都安静而又小心翼翼地沿着陡峭的台阶往下走,只有路易莎是个例外。她非要让温特沃思上校扶着她跳下石阶。以往他们外出散步时,他每次都得扶着她跳过横路栅栏,她很喜欢那种感觉。可此处的人行道太硬,对她的脚不好,所以他有些不愿意。不过,他还是扶着她跳了下来,她安全着地了,为了表示她如何乐在其中,又立刻跑回到台阶上准备再跳一次。他劝她别跳了,觉得撞击太剧烈,可是他怎么劝说讲道理都没用,她微笑着说:"我下定了决心要这么做。"他伸出了双手,可她太心急,早跳了半秒,摔在了海堤下层的人行道上,被抱起来的时候已经不省人事了。

没有伤口,没有流血,没有明显的瘀伤。可她双眼紧闭,没有呼吸,脸色就跟死人一样苍白。站在周围的人这时都被吓坏了。

温特沃思上校扶起了她,抱着她跪在那里。他看着路易莎,脸色同她一样煞白,哀痛地说不出话来。"她死了!她死了!"玛丽抓住她丈夫尖声叫起来,害得他更加惊恐,完全无法动弹。接着,亨丽埃塔也真以为路易莎死了,她晕了过去,要不是本威克舰长和安妮从两边抓住她扶好,她也会摔倒在台阶上。

"难道没有人来帮帮我吗?"这是温特沃思上校喊出的第

一句话,他的声音里满是绝望,好像他自己已经精疲力竭了。

"快去他那里,快去他那里,"安妮喊道,"看在老天份上,快去他那里。我一个人就能扶住她。别管我,快去他那里。揉揉她的双手,揉揉她的太阳穴,这是嗅盐——拿着,拿着。"

本威克舰长照她的话做了,这时候查尔斯也推开了妻子,一起赶到了温特沃思上校身旁。他俩把路易莎扶了起来,从两边牢牢地架住,照安妮的话做了一遍,可毫无效果。温特沃思上校踉踉跄跄地靠到墙上,痛不欲生地叫道:

"啊,天呢!她的父亲和母亲!"

"快找外科医生!"安妮提醒了一句。

他听到了那个词,似乎立刻就清醒了过来,口里只说着"对,对,现在就去找外科医生",起身就要跑。这时,安妮又急忙建议说:

"本威克舰长,让本威克舰长去是不是更好?他知道哪儿能找到外科医生。"

所有还能思考的人都觉得这个主意不错,本威克舰长立刻(这一切都发生在转瞬间)就把那个可怜的死尸般的人交给了她哥哥,然后向着镇上飞奔去。

在留在原地的那群不幸的人中,虽然温特沃思上校、安妮和查尔斯还能完全维持理性,但却很难说他们三人中间谁受的折磨最多。查尔斯的确是一位看重手足之情的好兄长,他低头看着路易莎,悲伤地抽泣着,只能一会儿看一眼这个妹妹,一会儿又转过头去看看另一个同样失去意识的妹妹,或者看看他歇斯底里的妻子。她要他过去帮忙,可他却无能为力。

安妮出于本能,竭尽全力、一心一意地照顾亨丽埃塔,同时还不时设法安慰其他人,她试图让玛丽镇静下来,帮助查尔斯振作起来,劝慰温特沃思上校,而这两人也似乎都在期待她的指令。

"安妮,安妮,"查尔斯喊了起来,"接下来该做什么?天啊,接下来该做什么呀?"

温特沃思上校也转过去看着她。

"是不是最好把她带去客栈?对,我确定该这样,把她带去客栈,动作轻一点。"

"对,对,去客栈。"温特沃思上校跟着说,他也稍稍镇定下来了,迫切地想要做点什么。"我来抱她,马斯格罗夫,你照顾一下其他人。"

此时,出事的消息已在科布海堤这边的工人和船工中间传开了,许多人聚到了他们周围,想在他们需要时帮上忙,或者至少也可以看看一个死去的年轻小姐,不,两个死去的年轻小姐,这可比最初听到的还要精彩一倍。亨丽埃塔被托付给了这些好心人当中看起来最信得过的那几个,尽管她已经恢复了知觉,但仍然需要搀扶。就这样,安妮走在亨丽埃塔身旁,查尔斯照顾自己的妻子,带着无法言表的心情,他们沿着来时的路线往回走。脚下是他们刚才来的时候才踏过的地面，就在刚才，那时的他们是多么轻松愉快。

他们还没有离开科布海堤，哈维尔夫妇就迎上了他们。他们看见本威克舰长从他们屋旁飞奔而过，脸上的表情像是出了什么事情，所以他们就马上出门，一路打听情况，经人指点后赶到了出事现场。哈维尔上校也万分震惊，但他的理智与胆识立刻就发挥了作用。他和妻子对视了一下，当下就决定了应该怎么办。必须把路易莎带到他们家，所有人都必须去他们家，在那里等着外科医生到来。他们根本不管其他人的顾虑。于是，大家听从了哈维尔上校的安排，都去了他们家。在哈维尔太太的安排下，路易莎被送到楼上，安置在了哈维尔太太自己的床上，她丈夫则在需要搭把手的时候搭把手，提供香甜酒和帮助恢复体力的东西。

路易莎曾一度睁开了眼睛，但很快又闭上了，并没有明显的知觉。不过，这说明她还活着，对亨丽埃塔来说，这就够了，尽管亨丽埃塔完全不能和路易莎待在同一个房间里，可恐惧和希望的刺激使得她没有再次昏厥过去。玛丽也逐渐平静了下来。

外科医生来了，出乎意料得快。当他给路易莎做检查时，所有人都恐惧得揪心。他倒是没有觉得无法救治。病人头部受到了猛烈撞击，但他见过比这伤势更严重的人平安康复。因此，他乐观地说，他一点儿也不觉得应该放弃希望。

医生没有认为情况已无可救药——医生没有宣布几小时后一切就会完结——他们中的大多数一开始时完全没有预料

到这点。在场的人激动地高喊着谢天谢地,然后就因为幸免于难而或是狂喜,或是在沉默中体会内心深处的欢欣,这些都尽可想象。

安妮确信,她永远也不会忘记温特沃思上校喊出"感谢上帝"时的语调和神情,也不会忘记他之后那副样子:当时他正坐在一张桌子旁边,双臂交叠伏在桌上,让人看不见他的脸,他好像已控制不住自己灵魂深处的各种情感,正试图借助祷告与反省来平复它们。

路易莎的手脚都没事,只有头部受了伤。

现在,大家需要衡量一下他们的处境,考虑下一步最好怎么办。他们此时已能互相交流、商量事情了。路易莎必须留在这里,这点确定无疑,尽管她的亲友们很是过意不去,不希望如此麻烦哈维尔夫妇。但路易莎不能被搬动。哈维尔夫妇打消了他们所有的顾虑,也尽可能地阻止他们再三道谢。在其他人能够开始考虑问题之前,他们已经预见并安排好了一切。本威克舰长把自己的房间让给他们,另外找个地方铺张床,整个问题就解决了。他们唯一担心的是,这房子住不下更多的人;不过,如果有人想要留下,那就"把孩子们挪到女佣的房间里,或者在什么地方挂张吊床",或许这样他们就可以差不多不用担心不能另外再给两到三个人腾出空间来。不过,如果是为了照顾马斯格罗夫小姐,他们倒是尽可以放心地把她完全交给哈维尔太太来照顾。哈维尔太太是一位经验丰富的看护,她家保姆长期和她生活在一起,一直跟在她身边,也是一名好看护。有她们两位在,路易莎就不需要其他人日夜陪护了。这一席话既点明了实际情况,也有着让人无法拒绝的诚挚。

负责商量的是查尔斯、亨丽埃塔和温特沃思上校他们三人,但一开始他们的商量也不过就是说一说彼此的茫然与恐慌。"上克洛斯——需要有人去上克洛斯——得把消息送去——该怎么对马斯格罗夫先生和太太说这事——白天的时间已过去不少——距离他们原定出发时间已过了一个小时——不可能按时赶到。起初,他们除了这样叹息外就没法商量出点什么来,但不一会儿,温特沃思上校就打起精神说道:

"我们必须干脆点,一分钟也不能浪费了。每一分钟都很宝贵。必须有人立刻出发去上克洛斯。马斯格罗夫,要么你去,要么我去。"

查尔斯同意了,但申明他绝不离开。他也不想给哈维尔上校和他太太添任何麻烦,但他妹妹现在这个样子,他既不应该也不愿意离开她。事情就这么定下来了。亨丽埃塔起初也和她哥哥说法一样,但经过劝说后,她很快就改变了主意。她留下来有什么用处!——如果她待在路易莎的房间里,或者是看着路易莎,她就会难过得不仅不知所措,还会添乱。她不得不承认,自己一点儿忙也帮不上,可就算这样她还是不想离开,直到想起自己的父母,她才放弃了留下的念头。

她同意回家，而且还很迫切。

计划已经讨论到了这一步，这时安妮轻手轻脚地从路易莎房间里走出来，刚好就听到了下面这番话，因为客厅的门是开着的。

"那就这么定了，马斯格罗夫，"温特沃思上校高声说道，"你留下，我送你妹妹回家。至于其他——至于其他人——如果有人要留下来给哈维尔夫人打下手，我觉得一个人就够了——查尔斯·马斯格罗夫太太当然希望回到她孩子们身边。可如果安妮愿意留下，那没有谁会比安妮更合适、更能干！"

安妮停下了脚步想要镇定下来，听到自己受到如此评价，她不免内心激动。另外两个人也热烈地赞同温特沃思上校的看法，接着她才现身。

"你一定愿意留下来，我确信，你一定愿意留下来照看她。"温特沃思上校转身看着她，大声说道，态度既热烈又温柔，几乎如同往昔一般。安妮的脸上泛起了红晕，他也控制住了自己，走到了一旁。她表示自己非常愿意留下，已经做好了准备，也很高兴能留下。她心里也一直这么想，也一直希望大家让她留下——只要哈维尔太太同意，她在路易莎房间的地板上铺张床就够了。

再完成一件事情，一切就算安排妥当了。虽说稍晚一些回去会比较理想，可以让马斯格罗夫先生与太太事先有所警觉，但如果他们乘坐上克洛斯的马车回去，所需时间会大大增加他们的焦虑。所以，温特沃思上校提议，他最好从客栈租一辆双轮轻便马车，第二天一大早再找人把马斯格罗夫先生的马车驾回去，这样一来还有一个好处，那就是到时候也可以把路易莎当天晚上的情况传回去。查尔斯·马斯格罗夫也同意这个安排。

温特沃思上校赶紧出去，好把一切都安排妥当，两位女士随后就跟上他。不过，当玛丽知道这个安排后，事情就再不可能顺利进行了。她很伤心也很激动，抱怨说要她离开而把安妮留下实在是太不公平了——安妮和路易莎之间什么关系也没有，可她是路易莎的嫂嫂，最有权利代替亨丽埃塔留下！凭什么说她就不如安妮有用？还有，要她撇下查尔斯回家——撇下自己的丈夫！不行，这太不近人情了！总之，她喋喋不休地说了一大通，她丈夫根本招架不住，而当她丈夫都败下阵来以后，其他人就更不可能反对了。于是，事情的变化便无可挽回了：安妮不可避免地被玛丽替换了下来。

安妮从未如此不情不愿地屈从了玛丽的妒忌与无理要求，但事情也只能如此。他们动身往镇里走去，查尔斯照顾自己的妹妹，本威克舰长陪着安妮。他们匆匆忙忙地走着，在路过几个地点时，安妮突然想起了白天稍早一些时候在这些地点发生的一些小事。在那里，她听到了亨丽埃塔关于雪利博士离开上克洛斯的想法；再往前走一点，她在那里第一次见到埃利奥特先生。但这些也仅仅是转念之间的思绪，除了路易莎和那些与她的安康息息相关的人,她似乎也只能在这么一刹那间想到其他人。

本威克舰长极为体贴入微地照顾安妮,当天的不幸似乎把大家更紧密地联系在了一起。安妮觉得自己对他越发有了好感,甚至还有些高兴地想到,这或许将成为他们继续交往的契机。

温特沃思上校正等着他们,已备好了一辆四匹马拉的轻便马车,为了方便他们,马车还停靠在了街道的最低处。当他看到姐姐代替了妹妹时,他的惊讶与恼怒一览无余——他的脸色变了——震惊——种种表情冒了出来又被压了下去,他就这样听着查尔斯的解释,让安妮屈辱地感到自己不受欢迎,或者至少让她相信,她先前之所以会受到青睐,也仅仅是因为对路易莎来说她可能还算有用。

安妮努力地保持着镇静,保持着公正。即便不是为了效仿艾玛对亨利的一往情深[1],她也会为了他而以超乎寻常的情

---

[1] 出自英国诗人马修·普莱尔(Matthew Prior, 1644-1721)的长诗《亨利与艾玛》(*Henry and Emma: A Poem, upon the Model of the Nut-Brown Maid*, 1709)。诗中,亨利与艾玛是一对情侣。为了考验艾玛对自己的爱,亨利告诉她,自己必须逃往遥远的森林,如果艾玛希望继续同自己在一起,就将经历各种艰难困苦。艾玛表示自己不会惧怕任何艰难险阻。之后,亨利又告诉她,说自己爱着的其实是另一位女子。尽管艾玛万分震惊,也伤心不已,但她仍然说自己将追随亨利,并将以女仆身份侍候这位女子,因为她深爱亨利。这终于让亨利相信了艾玛对自己的爱。随后,他告诉艾玛自己只爱她一个人。

谊尽心地照顾路易莎。她希望他不要这样冤枉她,以为她会无缘无故地舍弃朋友道义。

此时,她已坐上了马车。他把她俩扶上车以后,就坐在她俩之间。就这样,在如此种种对安妮而言尽是震惊与起伏跌宕的心绪的情形下,她告别了莱姆。他们将如何打发这段漫长的路程,这段漫长的路程又将如何影响他们的态度,他们又将如何交谈,安妮都无法预见。不过,一切都非常自然。他只顾得上照看亨丽埃塔,总是侧身向着她,一旦开口说话,必然就是为了给她打气,让她振作起来。总体而言,他的声音与态度都在刻意地保持着平静,看起来他的主要目的就是不让亨丽埃塔焦虑不安。只有那么一次,当亨丽埃塔因为最后那次不明智的、倒霉的科布海堤之行而哀叹,痛苦万分地悔恨怎么会想到要去走那么一趟时,他突然爆发了,好像完全失控了一样——

"别说这事了,别说这事了,"他大声叫喊起来,"啊,上帝!我要是没在那可怕的一刻顺着她就好了!我要是做了我该做的该多好!可她是那么急切又那么坚决!可爱的、迷人的路易莎!"

安妮有些好奇,不知道温特沃思上校此刻是否已开始怀疑自己先前关于心志坚定的人总能获得幸福这个观点,也不知道他有没有认识到,坚定的性格和其他气质一样,也应该有其分寸与限度。她觉得他几乎不可能没有领悟到,有时候,能够听从劝服的脾性也能像坚定的性格一样受到幸福的青睐。

他们行进得很快。安妮惊讶地发现,这么快就又见到了熟悉的山冈与熟悉的景物。由于害怕那件事情的结果,他们的实际速度加快了不少,使路途显得比一天之前短了一半。不过,他们刚进入上克洛斯附近地区时,天色就很快昏暗下来。他们三个人在一片沉寂中待了好一会儿,亨丽埃塔缩到了车厢的角落里,用披肩遮着脸,让另外两个人以为她已经哭着睡着了。当他们正在驶上最后一个山冈时,安妮突然听见温特沃思上校跟她说话。他低声而又小心翼翼地说:

"我一直在想我们最好怎么办。她肯定不能先露面,她会受不住的。我在想,是不是最好你留在车厢里陪着她,我进去告诉马斯格罗夫先生和太太这个情况。你觉得这样安排好不好?"

她觉得很好,他放下心来,没再说别的。不过,一想起他征求自己的意见,安妮就很开心——这证明了他对自己的友情,对自己的判断力的尊重。这让她大为欣慰,即便它也证明了他俩的疏离,其价值也并未因此而降低。

温特沃思上校完成了将那个不幸的消息带到上克洛斯的任务,发现这对父母还算镇定,路易莎和父母团聚后也似乎好了很多,于是他就告诉他们自己准备乘坐同一辆马车返回莱姆。马匹吃饱后,他就出发了。

第二部

第一章

　　安妮在上克洛斯的时间只剩下两天了。在这两天里,她都待在大宅邸里,也很高兴自己在那里极为有用,既可随时陪伴左右,又能帮着安排后续各项事务,对于心情悲痛的马斯格罗夫先生和太太来说,他们实在很难顾上这些事情。

　　第二天一大早,他们就收到了从莱姆传来的消息,路易莎还是那个样子,但也没有出现病情恶化的迹象。几个小时以后,查尔斯回来了,带来了更新、更详尽的情况。他还算乐观。虽然不能指望路易莎很快就康复,但就她的伤情而言,一切都还算进展顺利。在说起哈维尔夫妇时,他简直无法完全描述他们的好意,特别是哈维尔太太的精心护理。有她在,玛丽真的什么事都不用做。昨天晚上,他和玛丽早早地就被劝回了客栈。今天上午,玛丽又歇斯底里起来。他离开的时候,她正和本威克舰长一道往外走,他希望这会对她有好处。他昨天要是能把她劝回家来就好了。不过,事实就是,只要有哈维尔太太在,其他任何人都无事可做。

　　查尔斯当天下午要赶回莱姆,他父亲一开始有些想和他一起去,但女士们都不同意。这只会给别人添麻烦,也让他自己更难受。随后,大家想出了一个更好的计划,并付诸了行动。他们从克鲁肯要来了一辆轻便马车,查尔斯带回去了一个很有用的人。她是家里的老保姆,带大了这家里所有的孩子,直到家里最小的孩子,一直娇生惯养、不想离开家的哈里少爷,也跟随着兄长们的步伐进了学校。她现在就住在空下来的儿童室里,缝补袜子,一看到周围的人长了冻疮或者擦伤了,就赶去帮着处理。所以,一听说要让她去照顾宝贝路易莎小姐,她哪有不乐意的。马斯格罗夫太太和亨丽埃塔之前就动过把莎拉送过去的念头,但若是没有安妮,这事几乎就不会定下来,也很难如此快地被认为切实可行。

第二天,多亏了查尔斯·海特,他们得知了路易莎的所有详细情况。每二十四小时就得到这样的消息,真是太必要了!他专门去了一趟莱姆,而他带回来的消息也很令人振奋:路易莎已时不时有了较强的知觉与意识。每一个消息都提到,温特沃思上校可能要在莱姆常住下来。

安妮明天就要离开他们了,大家都很担心这件事情。"没有她,我们该怎么办?我们这群可怜人没法互相安慰!"这样的话说了很多。他们都有一个共同的想法,也在私下里告诉了安妮,安妮觉得最好还是把话挑明,劝他们马上一起出发去莱姆。她没费什么工夫,他们很快就决定要去,第二天就去,找家客栈安顿下来,或者找个能寄宿的地方,看看怎么合适,在那儿一直住到能够把亲爱的路易莎带回家为止。

他们必须帮那些照看她的好心人减少点麻烦，至少可以帮着哈维尔太太带孩子。总之，他们对这个决定很满意，安妮也很高兴自己能促成此事。她觉得，自己在上克洛斯度过最后一个白天的最好方式，莫过于帮着他们做好准备，然后一大早送他们上路，虽然这么做的结果便是，她被留在了冷冷清清的房子里。

除了农居里的两个小男孩，在那些填满了这两幢房子、让它们富有生气，并给上克洛斯带来欢乐的人中，她是最后一个人，是唯一一个留下来的人。短短数天，居然就发生了如此大的变化！

如果路易莎康复了，一切都会重回正轨，氛围也会比以前更欢乐。路易莎康复后将会如何，在安妮看来是毫无悬念的。虽然现在这房间里一片空寂，只有安妮影只形孤、寂寥落寞，但几个月后它又会重新充满着幸福与欢乐，充满着热烈的爱情所带来的光彩与明亮，充满着所有一切迥然不同于安妮·埃利奥特的氛围。

这是11月里一个阴暗的日子，轻柔细密的雨丝模糊了窗外的景物，安妮就这样怅然若失地胡思乱想了整整一个小时，所以拉塞尔夫人马车的声音也就格外令她高兴。只是，虽然她很想离开，但无论是离开大宅邸，或是望着农居同它道别，看着它那黝黑的、不断垂落着雨水的凄清的游廊，还是透过模糊的车窗玻璃看向村庄边缘那些简陋的房屋，她都无法克制内心的悲凉。上克洛斯生活中的一幕幕景象，让这村庄显得十分珍贵。这里记载着许多痛楚，它们曾一度痛彻心扉，但如今却已然淡去；这里也记载着一些心怀怜悯的时刻，几句友谊与和解的低语，虽然这一切已永远无法再次寻觅，但也永远不会不被珍惜。她将所有这一切都留在了身后，只留下了对它们的回忆。

自从她9月份离开拉塞尔夫人家以后，安妮就再也没来过凯林奇，也没有必要来。虽说好几次她都有机会去凯林奇府，但她还是设法回避了。她回来后就要在凯林奇别院那新式别致的房间里住下，让别院的女主人心情舒畅。

拉塞尔夫人见到安妮时，欣喜之余也有些担忧。她知道上克洛斯的常客是哪位。但让她高兴的是，安妮看起来圆润了一点，也更漂亮了，但或许这仅仅是拉塞尔夫人的幻觉。听着拉塞尔夫人的这番赞誉，安妮有些开心地将这些话同堂兄默默的倾慕之意联系在了一起，也期望自己能进入人生的第二春，重获青春与美貌。

当她们开始闲聊起来后，安妮很快就觉察到了自己内心的某种变化。那些在她离开凯林奇时曾占据着她内心的事情，现在都沦为了次要问题，当时她认为马斯格罗夫一家在这些事情上表现冷漠，所以还被迫将它们埋藏在了心里。她最近甚至都没有想起过她父亲、姐姐和巴斯。她对他们的关心远不如她对上克洛斯的牵挂。拉塞尔夫人旧话重提，说起了她们先前的那些希望与担忧,谈到她如何满意爵士在卡姆登街[1]租住的寓所,也为克莱太太继续和他们住一起感到遗憾。安妮却不好意思让她知道,自己更牵挂的是莱姆,是路易莎·马斯格罗夫,还有她在那里的所有熟人;她更感兴趣的不是自己父亲在卡姆登街的寓所、姐姐同克莱太太的亲密关系,而是哈维尔夫妇与本威克舰长的寓所和友谊。事实上,她不得不强打起精神去迎合拉塞尔夫人,装作和夫人一样关心那些她本应该最关心的事情。

当她们谈起另一个话题时,一开始有些尴尬。她们必然要谈到莱姆的那场事故。前一天,拉塞尔夫人刚到家五分钟,就有人把整件事情从头到尾告诉了她。不过,她们还是得谈谈这件事情,拉塞尔夫人必然要问个清楚,必然会对那个轻率的行为表示遗憾,惋惜其后果,她俩也必然会提及温特沃思上校的名字。安妮无法像拉塞尔夫人那样泰然自若,她在说出那个名字时无法直视拉塞尔夫人的眼睛。后来,她采取的对策是,她简短地告诉拉塞尔夫人,她觉得路易莎与温特沃思上校之间相互爱慕。说完这话以后,再提他的名字时,

---

[1] 卡姆登街(Camden-place)是巴斯最气派的街道之一,建于18世纪80年代,现称卡姆登新月(Camden Crescent),分为上下两街。该街道地势较高,位于巴斯城北部的比肯山(Beacon Hill)东南坡上。在此居住可以看到巴斯城东面的秀丽山色,此街道上的房屋连成一片,集中修建在街道一侧,每栋房屋居住者都可以尽情欣赏风景而不担心视野被阻碍。

她就没有了窘迫感。

拉塞尔夫人只是镇定自若地听着,并祝愿他们幸福,但在心里却是又喜又怒,还带着些许鄙夷:这个人在他二十三岁时就似乎多少认识到了安妮·埃利奥特的价值,可八年之后,他竟然会被一个路易莎·马斯格罗夫迷住。

前三四天过得极为平静,没发生什么特别的事情,也就是一两张莱姆寄来的便条被送到了安妮手上。安妮也闹不清楚它们是怎么送到的,但它们带来的消息都是路易莎情况大有好转。这几天刚过,向来礼数周全的拉塞尔夫人再也沉不住气了,之前她只是稍稍感觉有必要强迫自己,但现在却终于语调坚决地说:"我必须去拜访克罗夫特太太了,我真的得尽快去拜访她。安妮,你有没有勇气同我一道去,去那房子里登门拜访?对我俩来说,这都将是一种折磨。"

安妮并没有退缩;相反,她心里怎么想就怎么说了出来:

"我觉得,我们俩中你可能比我更难受,你在情感上对这个变化的接受程度不如我。我一直待在附近,已经习惯了。"

她本来还可以就此多说上几句,因为事实上她对克罗夫特夫妇的评价颇高,认为父亲能有他们这样的房客真是够幸运的,觉得这个教区有了一个好榜样,穷人也会得到最好的关怀与救济。尽管因为迫于无奈而搬走让她既感到遗憾又觉得羞愧,但凭良心判断,她感觉离开的那些人并不配留下,凯林奇府已被移交给了比它主人更称职的人。这些认识无疑令人痛苦，而且令人非常痛苦，但却绝对不同于拉塞尔夫人在重新走进那幢房子、穿过那些熟悉的房间时将感受到的痛苦。

在这样的时刻，安妮无法告诉自己："这些房间只应该属于我们。噢，它们竟然沦落至此！竟然被没有资格的人如此霸占着！一个古老的家族就这样被赶了出去！被陌生人取代了他们的地位！"不，只要她不想起自己的母亲，想起那些她曾坐在那儿掌管家务的场所，她就不会发出这样的感慨。

克罗夫特太太对她一直都很和气，安妮也因此乐意相信克罗夫特太太很喜欢自己。这次，克罗夫特太太因为是在凯林奇府接待她，就更是特别周到。

发生在莱姆的那桩不幸的意外很快就成了主要话题，她们交流了一下各自关于病人情况的最新消息，发现两位女士得到的都是前一天上午同一时间的消息。原来，温特沃思上校前一天回过凯林奇（这是意外发生后他第一次回来），给安妮送去了最后那张便条，就是那张她先前无法判断如何送到她手里的便条。他在这里待了几个小时，然后又赶回了莱姆，目前看来没有再次离开的打算——安妮发现，他还特意问起过她，说他希望埃利奥特小姐没有因为劳累而身体不适，还大大夸赞她之前如何尽了力——这可真够慷慨的——几乎没有其他任何东西能像这些话一样让她心花怒放。

关于那次不幸的灾难本身，两位稳重明智的女性只会依据确定的事实进行判断,经过一番仔细探究后,她们认定原因在于过于轻率与过于鲁莽,后果也极为严重,不知道马斯格罗夫小姐还需要多久才能恢复,也不知道这次脑震荡今后还会让她经受多少痛苦,想想就觉得可怕!将军听完后得出了一个结论,大声说:

"啊,这事真的糟透了!小伙子求爱,结果让心上人摔破了头,这方式可真新鲜!是不是,埃利奥特小姐?这可真的就是打破脑袋再给张膏药[1]呀!"

克罗夫特将军的态度不太合拉塞尔夫人的心意,但却逗乐了安妮。他心地好、性情朴实,这是令人无法抗拒的魅力。

他稍稍走了一下神,猛然回过神来后又说:"哎呀,对你来说,这一定很难受,到这里来,看到我们住在这里——说实话,以前我没想过这点——但一定很难受——不过,一定不要客气,如果愿意,就起来走走,到各个房间里转转。"

"下次吧,先生,谢谢你,这次就不用了。"

"好啊,你什么时候方便就过来吧——你随时都可以从灌木区那边溜进来。你会发现,我们把伞都放在了那边,挂在那扇门附近。那地方不错,对吧?不过,(他考量了一下要说

---

[1] 原文为"breaking a head and giving a plaister",来自一句谚语,意为"先伤害再弥补"。显然,克罗夫特将军此时认为,温特沃思上校最终会娶路易莎为妻,两人的婚姻便是温特沃思上校的"膏药"。

的话）你可能并不会觉得那地方不错，因为你们的伞总是放在男管家的房间里。是啊，情况总是这样的，我相信。大家各自都有自己的习惯，谈不上好坏，可总是最喜欢自己的习惯。所以，是不是在房子里四处看看更好，还是得由你自己拿主意。"

安妮觉得，既然她可以谢绝将军的好意，也就心怀感激地谢绝了。

"我们也没做多少改动，"将军想了一会儿，又说道，"很少——我们在上克洛斯的时候，和你谈起过洗衣房的那扇门。那是一个很大的改动。那扇门那样开真是太不方便了，很奇怪竟然有人能够忍受那么久！你可以告诉沃尔特爵士我们都做了些什么，谢泼德先生认为那是这幢房子有史以来最好的改动。真的，我也必须为我们说句公道话，我们进行的少量改动都让这房子比以前更好。不过，这些都应该归功于我妻子。除了让人将我衣帽间里几面令尊的大镜子搬走，我基本上什么也没做。令尊是个好人，我相信他是位十足的绅士——但我还是觉得，埃利奥特小姐，（带着严肃思考的表情）我还是觉得，以他的年龄，他在穿着方面真的特别考究——这么多的镜子！哦，上帝！走到哪儿都能看见自己。所以，我让索菲搭了把手，我们很快就把它们搬走了。现在我觉得安稳多了，在一个角落里放了面刮胡子用的小镜子，还有一面大家伙，但我从来都不会靠近。"

安妮忍不住乐了，可又不知道该如何作答，但将军还担心自己不够客气，于是又接着这个话题继续说：

"下次你给令尊写信时，埃利奥特小姐，请一定代我和克罗夫特太太向他问好，请告诉他，我们在这里住得称心如意，没有任何不满意之处。早餐室的烟囱有点漏烟，但也只是在刮正南风而且是狂风时，这样的情况一个冬天可能也碰不上三次。现在我们已经去过了这附近的许多户人家，也可以做出判断了，总的看来，没有哪幢房子能比这幢更能让我们满意。请一定要这样转告令尊，并代我向他问好。他听到这些一定会很高兴。"

拉塞尔夫人和克罗夫特太太相处得也很愉快，但眼下她俩由这次拜访而开始的交情却注定无法发展下去，因为克罗夫特夫妇在回访的时候就说，他们要离开几周，去本郡北部探望亲戚，在拉塞尔夫人去巴斯前不一定能回来。

如此一来，安妮就不用担心在凯林奇府遇到温特沃思上校了，也不用担心看到他和自己的朋友在一起。一切都可以放下心了。想到之前自己为此颇为担忧，结果却是自寻烦恼，安妮也觉得很可笑。

第二章

马斯格罗夫夫妇去莱姆以后,查尔斯和玛丽继续在那里待了一段时间。安妮觉得他俩并不需要在那里待那么久;不过,他俩仍然是一家人中最早回家的。他们一回到上克洛斯,就驾车来到了别院。他们离开莱姆的时候,路易莎已经可以坐起来了,头脑也已经清醒了,只是还特别虚弱,神经也极其脆弱。总的说来,虽然可以认为她恢复得很快,但还是说不准她什么时候才能经受得住旅途的劳累,可以搬回家里。她父母得按时赶回家,好去接几个回家过圣诞节的年幼一些的孩子,因而基本上不可能把她也一块儿带回家。

他们大家寄宿在一起。马斯格罗夫太太尽量把哈维尔太太的孩子们领在身边,为了减少给哈维尔一家带来的不便,他们还从上克洛斯运去了所有能用得上的东西,而哈维尔夫妇则希望马斯格罗夫一家每天都到他们家里一道吃饭。总之,双方看起来就像在比赛一样,看哪一方更无私、更好客。

玛丽有觉得不方便的地方,但总体上来看,既然她能待那么久,很显然她得到的乐趣多于受到的折磨:查尔斯·海特去莱姆的次数太多了,也不考虑她乐不乐意;他们在哈维尔家吃饭的时候，只有一名女仆服侍他们；哈维尔太太刚开始的时候还总把马斯格罗夫太太当成上宾，但在得知她是谁的女儿后，就非常客气地跟她赔了礼、道了歉；而且，每天都有那么多新鲜事，在他们寄宿的地方和哈维尔夫妇家之间来来回回时还可以多散散步，她又经常去图书馆借书、换书。所以，权衡之下，玛丽当然更喜欢莱姆。她还被带去了查茅斯，在那里泡了温泉。她也去教堂做了礼拜，在莱姆的教堂里看到的人可比在上克洛斯的教堂里的多得多。所有这一切，再加上她又感觉自己发挥了很大的作用，的确让玛丽觉得自己在莱姆愉快地度过了两周。

安妮问起了本威克舰长。玛丽的脸色马上就沉了下来，查尔斯却大笑起来。

"噢！我觉得本威克舰长情况很好，不过，他可真是一个非常古怪的年轻人。我不知道他想干什么。我们邀请他和我们一起回家住上一两天，查尔斯还说好了要带他去打猎，他看起来也挺高兴的。而我呢，我还以为全都定下来了。可瞧瞧！星期二晚上他找了非常蹩脚的借口，什么'他从不打猎'，完全是'被误解了'，还说什么他已经答应了这个、答应了那个。结果就是，我发现他根本就不想来。我猜，他可能担心这里无聊没趣，可不瞒你说，我倒是觉得，对于本威克舰长这样一位伤心人来说，我们农居的生活已经够热闹了。"

查尔斯又大笑起来，说道："哎呀，玛丽，你非常清楚那究竟是怎么一回事——那全都是因为你。（他转向安妮）他还以为，如果他和我们一起回来，就能在附近见到你。他以为大家都住在上克洛斯。当他发现拉塞尔夫人其实住在三英里以外时，就没了勇气，不敢来了。我以名誉担保，事情就是如此。玛丽也知道就是这样。"

可是，玛丽却不太能落落大方地接受这个事实，或许是因为她觉得本威克舰长无论是出身还是地位都不配倾心于埃利奥特家的小姐，也或许是因为她不愿意相信安妮比她更具有将其他人吸引到上克洛斯的魅力，这便留待旁人去猜测了。不管如何，安妮并没有因为听到了这些话而失了兴致。她大胆地承认这些话让自己很高兴，还继续往下打听。

"噢，他还会谈起你，"查尔斯大声说道，"说什么……"玛丽打断了他："我敢说，查尔斯，我在那儿的那段时间里，他提到安妮的次数还不到两次。我敢说，安妮，他就从来没有谈论过你。"

"是这样的，"查尔斯承认说，"我不知道他是不是泛泛地提起过——不过，他非常钦佩你，这点很明显。他满脑袋想的都是你推荐他看的一些书，他想和你聊聊这些书，他在其中某本书中有所发现，他认为——噢！我可没法假装自己记得是什么，但的确是某个很不错的观点——我听到他跟亨丽埃塔谈论过，接着'埃利奥特小姐'就出现在了由衷的赞叹声中！好了，玛丽，我得说情况就是这样的，你当时在另一个房间里——'优雅、温柔、美丽',啊!埃利奥特小姐魅力无穷啊。"

"可我很肯定,"玛丽激动地提高了声音,"如果他这么说了,他可没什么值得夸奖的。哈维尔小姐6月份才刚刚过世。这种人的心太廉价了,是不是,拉塞尔夫人?你肯定会同意我的看法。"

"我要见到本威克舰长后才能做出判断。"拉塞尔夫人一脸笑容地说道。

"那我可要告诉你了,夫人,你大概很快就能见到他,"查尔斯接过话茬,"尽管他没有勇气和我们一起离开并随后动身来这里正式拜访,但他哪天就会自己来凯林奇的,这点你倒不妨相信。我告诉了他距离和路线,也跟他说过这里的教堂非常值得一看。他喜欢这类东西,我觉得那会是一个好理由,他也心领神会。从他的态度看,我相信他很快就会来这里拜访。所以,我可是提前告诉你了,拉塞尔夫人。"

"只要是安妮的熟人,我都会欢迎。"拉塞尔夫人和蔼地回答道。

"啊!要说他是安妮的熟人,"玛丽说,"我觉得还不如说是我的熟人,因为在过去的两周里,我天天都见到他。"

"好吧,那就是你们共同的熟人,我将很乐意见见本威克舰长。"

"在他身上你可找不到任何特别讨人喜欢的地方,我跟你说,夫人,他是这世上最乏味的年轻人中的一个。有时候,他会陪着我从沙滩的一头走到另一头,却一声不吭。他根本就不是一个有教养的年轻人。我敢肯定你不会喜欢他。"

"这点上我们的看法就不一样,玛丽,"安妮说,"我觉得拉塞尔夫人会喜欢他。我觉得她会很喜欢他的头脑,所以很快就会觉得他举止上并没有什么缺陷。"

"我也是这么想的,安妮,"查尔斯说,"我相信拉塞尔夫人会喜欢他。他就是拉塞尔夫人喜欢的那类人。给他一本书,他就会读上一整天。"

"是啊,他的确会那么做!"玛丽高声讥讽道,"他会坐在那里埋头苦读,不知道有人和他说话,不知道有人的剪刀掉地上了,更不会注意到任何事情。你觉得拉塞尔夫人会喜欢那样的人?"

拉塞尔夫人忍不住大笑了起来。"天呐,"她说,"我从来没想到过,我对一个人的看法竟然会引起如此不同的猜测,尽管我自认为自己立场坚定且讲究事实。我还真的挺好奇,想见见这位能引发如此截然不同的看法的人。我希望他能接受劝诱,来这里一趟。等他来了,玛丽,你就可以知道我的看法了,但在那之前我绝不会对他进行评判。"

"你不会喜欢他的,我就敢这么说。"

拉塞尔夫人谈起了别的什么。玛丽又兴致勃勃地讲述他们如何意想不到地遇上了埃利奥特先生,或者说他们如何意想不到地错过了他。

"他这个人,"拉塞尔夫人说,"我压根儿就不想见到。他拒绝与本家族的族长热情友好地相处,这让我对他的印象特别不好。"

这个结论浇灭了玛丽的热情,把她的话堵在了关于埃利奥特家族长相那部分。

关于温特沃思上校,安妮倒没有贸然询问,但他俩却主动谈论了不少。最近他的精神状态已经好了很多,这也是预料之中的事情。随着路易莎病情渐好,他也就好转了起来,和第一周相比,他简直就是另外一个人。他还没有去看望路易莎,因为非常害怕见面会给她带来什么坏影响,他也根本就没有要求去看看她。相反,他似乎打算离开一周或者十天,等她头脑更清醒一些再回来。他谈起过要去普利茅斯住上一周,还想动员本威克舰长和他一起去。不过,查尔斯直到最后还是坚持认为,本威克舰长似乎更想乘车来凯林奇。

毫无疑问,这次谈话以后,拉塞尔夫人和安妮都会时时想起本威克舰长。拉塞尔夫人一听到门铃声,就会以为或许是他来了;每当安妮独自在她父亲的庭院里尽情漫步,或是在村里探访贫困人家归来时,她也总是期待着见到他或者听到他的消息。不过,本威克舰长始终没有来。或许他并不像查尔斯所想象的那样想来这里,或许他只是太过腼腆。就这么盼了他一周以后,拉塞尔夫人认定,他实在配不上她一开始对他的关注。

马斯格罗夫夫妇回来了,不但迎回了他们从学校放假归来的快乐的孩子们,也带回了哈维尔太太的小家伙们。这让上克洛斯变得更吵闹,也让莱姆清静了下来。亨丽埃塔留在了那里陪路易莎,家中其他人全都回到了各自的小天地里。

拉塞尔夫人和安妮去拜访过他们一次。安妮觉得上克洛斯又恢复了往日的热闹,虽然亨丽埃塔、路易莎、查尔斯·海特和温特沃思上校都不在,但和她想象的一样,屋子里的情形已几乎全然不同于她最后一次见到时的样子。

紧紧围在马斯格罗夫太太身旁的是哈维尔家的孩子们,她小心翼翼地护着他们,不让农居那边过来的两个孩子欺负他们,虽然那两个孩子是专程过来陪他们的。房间的一头是一张桌子,几个女孩子围坐在那里,一边叽叽喳喳地聊着天,一边剪着绸子与金纸。男孩子们在房间的另一头嘻嘻哈哈地打闹着,那里摆放了几个被压弯的支架,支架上是盛满了碎肉冻和冷馅饼的托盘。整幅场景当然也少不了一堆熊熊燃烧着的圣诞节炉火,尽管房间里喧闹不已,它似乎还是铁了心要让人听见自己发出的噼里啪啦的声响。当然,她们拜访的时候,查尔斯和玛丽也来了。马斯格罗夫先生为了表达自己对拉塞尔夫人的敬意,还特意在她身旁坐了十分钟,提高嗓门和她说话,但坐在他膝盖上的孩子们实在太吵了,拉塞尔夫人基本没能听清楚他说了什么。这真是一幅绝妙的家庭生活图景。

路易莎受伤这件事,肯定已让全家人精神都大受刺激,以安妮自己的性情来判断,她会觉得这么喧闹的家庭氛围实在不利于恢复。马斯格罗夫太太特意把安妮叫到了自己身边,极其热忱地再三表达自己的谢意,感谢她对他们一家人的关照,最后又简单地重复了一遍自己当时有多痛苦。她一边愉快地环顾着整个房间,一边说,经历了这番折磨后,她觉得没有什么比家里这点宁静的欢乐气氛更能对她有益了。

路易莎现在恢复得很快。她母亲甚至觉得,她可以在弟弟妹妹们返回学校之前回家参加他们的聚会。哈维尔夫妇答应,不管路易莎什么时候回家,他们都会陪她一起回来,在上克洛斯住一阵子。眼下,温特沃思上校已经去什罗普郡探望他哥哥了。

"我希望以后我会记住,"她们一坐进马车,拉塞尔夫人就说,"圣诞节期间不要来上克洛斯拜访。"

就像对其他事物一样,每个人对于喧闹声都有自己的看法。各种声音究竟是无害的还是令人生厌的,看的是它们的性质而不是它们的音量大小程度。不久之后,拉塞尔夫人在一个雨天的下午乘车进入巴斯,她的马车穿行在老桥通向卡姆登街之间那些长长的街道上,周围全是其他马车疾驰的声音,大小运货马车也发出沉重的轰隆声,卖报纸的、卖松饼的、卖牛奶的都在吆喝着叫卖,木套鞋咔哒咔哒的声响更是没完没了,但她却没有抱怨。不,这些喧闹声是冬季里的欢乐的一部分,她的精神反倒因为它们而更加振奋。就像马斯格罗夫太太一样,她觉得,在乡下待了那么久以后,没有什么会比一点宁静的欢乐气氛更能对她有益了,尽管她并没有直接说出来。

安妮的感受却不一样。她还是特别反感巴斯,只是没有表露出来。她第一眼就见到了一大片一眼望不到头的建筑物,雨中的它们灰暗朦胧,冒出一阵阵青烟,让她一点儿也不想细看。她觉得,尽管她们在街道上走得并不舒服,但马车还是行驶得太快了,因为在她到达之后,有谁会因为见到她而高兴呢?她只能深深地遗憾,回忆起上克洛斯的喧闹与凯林奇的静谧。

伊丽莎白的最后一封信提到了一条有趣的消息。埃利奥特先生就在巴斯。他已经到卡姆登街拜访了一次,后来又拜访了第二次、第三次,表现得很殷勤。如果伊丽莎白和她父亲没有自欺欺人的话,那表示埃利奥特先生正在竭力和他们交好,表明自己看重同他们的亲戚关系,而不像以前曾想尽一切办法轻慢他们。若这一切属实,倒也真不错。拉塞尔夫人对埃利奥特先生既好奇又有些迷惑不解,但心里还是挺高兴的,她已经改变了她不久前刚向玛丽表明的态度,不再将他视为"压根儿就不想见到的人"。她很想见见他。如果他真的想要和解,成为家族中一个有责任感的旁支,那么大家就应当原谅他以前那些想将自己从家族谱系中剔除出去的行为。

安妮对此事的兴致并没有那么高。不过，比起在巴斯的其他许多人，她觉得自己还是愿意再次见到埃利奥特先生。

她在卡姆登街下了车，拉塞尔夫人则继续朝着她在里弗斯街的寓所驶去。

第三章

沃尔特爵士在卡姆登街租了一栋很不错的房子,地势高且威严,正好适合有身份的人。他和伊丽莎白在那里住了下来,感到很是称心如意。

安妮走了进去,心情沉重,想着即将被"囚禁"好多个月,她担忧不已地暗想道:"唉!我什么时候才能再离开啊?"不过,家人对她的接待多了份意料之外的热诚,让她的心情好了一些。她父亲和姐姐都很高兴见到她,主要因为能带她看看这房子和家具,而且待她也够和悦。他们坐下来吃饭时,有人指出她是能凑成一桌的第四个人,这不失为一桩好事。

克莱太太很讨人喜欢,满脸都是笑容,可也只是理所当然的礼貌与微笑。安妮一直就觉得,等她来了,克莱太太会做出一副得体的样子。不过,其他人的礼貌殷勤倒是她没有预料到的。显然,他们都心情极好,她很快就会明白其中缘由。他们一点儿也不想听她说什么。他们一开始还打算听她说几句关于当地人如何深切怀念他们的恭维话,可安妮却一个字也没有提。他们敷衍着问了几句,然后就包揽了余下的话题。他们对上克洛斯一点儿兴趣也没有,对凯林奇只是稍稍好那么一点点,话题转来转去都是巴斯。

他们很高兴地告诉她,无论从哪个方面看,巴斯都超过了他们的预期。他们的房子无疑是卡姆登街上最好的;比起他们看到过或者听说过的其他所有客厅,他们的客厅有很多无可非议的优势,各种内里装饰的式样与家具的选择无不体现出了这一点。大家都特别希望和他们结交。人人都想登门拜访。他们已经多次谢绝了引荐,但还是会有一些素昧平生的人不断留下自己的名片。

这些就是乐趣的源泉所在!安妮会对父亲和姐姐的快乐感到诧异吗?她也许不会诧异,但肯定会发出叹息:父亲居然没有因为发生的变故而感到落魄,居然没有为失去常驻地产所有者的体面与义务而有丝毫懊悔,居然在一个小城的渺小中找到如此多可以沾沾自喜的东西。当伊丽莎白推开折门,得意洋洋地从一间客厅走到另一间,夸耀这些房间如何宽敞时,安妮不禁叹息、微笑与诧异:那个女人,她曾是凯林奇府的女主人,居然会为这两堵墙间大约30英尺的距离而自豪不已。

但是,这些并不是能让他们快乐的全部。他们还有埃利奥特先生。安妮听到了很多关于埃利奥特先生的事情。他不仅得到了宽恕,还赢得了他们的好感。他已经在巴斯待了将近两周(他11月份去伦敦时曾路过巴斯,当然也听说了沃尔特爵士已在此定居的消息,但由于当时他本人只能在此逗留二十四小时,未能借机前来拜访)。如今他已在巴斯住了两周,而且一来这里,他做的第一件事就是在卡姆登街留下自己的名片,随后又不断想方设法地求见。真正见面时,他开诚布公,坦率地为过去的事情道歉,恳请他们重新接纳他,再次把他视为自己的亲戚,所以他们之间已完全恢复了过去的融洽。

他们觉得他无可挑剔。他解释清楚了自己过去表现出的轻慢。那全是源于误解。他从来就没有想过要摆脱他们,反倒觉得自己才是被抛弃的那一方,但又不知道原因,出于谨慎,他保持了沉默。当他们暗示说,他曾经对整个家族与家族荣誉出言不恭或冷漠以待,他听了后十分气愤。他一直因为自己是埃利奥特家族的一员而倍感自豪,他的家族观念也极强,完全不能适应当今这种无视世袭传统的论调。他真的感到震惊!但他的品行与全部言谈举止肯定会驳倒这个说法。他愿意请沃尔特爵士去向所有认识他的人了解情况;更何况,这个重修旧好的机会刚一出现,他就煞费苦心地想要恢复亲戚和假定继承人身份,这当然足以有力地证明他在这个问题上的立场。

关于埃利奥特先生的婚姻,他们也发现情有可原。这件事情他自己没有提,反倒是他的朋友沃利斯上校对此谈及了一二。这位上校是埃利奥特先生非常亲密的朋友。他是个特别体面的人,一个十足的绅士(沃尔特爵士还补充了一句,说他长得也不难看），住在马尔博罗楼区[1]，日子过得很阔绰，特意通过埃利奥特先生请求结交他们。沃利斯上校所说的一切让埃利奥特先生的那段婚姻在本质上显得不再那么丢脸。

沃利斯上校早就认识埃利奥特先生，也和他妻子很熟，知道整件事件的来龙去脉。已故埃利奥特太太的确并非大户人家的小姐，但受过良好教育，多才多艺又富有，还深爱着埃利奥特先生。这正是让人无法抗拒之处。她主动追求了他，要不是因为这点，她再有钱也打动不了埃利奥特。而且，沃利斯上校还告诉沃尔特爵士，她长得极为迷人。这就大大扭转了他们对整个事件的看法。一位极为迷人、非常富有的女士，还对他情有独钟！沃尔特爵士似乎认为已不再需要别的理由；伊丽莎白虽然对整个事情的看法还是不够好，但她也认为这足以大大降低其严重程度。

埃利奥特先生已经多次拜访他们，有一次还和他们一起共进晚餐，他显然很高兴自己受到了盛情款待，因为他们通常并不请人吃饭。总之，各种迹象都表明他已经受到了近亲的青睐，他为此高兴不已，也将自己的全部幸福寄托在了同卡姆登街这里的亲密关系上。

安妮听着，却感到迷惑不解。她知道，他们的看法必须

---

[1] 指巴斯城马尔博罗大道两侧的房屋，临近皇家新月（Royal Crescent）。在当时的巴斯，这条大街是一条十分奢华繁荣的富人聚居区。

打个折扣，而且是大大的折扣。她听到的东西都经过了美化。整个和解过程中所有那些听起来离谱或不合理之处，可能并无凭据，只是讲述者自己的臆想。不过，她仍然觉得，埃利奥特先生在中断联系这么多年后又希望重新博得他们的好感，这背后似乎还有些别的什么。以世俗眼光看，如果和沃尔特爵士搞好关系，他毫无利益可图，而即便关系继续僵持，他也不用承担任何风险。他极有可能已经比沃尔特爵士富有，凯林奇的产业连同爵位以后也肯定是他的。他是一个聪明人！而且他看起来也像是个聪明人。可他为什么要这样做呢？她只能想到一个解释，那就是，他或许是为了伊丽莎白。他过去可能真的对她有好感，只是因为种种机缘与意外，他被带上了另一条道路，现在他可以随心行事了，于是就打算来跟她示爱了。伊丽莎白当然很俏丽，举止优雅，透露出良好的教养。埃利奥特先生以前只在公共场合见过她，而他自己当时也很年轻，所以可能从未看透过她的品性。至于她的脾性和见识能否经受得住他的考察，就是另外一回事了，不过也不免令人担心，毕竟他现在已到了更为敏锐的年龄。安妮由衷地希望，如果他是为了伊丽莎白而来，那么他最好不要太吹毛求疵，或者太善于观察。显然，伊丽莎白愿意相信自己就是埃利奥特先生的目的，她的朋友克莱太太也在推动这种看法，因为当他们谈到埃利奥特先生频繁来访时，她俩交换了一两次眼色。

安妮提到，她在莱姆看见过他两次，但他们没怎么上心。啊！是的，或许是埃利奥特先生。他们不知道。可能是他吧，或许吧。他们不愿意听她对他的描述，他们自己就在描述他，沃尔特爵士更是如此。他非常赞赏埃利奥特先生那十足的绅士派头，说他气度高雅，衣着时髦，相貌堂堂，眼神聪慧，但同时又不得不为他下颌过于突出而感到可惜，随着时间的推移，这个缺陷似乎更加明显了，而他也不能言不由衷地说，十年过去了，埃利奥特先生几乎一点儿也没变样。埃利奥特先生似乎认为，他（沃尔特爵士）看起来和他们上次分别前一模一样，可沃尔特爵士却无法以相同的话来恭维埃利奥特先生，这让他自己很尴尬。当然，他也不是想要抱怨什么。埃利奥特先生比绝大多数人长得顺眼多了，无论是在哪里，他都不会介意人们看到他和埃利奥特先生在一起。

整个晚上，他们都在谈论埃利奥特先生和他那些住在马尔博罗楼区的朋友。沃利斯上校迫不及待地想要结识他们！埃利奥特先生也迫切地希望如此。还有一位沃利斯太太，他们到目前为止也只听到过对她的描述，因为她就快临产了。不过，埃利奥特先生称她为"一位极富魅力的女人，很值得介绍给卡姆登街的人认识"，等她一恢复健康，他们便会结交。沃尔特爵士挺看重沃利斯太太，据说她是一位容貌极为出众的女人，很美丽。他很想见见她。他在街上看够了姿色平平的脸蛋，希望她或许能弥补一下。巴斯最糟糕的地方就是，这里相貌平庸的女人实在太多了。他并不是想说这里没有漂亮女人,只是相貌平庸的女人的比例太大了。他散步时经常注意到,一张漂亮的脸蛋后面总是跟着三十个或者三十五个丑八怪。有一次,他站在邦德街的一家商店里,一个接一个地数数,在走过去的八十七个女人中,没有一个的相貌看得过去。当然,那个上午很冷,冷得刺骨,一千个女人中几乎没有一个能经受得住这种严寒的考验。不过,巴斯的丑女人还是多得可怕。至于男人,他们就更糟糕了!街上全是骨瘦如柴的男人!从相貌堂堂的男人引起的反应可以看出,女人们显然很不习惯见到样子还过得去的男人。沃利斯上校颇具仪表堂堂的军人风范,虽然头发颜色黄中泛红。每次他和沃利斯上校挽着手臂步行时,总会发现每个女人的眼神都落在了他身上,真的,每个女人的眼神都会落在沃利斯上校身上。沃尔特爵士好谦虚!可别人不会放过他。他女儿和克莱太太一起暗示说,沃利斯上校的同伴也有着沃利斯上校那样的好身材,而且头发当然不是黄中泛红的。

   沃尔特爵士兴致很高,于是问道:"玛丽现在看上去怎么样?上次我见到她的时候,她鼻子通红,希望她不会是天天如此。"

   "啊!不是的,那一定非常偶然。总的说来,她身体很健康,而且自从米迦勒节以来,气色也很好。"

   "要不是我担心她会冒着寒风往外跑,把皮肤弄粗糙了,我真想送她一顶新帽子和一件镶皮边斗篷。"

安妮正在想她是否应该大胆地提议说，若是一条裙子或者一顶无檐便帽便不至于被这样滥用，但一阵敲门声却中断了一切。有人敲门！这么晚了！都十点钟了。会不会是埃利奥特先生？他们知道他要去兰斯多恩新月[1]吃晚饭。或许，他会在回家路上顺道进来向他们问好。他们再也想不到还能是谁。克莱太太认定了是埃利奥特先生敲门。克莱太太说对了。在男管家兼男仆煞有其事的带领下，埃利奥特先生被引进了房间。

没错，就是那个人，丝毫不差，只不过衣着不同。当其他人接受他的问候时，安妮稍稍往后退了一步。他请她姐姐原谅他在这样一个不寻常的时刻前来拜访，但他"既然都已经离得这么近了，就没法不希望知道她和她的朋友昨天有没有着凉，等等，等等"。他这话说得彬彬有礼，听话的人也客客气气。不过，接下来就轮到安妮了。沃尔特爵士谈到了他的小女儿，请埃利奥特先生允许他向他介绍他的小女儿（这个时候谁也想不起玛丽），安妮羞涩地微笑着，恰到好处地向埃利奥特先生显露了他根本未曾忘却的那张秀美的面容。安妮饶有兴趣地看到他微微一怔，马上就明白他之前根本不知道她是谁。他看起来大为惊讶，但惊讶之余更多的是高兴；

---

[1] 位于由巴斯城中部向北延伸的兰斯多恩山（Lansdown Hill）的山坡上的一排联排建筑，外观为新月形，于1789—1793年间修建完成。该建筑群在卡姆登街西北方向，但地势高于卡姆登街与皇家新月，所以视野更加开阔。

他眼睛一亮，随即就十分欣然地欢迎这位亲戚。他谈起了过往，请求她将自己当成熟人。他和在莱姆时一样仪表堂堂，谈起话来更是神采飞扬，举手投足间没有丝毫纰漏，得体、自如，也特别赏心悦目，让她觉得他的举止只有一个人能与之相媲美。他们并不相同，但他们或许同样出类拔萃。

他和他们一起坐了下来，大大提高了谈话的趣味。毫无疑问，他是一个有头脑的人，十分钟就足以证明这一点。他的语气、他的神情、他对话题的选择、他知道何为适可而止——所有这一切都因为他既有聪明的头脑，也富有洞察力。他刚有机会就和她谈起了莱姆，想比较一下他们对那个地方的看法，还特别想谈谈他们碰巧在同一时间住进同一家客栈这个细节。他说起了自己的路线，问过了她的行程，很遗憾当时竟然错过了这样一个问候她的机会。她简单地介绍了一下她同伴们的情况和他们当时在莱姆的活动。他越听越遗憾。整个晚上他就在他们隔壁的房间里孤零零地待着，也听到了声响——持续不断的欢笑声，觉得他们一定是一群最快乐的人——很想和他们在一起，但却丝毫没有想到他竟然会有那么一丁点儿理由去做个自我介绍。他当时要是问过他们是谁就好了！马斯格罗夫这个姓就足以告诉他一切。哎，这将足以让他改掉从不在客栈打听事情这个怪毛病。当他还很年轻的时候，他就接受了好奇者缺乏教养这个原则，养成了这个习惯。

"我觉得，"他说，"一个二十一二岁的年轻人，对什么样的举止才能让自己符合理想中的形象的看法,总比对世上其他任何一类人的认识更加荒唐。他们常用的方式也很愚蠢,只有他们所关注之物的愚蠢可与之相比。"

但是,他不能只跟安妮一个人聊自己的感悟,他很清楚这一点。很快,他又和其他人聊开了,只能见缝插针地提提莱姆。

不过,他的询问终于让安妮提到了在他离开莱姆后不久她在当地所经历的情景。在听说出了"一桩事故"后,他就一定要了解一下详情。他问起之后,沃尔特爵士和伊丽莎白也跟着问了起来,但还是可以感受到他们各自的询问方式的不同。她只能拿埃利奥特先生同拉塞尔夫人进行比较,他们都真正希望了解究竟发生了什么事情,也关心她在亲历整件事情时所感受到的痛苦。

他和他们一起待了一个小时。壁炉架上那只精致的小钟"以银铃般的声音敲了十一下"[1],远处也开始传来更夫报告同样时间的声音。直到这时,埃利奥特先生和他们似乎才觉察到,他已经在这里待了很长时间了。

安妮根本没有料到,她在卡姆登街的第一个夜晚会过得这么愉快!

---

[1] 1995年诺顿版《劝导》的编者认为,此引文或典出自蒲柏诗作《夺发记》(1714)(Jane Austen, *Persuasion: A Norton Critical Edition*, ed. Patricia Meyer Spacks, New York: W. W. Norton & Company, 1995, p.95, note 1)。

第四章

如果安妮在回到家人身边以后,能确定她父亲并没有爱上克莱太太,那么这将会比埃利奥特先生爱上伊丽莎白更能让她感到宽慰。可是,当她在家里待了几个小时后,却发现根本无法对此放下心来。第二天上午下楼吃早饭时,她发现这位太太已经合乎礼仪地假装打算辞别他们了。她可以想象克莱太太一定说了,既然安妮小姐已经来了,她觉得这里就不再需要她了,因为伊丽莎白正在低声说着:"那可成不了理由,真的。我向你保证,我根本不那么觉得。和你相比,她对我来说什么也算不上。"她也完全听到了她父亲说的话:"亲爱的夫人,这可不行。你到目前为止还没在巴斯四处看看。你来这里以后就只是在帮忙。你现在不能离开我们。你得留下来结识沃利斯太太,那位漂亮的沃利斯太太。我知道,你情趣高雅,能从美中真正获得快乐。"

他的语气与神情都极为诚挚,于是安妮毫无意外地看到克莱太太偷偷看了一眼伊丽莎白和自己。安妮自己的表情或许透露出了些许警惕,但"情趣高雅"这句赞美却似乎并没有让她姐姐有所联想。这位太太只好屈从了父女俩的共同请求,答应留下来。

就在同一个上午,安妮碰巧和她父亲单独待了一会儿。他夸她变漂亮了,觉得她"身材和脸颊不那么瘦了,皮肤与面色也大有好转,更白净、更明亮了"。他问她有没有用过什么特别的东西。"没有,什么也没用。""只用了高兰[1]乳液吧。"他猜测道。"没有,真的什么也没用。"哈!这太让他惊讶了,接着他又说:"当然啦,你能这样保持下去就最好了,你这样就再好不过了。否则,我就会推荐高兰,在春天里坚持用高兰。在我的建议下,克莱太太就一直在用它。你看看它在她脸上的效果有多好。你看,它把她的雀斑都去掉了。"

要是伊丽莎白听到这话该多好!这种对个人的称赞或许会让她警觉起来,尤其是在安妮看来雀斑其实根本就没有减少。但所有的事情都得碰运气。如果伊丽莎白也结婚的话,那么她们的父亲与克莱太太的这桩婚事的弊端就会大大减小。至于安妮自己,她可以一直和拉塞尔夫人生活在一起。

在与卡姆登街友人的交往中,拉塞尔夫人冷静的头脑和文雅的举止受到了考验。看到克莱太太如此受欢迎,安妮却如此受冷落,她在那里的时候会时刻感到恼火;离开以后,在喝喝矿泉水、买到所有最新出版物、和一大群熟人交往之余,如果有时间,也会同样为此感到气恼。

---

[1] 高兰(Gowland's Lotion)是摄政王时期最有名的乳液品牌。

拉塞尔夫人在结识了埃利奥特先生以后，对其他人也变得更加宽容，或者说更加漠然了。他的举止一下子就打动了她，与他交谈后，她更是发现他心口如一，正如她告诉安妮的那样，她一开始差点就要惊呼："这会是埃利奥特先生？"她真的无法想象出一个更讨人喜欢、更值得尊重的人。他身上集中了所有一切：善解人意、见识不凡、世事通达、古道热肠；他对家族有着深厚的感情，也极为看重家族荣誉，但又没有丝毫的骄傲与怯懦；他过着有钱人宽裕富足的生活，但又不刻意摆阔；他在一切重要问题上都有自己的立场，但在世俗礼仪上又从不挑战公共舆论。他沉着、善察、温和、坦诚，从不会因为极端情感或自私而失去控制，尽管情绪失控或许可被认为是情感热烈的表现，但同时他又善于感知讨人喜欢的可爱之物，也珍视家庭生活中的所有幸福，而这又恰恰是自以为激情澎湃、实则冲动极端的人极少真正具有的品质。她确信，他先前的婚姻并不幸福。沃利斯上校这么说了，拉塞尔夫人也这么看，但这种不幸福并没有让他的思想变得阴郁，也没有阻碍他萌生第二次选择的想法（她很快就如此猜测了）。她对埃利奥特先生的满意远远超过了她对克莱太太的讨厌。

几年前安妮就已经开始认识到，她和她的好朋友有时候看法会很不一样。因此，当拉塞尔夫人在埃利奥特先生竭力想要和解这件事情上没有看出任何可疑或前后矛盾之处，也没有追问表面原因之下的动机时，安妮并不感到惊讶。在拉塞尔夫人看来,埃利奥特先生已经到了思想成熟的年龄,他发现与族长关系和睦是他最值得做的事情,并认为这一定会帮助他博得所有明智之人的赞许,这再正常不过了;对于一个天生就头脑清醒、只在青春冲动时才会犯错的人来说,这也是随着时间推移而出现的最单纯不过的过程。然而,安妮还是冒昧地笑了笑,最后提了句"伊丽莎白"。拉塞尔夫人一边听,一边看着她,只是谨慎地回答道:"伊丽莎白!好吧。时间会给出解释的。"

稍稍观察一番后,安妮也觉得自己必须静候未来。眼下她无法做出任何判断。在那栋房子里,伊丽莎白一定是中心,她已经习惯了作为"埃利奥特小姐"所受到的普遍关注,任何对旁人的特别关注似乎都毫无可能。而且,还得记住的是,埃利奥特先生丧妻还不到七个月。他那头稍有延误,或许也情有可原。事实上,每当安妮看到他帽子上的一圈黑纱时,她总会觉得自己不可原谅,竟然对他有着那些猜测。尽管他先前的婚姻并不美满,但毕竟还是延续了那么多年,她无法想象他能很快从婚姻已解体这种令人敬畏的感觉中恢复过来。

不管此事结局如何,埃利奥特先生无疑是他们在巴斯的熟人中最令人愉悦的。安妮觉得其他人都不如他。时不时地和他谈论一下莱姆,简直就是莫大的满足,他似乎也和她一样,想要再去莱姆看看,去更深入地了解那里。他俩多次聊起初次见面时的种种细节。他让她明白了他当时曾如何热切地看着她，她清楚地知道这一点，也记得另一个人的目光。

他俩的想法并不完全合拍。她发现，他比她更看重门第与姻亲关系。当他热烈地同她父亲与姐姐一道关心一件她认为并不值得激动的事情时，他那样做不仅仅是为了奉承他们，更是因为他也乐在其中。一天早晨，巴斯的报纸刊登了一则消息，宣布孀居的老达尔林普尔子爵夫人及其女儿、尊敬的卡特雷特小姐莅临巴斯。于是，在接下来的许多天里，卡姆登街第 X 号便不复安宁，因为达尔林普尔家是埃利奥特家的表亲（虽然安妮觉得这很是不幸），他们现在很头疼，不知道该以何种恰当的方式去拜会这对母女。

安妮以前从未见过父亲与姐姐如何与贵族打交道，现在不得不承认自己很失望。他们将自己的社会地位看得很高，所以她原本以为他们会因此而自持一些。但现在她不得不退而求其次，只希望他们能更倨傲一些，这可是她从未有过的愿望，因为她整天听到的都是"我们的表亲达尔林普尔夫人和卡特雷特小姐"、"我们的表亲达尔林普尔一家"。

沃尔特爵士曾与已故子爵见过一面，但从未见过他府上的其他人。目前这种情况的棘手之处在于，自从这位前子爵离世以后，两家之间中断了所有的礼节性书信往来。这是因为当时沃尔特爵士也身患重病，凯林奇府方面不幸有所失礼，没有往爱尔兰寄送唁函。失礼的一方后来也同样受到了无视，当可怜的埃利奥特夫人去世后，凯林奇府也没有收到任何唁函。因此，他们完全有充足的理由担心，达尔林普尔家认为两家人之间的关系已然结束。现在的问题是如何让这个令人焦虑不安的局面恢复正常，让对方重新接纳他们、承认他们的表亲身份，无论是拉塞尔夫人还是埃利奥特先生，都认为这个问题并非不重要，只是他们两人的态度更理性一些。"亲戚关系总是值得我们去维持，优秀的朋友也总是值得我们去寻觅。达尔林普尔夫人在劳拉广场[1]租了一栋房子，为期三个月，排场十足。"她去年也来过巴斯，拉塞尔夫人听说她是一位迷人的女士。如果可以，埃利奥特一家最好能够既不失体面，又恢复亲戚关系。

不过，沃尔特爵士一定要用自己的方式，最后写了一封极其矫揉造作的信，长篇大段地向他尊贵可敬的[2]表亲解释、追悔与乞怜。虽说拉塞尔夫人与埃利奥特先生都无法赞赏这封信，但它却达到了预期的效果，带回了子爵夫人潦潦草草写下的三行回信：她深感荣幸，并将很高兴与他们见面。整件事情最困难的环节已经过去了，苦尽甘来，他们前往劳拉

---

[1] 劳拉广场（Laura-place）位于巴斯城东，始建于1788年，整体呈菱形，与巴斯城其他区域一河之隔。小说创作时，该区域是上流社会人士聚居区。1792年，该区域带两个盥洗室的房子的年租金为120英镑，约合2020年的17972.26英镑（参见 https://www.in2013dollars.com/uk/inflation/1792?amount=120 ）。
[2] 尊贵可敬的（right honourable），该称呼是对侯爵以下的贵族的尊称。

广场登门拜访，回来后他们把达尔林普尔子爵遗孀与尊敬的卡特雷特小姐的名片放在了最显眼的位置，还逢人就谈起"我们住在劳拉广场的表亲"、"我们的表亲达尔林普尔夫人和卡特雷特小姐"。

安妮颇觉汗颜。即便达尔林普尔夫人和她女儿亲切随和，安妮还是会因为她俩所造成的喧嚣而感到汗颜，更何况她俩毫无出彩之处，既谈不上举止出众、才情横溢，也没有任何高明的见地。达尔林普尔夫人博得了"迷人的女士"这一称号，仅仅是因为她对每个人都笑脸以对、言辞客气。卡特雷特小姐就更不用多说了，她相貌平平、举止笨拙，若不是因为她的出身，卡姆登街的人根本就不会看她一眼。

拉塞尔夫人承认，她本以为情况会好一些，但"她们仍然是值得结识的"。当安妮大胆地向埃利奥特先生说出自己对这对母女的看法后，他也觉得她俩本身是没什么值得夸耀的，但还是坚持认为，作为亲戚，作为优秀的朋友，作为能够在其周围汇聚起一帮优秀朋友的人物，她们两人自有其可取之处。安妮对此莞尔：

"埃利奥特先生，我认为优秀的朋友应该是聪慧的人，他们见闻广博，能聊很多话题。这才是我所说的优秀的朋友。"

"你错了，"他温和地说，"那不是优秀的朋友，那是最理想的朋友。优秀的朋友只需要出身高贵、有才学、举止文雅，而且对才学的要求也并不严格。出身高贵与举止文雅才是不可或缺的;当然,对于优秀的朋友来说,有点才学绝不是件危险的事情,反倒会大有裨益。我的堂妹安妮在摇头,对我所说的不满意。她在挑剔。亲爱的堂妹(在她一旁坐下),你几乎比我认识的其他所有女性都更有权利挑剔。可这话有用吗?会让你高兴吗?接受劳拉广场那两位优秀的女士的友谊,尽可能地利用这门亲戚带来的种种好处,这难道不会更明智吗?你相信我好了,这个冬天她们会进入巴斯最上层的社交圈中,天潢贵胄就是天潢贵胄,如果大家知道你们和她们是亲戚,这将帮助你们一家(我应该说我们一家)如我们大家所希望的那样备受瞩目。"

"是啊,"安妮叹息道,"大家真的会知道我们是她们的亲戚!"——她回过神来,因为不希望他做出任何回应,又接着说,"我的确认为,为了重新攀上关系,前面花的工夫实在太多了。看来,(她淡淡地笑了笑),我比你们大家都傲慢。不过,我想说的是,我们竟然如此迫切地想要她们承认这种关系,而我们几乎可以肯定的是,她们丝毫也不在意这种关系,这的确让我很不高兴。"

"请原谅,亲爱的堂妹,你对你们自身权利的看法不够公正。或许,在伦敦,以你们当前这种安静的生活方式,情况可能如你所说的那样。但是,在巴斯,沃尔特·埃利奥特爵士及其家人总是值得认识的,和他们有交情总归是件好事。"

"好吧,"安妮说,"我的确很高傲,高傲到无法享受那种完全取决于所处位置[1]的受欢迎。"

"我很喜欢你的愤慨，"埃利奥特先生说，"这非常自然。只是现在你们在巴斯，而目的也是要在这里定居下来，并同时保持住沃尔特·埃利奥特爵士理应拥有的所有声望与尊严。你说自己很高傲，我知道人们也认为我高傲，而且我也不会愿意自己并非如此。因为，如果仔细分析我们的高傲，我相信它们有着相同的目标，只是看起来形式略有不同。有一点我敢确定，亲爱的堂妹（他压低了声音说下去，尽管房间里并没有其他人），有一点我敢确定，我们肯定有同感。我们肯定都觉得，你父亲的圈子里增加的每一个与他社会地位相当或高于他的人，都可能会有利于将他的心思从那些地位比他低下的人身上转移开。"

他一边说一边朝克莱太太刚刚坐过的位置望去，这足以说明他说那话有什么特殊含义了。尽管安妮并不认为他俩的高傲本质相同，但还是因为他不喜欢克莱太太而感到高兴。她也本着良心承认，为了击退克莱太太，他鼓励自己父亲结交大人物的想法也完全可以被谅解。

---

[1] 安妮此处使用了一个双关语"place"（位置），以回应埃利奥特先生关于伦敦与巴斯之别的言论，因为该词既可指实际地理位置，也可喻指抽象社会等级中的位置。

第五章

当沃尔特爵士和伊丽莎白为了自己的好运而在劳拉广场不遗余力地活动时,安妮正在同一位类型迥然不同的故人重续友情。

她拜访了自己以前的女教师,从后者那里得知自己有位老同学刚好在巴斯。这位老同学因为两个方面特别值得安妮关注:她过去善待过安妮,现在正身处逆境。当这位史密斯太太还是汉密尔顿小姐时,在安妮生平最需要关怀的时刻,她给予了安妮最珍贵的友谊。那时候,安妮落落寡欢地去学校上学,既为失去了自己挚爱的母亲而哀伤,又因离家而感觉凄凉,像所有必定在这样的时刻备受煎熬的极其敏感又情绪低落的十四岁女孩一样经历着痛苦。汉密尔顿小姐年长安妮三岁,她因为没有近亲与固定的住所而不得不在学校再待上一年。她对安妮关怀备至,也帮助很多,大大减轻了安妮的郁悒,每当安妮忆起这段往事,就无法不感动。

汉密尔顿小姐离开了学校,之后不久就嫁了人,据说是嫁给了一个有钱人,这便是安妮以前了解到的关于她的所有情况。如今,她俩的老师比较确切地介绍了她的情况,内容和安妮以前听说的大不一样。

史密斯太太是个寡妇,生活穷困。她丈夫花钱毫无节制,大约两年前离世,留下了一个烂摊子。她不得不应付各种困境,还祸不单行地得了严重的风湿热,这病最后影响了她的双腿,让她成了瘸子。正是因为这个原因,她来到了巴斯,现在客居在高温温泉浴室[1]附近,生活得很窘促,甚至雇不起佣人照顾自己,当然也就几乎与世隔绝了。

她俩共同的朋友相信,如果埃利奥特小姐前往拜访,史密斯太太一定会很高兴,所以安妮一点儿时间都没有耽误,马上去了。她根本没有在家里提起她听到了什么,也没有谈论自己的打算,这在那里无法激起应有的关注。她只征求了拉塞尔夫人的意见,拉塞尔夫人完全赞成她的态度,还很高兴地按照她的想法把她载到了史密斯太太租住的西门大街[2]附近。

安妮去拜访了史密斯太太,与她恢复了交往,她们对彼此的关切也比以往更甚。刚见面时的前十分钟有些尴尬,也有些激动。自两人别后,十二年已经过去,双方的模样都不同于自己留在对方记忆中的印象。十二年的时光让安妮从一

---

[1] 高温温泉浴场(hotbaths)是巴斯几处温泉浴场中水温最高的。当时的医生认为泡温泉有利于风湿热患者恢复健康。
[2] 西门大街(Westgate-buildings)指位于巴斯地势更低的老城区的一条街道及其两侧建筑物,这条街距离巴斯温泉浴场很近。

位安静但又蓓蕾初绽的青涩少女,成长为一位优雅娇小的二十七岁女性,虽然韶华已尽,但却并未因此而失去一分秀美,举止依旧文雅,且更加得体、有分寸。十二年的岁月改变了那位美丽动人、风华正茂,那位焕发着健康活力、对自己的优秀信心满满的汉密尔顿小姐,将她变成了一位穷困潦倒、虚弱不堪、孤立无助的寡妇,昔日被保护人的到访对她来说就是一种恩赐。不过,见面之初的种种不适很快就过去了,余下的只是追忆旧时情谊与聊起昔日时光所具有的魅人魔力。

安妮发现,史密斯太太还像自己过去几乎全然依赖她时那样睿智明理、举止礼貌有节,而她健谈、乐观的性格更是出乎自己的意料。无论是已消散的过往岁月——史密斯太太历经了世事沧桑,还是当前的困扰,无论是疾病还是哀愁,似乎都没能让她心扉紧闭,一蹶不振。

安妮第二次拜访时,史密斯太太说话十分坦率,让安妮越发诧异。她很难想象比史密斯太太的境遇更凄惨的处境会是什么样子。史密斯太太深爱自己的丈夫——她已经埋葬了他;她也曾生活富足——那已是过往烟云。她没有孩子在她与活力和幸福之间建立起联系,也没有亲戚帮忙处理纷乱的事务,更没有健康来承担其他所有一切。她住的地方只有一间喧闹的客厅,还有客厅背后那间阴暗的卧室。如果没有人帮忙,她无法从一个房间挪到另一个房间,但整栋房子却只有一个佣人可以帮忙。因此,除了让人帮忙把自己送到温泉浴场外,她别的时候都不出门。尽管如此,安妮却有理由相信,史密斯太太只会有片刻的烦劳与沉郁,她大多数时候都处于忙碌与欢愉中。这如何可能呢?安妮留意着——观察着——思考着——最后得出了结论:这不是坚韧不拔或听天由命那么简单。逆来顺受的人或许会含垢忍辱,敏锐的判断力也会帮助坚定决心,但史密斯太太这里却远不止这些。她懂得如何变通,有着随遇而安的性格,能够很快看到好的一面、忘记不幸,也善于通过忙碌以免自我沉溺。这些完全是天性使然,这样的天性是上天最宝贵的赐予。安妮认为,在有些情况下,上天的一个仁慈的安排似乎就是为了抵销几乎所有其他的缺陷,她朋友就是这样一个例证。

史密斯太太告诉安妮,她曾一度近乎绝望崩溃。和她刚来巴斯的情况相比,她现在已经算不上是废人了。那时候的她的确是个可怜的家伙——她在旅途中着了凉,刚到住处就病倒在床,身体持续疼痛不堪,周遭全是陌生人,特别需要一位正规的护理人员,但手头又极其拮据,根本负担不起任何额外的开销。不过,她还是挺过来了,还能够发自心底地说,那样的境遇让自己受益颇多,让她觉得自己遇到了好人,并因此多了几分慰藉。她已经见识了太多世事,到任何地方都不会奢望有人会突然示好或无私相助,但那场病却让她认识到,她的房东太太有着难能可贵的品质,没有在她病中趁人之危,她还特别幸运地遇到了一位好护理,这位职业护理是房东太太的妹妹,没人雇佣时总是住在那栋房子里,当时也正好闲着,刚好可以照看她。"她呀,"史密斯太太说,"不仅体贴入微地照料我,还真正成了我不可或缺的朋友。我的双手刚能使上劲,她就教我做编织,那给了我很多乐趣。她教会了我做这些小针线包、针插、名片架,你看到我总是在忙着做它们,它们也让我能够稍稍帮助一下这附近的一两户贫困人家。她认识很多人,这当然是由于职业关系。她们中有些人买得起我做的东西,她就帮我推销。她总能在最合适的时机开口。你知道的,当人们刚刚逃过病痛的折磨,或正在恢复健康时,他们总是会敞开自己的心扉。鲁克护士完全懂得应该何时开口。她是个精明、机智、通情达理的女人。她的职业适合观察人性,而她自己又明事理、善观察。因此,作为同伴,她远胜于成千上万个只是接受了'世界上最好的教育'但却对值得关注的事情一无所知的人。如果你愿意,你可以说我们谈的都是家长里短,但只要鲁克护士能有半小时空闲时间陪我,她就一定会告诉我一点既有趣又有益的东西,这样的东西让人们能够更好地了解他们的同类。大家都爱听听最近发生了什么事情,喜欢弄清楚该以何种最新方式去显示自己的无聊与愚蠢。相信我,对我这样一个孤单独处的人来说,和她聊天是一种难得的享受。"

安妮完全不愿意对这样的享受吹毛求疵,于是回答说:"这我完全相信。那个阶层的女性有相当多的机会,如果她们够聪明，倒是真的值得一听。人性的多面她们的确见惯了！她们所熟悉的不仅仅是人性中的各种愚蠢，她们也会在不同场合偶然见到它最有趣或最感人的一面。多少忠诚、无私与自我牺牲的事例，多少英勇不屈、坚忍不拔、忍辱负重、无可奈何的时刻——所有这些冲突与牺牲最能激发出我们的崇高，它们会在她们眼前发生。一间病室里发生的事往往就足以写出几卷书。"

"是的，"史密斯太太略带疑虑地说，"有时候可能是这样，只是恐怕其中的意义并不总像你所描述的那样崇高。在遭遇考验时，人性也许会不时有伟大之处，但通常而言，病室里表现出的是人性的软弱而非坚强，人们听到的是自私与焦躁，而非慷慨与坚毅。这世间真正的友情是如此少见！——而不幸的是（声音低沉而又颤抖），总有那么多人忘了去认真思考，幡然醒悟时几乎已为时过晚。"

安妮理解这种痛苦的心情。丈夫不称职，把妻子带进了那样一群人中间，使得她觉得这世界比她所期望的要糟得多。不过，对于史密斯太太来说，这不过是一种转瞬即逝的情绪，她摆脱了这种情绪，马上又用另一种语气说：

"我并不认为我的朋友鲁克太太目前的情况能够为我提供很多有趣的东西，或者对我有启发的东西。目前，她的护理对象只有住在马尔博罗楼区的沃利斯太太——我想，那不过就是一位漂亮、愚蠢、讲排场的时髦女人——当然也就没什么可以跟我说的，除了蕾丝和饰物。不过，我还是想利用一下沃利斯太太。她有的是钱，我希望她能把我现在手头所有的高价小玩意儿都买走。"

安妮看望了她朋友好几次以后，卡姆登街的人才知道还有这样一个人。最后，大家不得不谈到史密斯太太。某个白天，沃尔特爵士、伊丽莎白和克莱太太从劳拉广场回到家中，说达尔林普尔夫人突然邀请他们当天晚上过去，可安妮早已有约，要在同一时间前往西门大街。她一点儿也不后悔有这个理由。她确信，他们之所以会被邀请，只是因为达尔林普尔夫人感冒了，不得不待在家中，这才很乐意利用一下这门硬塞给她的亲戚。所以，安妮立刻就替自己回绝了这次邀请——她"已经约好了晚上去一位老同学家"。他们对安妮的所有事情都没什么兴趣，但还是问了够多的问题，终于弄明白了这位老同学是什么人。伊丽莎白不屑一顾，沃尔特爵士则反应剧烈。

"西门大街！"他说，"安妮·埃利奥特小姐要去西门大街拜访的人是谁呀？一位史密斯太太。一位守寡的史密斯太太。她丈夫是谁？五千个史密斯先生当中的一个，走哪儿都能遇见这个姓。她有什么吸引力？她又老又病快快。说真的，安妮·埃利奥特小姐，你的品味真是与众不同！其他人反感的每样东西——低贱的朋友、简陋的房屋、污浊的空气、被人厌弃的关系——都能诱惑你。不过，你肯定是可以推迟到明天再去见这个老太太的。我想她不会那么快就咽气,她或许有希望多活一天。她多大了?四十岁?"

"不,阁下,她还不到三十一岁。不过,我想我不会推迟自己的约会,因为这期间,只有今天晚上对她和我都方便。她明天要去泡温泉,而这周余下的时间里,你知道,我们都有安排。"

"那拉塞尔夫人对这段交情有什么看法?"伊丽莎白问道。

"她没觉得有什么不妥,"安妮答道,"相反,她很支持。我去拜访史密斯太太时,她一般都会把我捎过去。"

"西门大街的人们看到马车停在人行道附近,肯定很吃惊!"沃尔特爵士得出了结论。"亨利·拉塞尔爵士的遗孀确实没有什么可以彰显自家族徽的功绩,但那马车还是挺漂亮的。毫无疑问,大家也都知道里面坐的是一位埃利奥特小姐。一位寡居的史密斯太太,租住在西门大街!一个可怜的寡妇,勉勉强强能够活下来,三十来岁!一个毫不起眼的史密斯太太,一个普普通通的史密斯太太,世上有这么多人,姓什么的都有,可安妮·埃利奥特小姐偏偏要选中她,把她看得比自己家的亲戚还重要,哪怕她家亲戚是英格兰和爱尔兰的贵族!史密斯太太,这么一个姓!"

整个过程中,克莱太太都在场,可现在却觉得自己最好还是离开这个房间。安妮本可以再多说些什么,而且也的确很想再替自己的朋友分辩上几句,因为她的朋友同他们的朋友在权利上没太多区别。不过,出于对她父亲的尊重,她忍住了。她没有回答,希望她父亲能自己意识到,史密斯太太并不是巴斯城里唯一一位生活拮据、姓氏没有一点高贵可言的三十来岁的寡妇。

安妮去赴自己的约会,其他人也去赴他们的约会。当然,第二天上午安妮就听说,他们度过了一个愉快的夜晚。他们这群人里只有她缺席了,因为沃尔特爵士和伊丽莎白不仅自己听从了子爵夫人的召唤,还很高兴地奉命去召集其他人,特意邀请了拉塞尔夫人和埃利奥特先生。埃利奥特先生因此决定早早地同沃利斯上校道别,拉塞尔夫人则重新安排了自己当晚的所有活动,只为前往陪伴在子爵夫人左右。关于这样一个夜晚能够提供些什么,安妮从拉塞尔夫人那里听到了全部情况。对她来说,最有意思的肯定是,她的朋友和埃利奥特先生围绕着她谈了很多,他们都希望她在场,很遗憾但又同时钦佩她因为这样一个原因而缺席。安妮满怀善意与同情,多次探望这位疾病缠身、家道中落的老同学,埃利奥特先生对此似乎很认可。他认为她是一位出类拔萃的年轻女性,无论是脾性、举止,还是思想,都是女性美德的典范。在谈论安妮的这些优秀品质方面,他甚至都能赶得上拉塞尔夫人了。在了解了这么多情况,知道自己被一位聪明的男性如此高度评价后,安妮心中不由得充满了种种喜悦,而这恰恰也是她朋友的意图所在。

拉塞尔夫人如今已完全确定了自己对埃利奥特先生的看法。她既坚信埃利奥特先生希望自己迟早能够赢得安妮的芳心,也断定他配得上安妮,所以已经开始盘算究竟多少周以后他才能从服丧期的约束中解脱出来,让他可以无所顾忌地公开发挥自己取悦他人的本领。她不会向安妮透露自己在这件事情上有多肯定,只会稍稍向安妮暗示今后大概会出现什么情况,埃利奥特先生这方或许已情根暗种,假如他的确有情而对方也有意,那这门亲事倒不失美满。安妮听她说着,并没有大声惊呼;她只是淡淡一笑,涨红了脸,轻轻地摇了摇头。

"我不会做媒,你知道得很清楚,"拉塞尔夫人说,"因为世事无常、天意难测,我对此深有认识。我只是觉得,如果埃利奥特先生有朝一日向你求婚,而你也愿意接受他,那么你们在一起将会很幸福。大家都会认为这是一桩门当户对的亲事,可我却认为它还可能是非常幸福的结合。"

"埃利奥特先生极为随和,我在很多方面都敬仰他,"安妮说,"但我们俩并不合适。"

拉塞尔夫人对此没有做出任何评论,只是回答说:"我承认,如果能把你视为凯林奇未来的女主人、未来的埃利奥特夫人——期待着看到你在你亲爱的母亲的位置上,继承她全部的权利、声望和美德,我就真的太心满意足了。你的容貌和性情同你母亲一模一样。如果我可以想象你同她一样,无论是地位、姓氏,还是家庭生活都是如此,在同一个地方当女主人、祈神赐福,还比她更受珍视!亲爱的安妮,这将给我带来多少欢乐,它会带给我生命中所不能常常感受到的欢乐。"

安妮不得不转过身去,起身走到远处的一张桌子旁边,靠在那儿假装忙着做什么,竭力想要把这幅图景激发起的情感压制住。有那么一阵子,她的想象与内心都受到了蛊惑。想到成为她母亲那样的人,想到她将是第一个复活"埃利奥特夫人"这个珍贵的称呼的人,想到重回凯林奇,把它重新称为自己的家、自己永远的家,这种想法的魔力让安妮一时间无法抗拒。拉塞尔夫人一个字也没再多说,乐得让事情顺其自然,只觉得,要是埃利奥特先生能在那个时刻恰当得体地表白心意,那该多好!简言之,她相信了安妮所不相信的。但同样一幅埃利奥特先生表白心意的场景却让安妮恢复了镇静,凯林奇府和"埃利奥特夫人"的魔力也全然消退。她永远也不能接纳他。这不仅仅是因为她自己的情感抗拒那个人之外的其他任何男性,而且在严肃思考了这桩事情的各种可能性以后,她的结论也不利于埃利奥特先生。

尽管他们已经相识一个月了,但在是否真正了解他的品性这一点上,她还不够满意。他是个聪明人,和蔼可亲,能说会道,见识不凡,看起来明事理,也像是一个原则性很强的人。这些都不用多说。他当然能明断是非,她也没有发现他有任何明显违背道义之处,虽说如此,她还是不敢担保他的行为。即便她不怀疑他的现在,她也不信任他的过去。他偶尔会在无意中透露某些旧日朋友的名字,也会谈及过去的习惯和消遣,它们难免让人疑心他的过往。她也注意到一些坏习惯:礼拜天外出旅行[1]是家常便饭;他曾经有一段时间(或许还为时不短)至少对一切严肃的事情都满不在乎;或许他现在的想法已经很不同了,可这样一位聪明谨慎、年纪又足以懂得好声名的重要性的人,谁又能担保他表现出的是真情实感呢?怎样才能断定他已经幡然悔悟了呢?

埃利奥特先生明事理,心思深沉,行事圆滑,但却并不率直。对于他人的优缺点,他从不会流露出任何情感,不会慨然而怒,也不会欣然而乐。这,对于安妮来说,是一个致命的缺陷。她先前的印象已经无可磨灭。相比其他所有类型,她更珍视率直、坦荡、热情的性格。古道热肠与热情奔放仍然会令她着迷。她觉得,有些人有时候看起来心不在焉,说话也冲动随性,但她却宁愿相信他们的真诚,也不愿信任那些总是专心致志、从不会口误的人。

埃利奥特先生对谁都和颜悦色,尽管她父亲房子里住的人脾性各不相同,他却能博得每个人的欢心。他的耐性太好了,和每个人都相处得太融洽了。他曾经同她较为坦率地谈起过

---

[1] 许多新教教派的成员不赞成星期天外出旅行。

克莱太太,似乎完全看清了克莱太太的小心思,也因此看不上克莱太太,但克莱太太却同其他人一样认为他和蔼可亲。

拉塞尔夫人或许比安妮看得深一些,也或许浅一些,因为她没有看出任何可怀疑之处。她无法想象还有比埃利奥特先生更完美的男性,也没有什么事情能比在秋天的凯林奇教堂里看到他接过她心爱的安妮的手更能让她感到甜蜜。

第六章

时间已是 2 月初,安妮也在巴斯待了一个月了,很想知道上克洛斯和莱姆的消息。玛丽在信中告诉了她一些情况,可她还想了解更多。她已经有三周没有收到任何消息了。她只知道,亨丽埃塔回到了家中,路易莎虽说被认为恢复得很快,但仍然还在莱姆。一天傍晚,当她正在一心惦记着他们的时候,她收到了玛丽的一封信,这封信比平时的都要厚;克罗夫特将军和太太也留下了问候,这让她又惊又喜。

克罗夫特夫妇现在肯定在巴斯!这让她很感兴趣。安妮心里自然牵挂着他俩。

"这是怎么一回事?"沃尔特爵士高声说道,"克罗夫特夫妇来巴斯了?是那对租下了凯林奇府的克罗夫特夫妇吗?他们给你带什么来了?"

"来自上克洛斯农居的一封信,父亲。"

"啊!那些信都是些方便的敲门砖。它们可以确保引荐成功。不过,无论如何,我本来就应该拜访一下克罗夫特将军。我知道我的租客应该享受何种待遇。"

安妮没有继续听下去,她甚至不知道自己怎么就忘了可怜的将军的样子;那封信占据了她所有的注意力。信是几天前开始写的。

二月一日

亲爱的安妮:

我不会为自己这么久没有写信而表示歉意,因为我知道,在巴斯这种地方,人们不怎么在意信件。你肯定快活得都没工夫牵挂上克洛斯了。你也很清楚,这里也确实没什么可谈论的。我们的圣诞节过得很没意思,整个节日期间,马斯格罗夫先生和太太一次宴会也没有举办过。我觉得海特一家算不上别的人。不过,假期终于结束了。我想,没哪家的孩子们过过这么长的假期。我敢说,我肯定没有过过。昨天,大宅邸可算是清静了,只剩下了哈维尔家的孩子们。不过,你听了后一定会大吃一惊,因为他们根本就没有回过家。哈维尔太太这位母亲真是太奇怪了,她居然能同孩子们分开这么久。我是理解不了。我觉得这些孩子一点儿也不乖,可马斯格罗夫太太却似乎很喜欢他们,对他们即便不比对自己的孙子们好,但也至少差不多同样好。这阵子的天气也糟糕透顶!你们在巴斯有舒适的人行道,可能不会有感觉,但是在乡下,这影响可就大了。自从一月份的第二个星期以来,就没有一个人来看过我,除了查尔斯·海特,可他又来得太勤,让我都没法欢迎他了。咱们就私底下说说,亨丽埃塔没有在莱姆和路易莎待下去,我觉得真够可惜的,那样的话,她和他见面的次数就少了一些。马车今天被派了出去,明天就会把路易莎和哈维尔夫妇接回来。只是,他们要到后天才请我们过去吃饭。马斯格罗夫太太非常担心路易莎路上太累,可这几乎不大可能,因为会有人精心照顾她。对我来说,明天去那边吃饭要方便得多。我很高兴你觉得埃利奥特先生很和气。要是我也能结识他,就太好了,可我的运气一直就是那个样子,什么好事都落不到我的头上,我总是家里最后得知消息的那个人。克莱太太和伊丽莎白待在一起的时间可真是太长了!难道她就从来没有打算过离开吗?可是,即便她走了,把房间空出来,我们或许也不会受到邀请。告诉我,你对这事有什么看法?你知道的,我并不指望我的孩子们会收到邀请。我完全可以把他们留在大宅邸,让他们在那边待上一个月或者六个星期。我刚听说克罗夫特夫妇马上就要去巴斯了,他们认为将军得了痛风。这是查尔斯偶然间听说的。他们的礼数可真不够,居然没有提前通知我一声,也没有表示愿意帮忙捎东西。我认为,作为邻居,他们根本就没有任何改进。我们见不到他们,这就能证明他们如何不把我们放在眼里。查尔斯与我同向你们问好,祝一切皆好。

你亲爱的妹妹:
玛丽·M.

我很遗憾地告诉你,我很不舒服。杰迈玛刚跟我说,卖肉的说附近正在流行咽喉炎。我肯定会染上的,而且你也知道,我的咽喉炎总比别人的都严重。

第一部分就这么结束了。玛丽后来把这部分装进了信封,又添上了几乎同样多的内容。

我没把信封上,这样或许就可以告诉你路易莎回家途中的情况。现在,我很庆幸自己没有封上,因为我还有很多情况要补充。首先,我昨天接到了克罗夫特太太的一封短信,表示愿意给你捎点东西。信写得真是很客气,也很友好,是写给我的,但本来就应该如此。所以,我可以把信写得长一些,想多长就多长。将军看起来病得并不重,我衷心希望巴斯能让他得到他所期望的一切好处。我将真心欢迎他们归来。我们的邻居中可不能少了这样一户友善的人家。不过,现在我要谈到路易莎了。我有件事情要告诉你,保准你会大吃一惊。星期二那天,她和哈维尔夫妇平安无事地回到了家里。当天晚上,我们就去看望她,却意外发现本威克舰长竟然没跟着来,而他是和哈维尔夫妇一样受到了邀请的。你知道这是为什么吗?不为别的,只因为他爱上了路易莎,在得到马斯格罗夫先生的答复前,他不想冒冒失失地来上克洛斯。路易莎离开前,他们两人就已经谈好了,本威克舰长还写了一封信,委托哈维尔上校带给她父亲。这件事情千真万确,我以名誉担保。你不觉得震惊吗?如果你曾看出来一丁半点迹象,那我至少会感到意外,因为我丝毫都没有察觉。马斯格罗夫太太郑重其事地表示,她之前也对此一无所知。不过,我们都非常高兴,虽然这赶不上她嫁给温特沃思上校,但肯定比嫁给查尔斯·海特强多了。马斯格罗夫先生已经回信表示同意,本威克舰长今天就会来。哈维尔太太说,她丈夫为他可怜的妹妹伤心不已。不过,他俩都很喜欢路易莎。真的,哈维尔太太和我都认为,照看她使我们更爱她。查尔斯想知道温特沃思上校的看法。不过,如果你还记得的话,我从来就没有认为他对路易莎有意。本来还以为本威克舰长仰慕你,你瞧瞧,这事也就这么结束了。我就一直都没有闹明白,查尔斯的脑子里怎么会冒出这样的想法。我希望他现在会更随和一些。当然,对于路易莎·马斯格罗夫来说,这门亲事并不怎么样,但却比嫁到海特家强上一百万倍。

玛丽不用担心她姐姐对这条消息会有任何思想准备。安妮这辈子也没有这么惊讶过。本威克舰长和路易莎·马斯格罗夫!这简直意外得让人不敢相信。她竭尽全力才能继续待在房间里,保持平静的样子,回答众人此时提出的一些问题。她还算走运,问题并不多。沃尔特爵士想知道的是,克罗夫特夫妇乘坐的是不是四马马车,他们在巴斯是否会住到一个适合埃利奥特小姐和他去拜访的地方,除此之外,他就没什么兴趣了。

"玛丽怎么样?"伊丽莎白问道,没等安妮回答,她又接着问,"请问,克罗夫特夫妇来巴斯做什么呀?"

"他们来这里是因为将军的缘故。据说他有痛风。"

"痛风和衰老!"沃尔特爵士说,"可怜的老绅士!"

"他们在这里有熟人吗?"伊丽莎白问道。

"我不清楚。但我很难想象,以克罗夫特将军的年龄和职业,他不大可能在这种地方没有几个熟人。"

"我估计,"沃尔特爵士冷冷地说,"克罗夫特将军将会因为租住了凯林奇府而在巴斯远近闻名。伊丽莎白,我们或许可以冒昧地将他和他妻子引见到劳拉广场[1]去?"

"啊!不,我觉得不行。我们虽然和达尔林普尔夫人是亲戚,但还是应该非常谨慎,不能将一些她或许不大喜欢的熟人带去,让她觉得难堪。如果我们不是亲戚,那倒是不要紧;但既然是亲戚,她就会慎重对待我们的任何提议。我们最好还是就让克罗夫特夫妇跟他们那个层次的人待在一起。有几个看起来怪怪的人在这附近走来走去,听说他们是水手。克罗夫特夫妇会跟他们交往的。"

---

[1] 这里指的是住在劳拉广场的达尔林普尔夫人和卡特雷特小姐。

对这封信，沃尔特爵士和玛丽感兴趣的就是这点东西。克莱太太的关注点倒是更得体一些，她关心了一下查尔斯·马斯格罗夫夫人和她家那两个可爱的男孩。之后，安妮就自由了。

她回到了自己的房间，试图想清楚整件事情。查尔斯想知道温特沃思上校的感受，这倒的确可能！或许，温特沃思上校退出了，放弃了路易莎，不再喜欢她了，或是发现自己其实并不爱她。安妮无法想象他和他的朋友之间会有任何背信弃义或轻率之举，或者任何类似于亏欠的行为。她无法想象他们之间的那种友谊会暧昧不明地中断了。

本威克舰长和路易莎·马斯格罗夫！活泼、充满快乐、爱说笑的路易莎·马斯格罗夫，郁郁寡欢、喜沉思、多愁善感、好读书的本威克舰长，这两人似乎完全不般配。他们的心性也大相径庭！究竟是哪儿来的吸引力呢？答案很快就明了了。原因就在于环境。上天安排他们两人朝夕相对地待了好几周，生活在同一个家庭小圈子里。亨丽埃塔离开后，他们之间肯定会几乎完全彼此依赖：路易莎大病初愈，惹人怜惜；本威克舰长也并非真的无法慰藉。关于那一点，安妮之前就有所察觉。不过，从当前事态的发展来看，她得出的结论与玛丽不同，反而证实了本威克舰长曾对她有些许柔情。不过，她并不想在玛丽可能允许的范围外对此大做文章，以满足自己的虚荣心。她相信，任何一个比较讨人喜欢的年轻女性，只要她倾听本威克舰长的诉说并感同身受，都会获得这种好感。他有一颗温柔多情的心。他一定会爱上某个人。

她认为，路易莎和本威克舰长没有理由会不幸福。路易莎从一开始起就对海军满怀热忱，而且他们很快就会变得更加相像。本威克舰长会开朗起来，路易莎则将学会热爱司各特与拜伦勋爵。不，她可能已经学会了。他们当然是通过诗歌才坠入情网的。路易莎·马斯格罗夫变成了一个具有文学品味、多愁善感的人，这想法可真够有趣的，但安妮毫不怀疑情况的确如此。在莱姆的那一天，从科布海堤上摔下的那一跤，或许会彻底影响她终生的健康、精力、勇气和性格，正如它看起来已经影响了她的命运一般。

总之，如果这位原本清楚温特沃思上校的美德的女子看中了另一位男子，那么他们的婚约也就没什么能让人们长久惊叹之处；如果温特沃思上校并不会因此而失去一个朋友，那当然也就没有什么值得惋惜的。是的，当她想到温特沃思上校没有任何束缚、还是自由之身时，让安妮的心跳不由自主加快、让她的双颊泛起红晕的，并不是惋惜。她的某些感受是她自己羞于探究的。它们实在太类似于喜悦了，不明所以的喜悦！

她盼望见到克罗夫特夫妇，可等到见面时，她却发现他们显然还没有听到这个消息。双方进行了礼节性的拜访与回访，提到了路易莎·马斯格罗夫，也说起了本威克舰长，但却没有半点笑意。

克罗夫特夫妇租住在盖伊街[1]的一栋房子里,这让沃尔特爵士非常满意。他一点儿也不因为有这两位熟人而觉得丢脸;事实上,他把将军放在心上、挂在嘴上的时候,可远远多于将军念及与谈及他的时候。

克罗夫特夫妇在巴斯认识的人要多少有多少,对于他们来说,同埃利奥特一家交往仅仅是出于礼节,丝毫也不可能给他们带来任何愉悦。他们把自己在乡下养成的习惯也带来了,这些习惯与他们几乎总是形影相随。医生嘱咐将军散步,以防止痛风,克罗夫特太太似乎和他一道承担着一切,为了让他受益,也在拼命散步。安妮无论到哪里,总会看见他们。拉塞尔夫人几乎每天上午都会带着安妮乘坐她的马车外出,安妮每次都会想到他们,也每次都会看见他们。因为了解他们之间的感情,对她来说这是一幅最动人的幸福画面。她总是尽量用目光追随着他们,看着他们幸福地结伴而行,她就愉快地想象自己明白他们大概正在谈论什么;当将军遇上了老朋友时,她也同样愉快地看着他和朋友亲切地握手;当他们偶然间跟一群海军军官聚在一起时,她就会愉快地观察他们如何迫切地想要聊天,这时的克罗夫特太太看上去就和她

---

[1] 盖伊街(Gay-street)是巴斯城中连接圆形广场(The Circus)与皇后广场(Queen Square)的一条街道,虽然不如卡姆登街那么气派,但也属于城中的体面区域。

劝 导

周围的军官一样聪明且敏锐。

安妮总是和拉塞尔夫人在一起,很少自己单独出来走走。但巧的是,一天上午,大约是克罗夫特夫妇来巴斯后一周或十天左右,安妮得便在城中贫民区离开她朋友,或者说她朋友的马车,独自返回卡姆登街。当她正沿着米尔索姆街[1]向上走时,刚好遇到了将军。他正一个人站在一家印刷品店橱窗前,背着双手,全神贯注地研究里面的一幅图画。要不是她拍了他一下,还喊了他一声,他都不会注意到她,更别提看到她从自己身旁走过。不过,当他认出她来并和她打招呼时,他像往常一样真诚与高兴:"啊!是你呀?谢谢,谢谢。你这样是把我当成了朋友。你瞧瞧,我正在看一幅画。每次路过这家店,我总会停下来。这画的是什么啊?看起来是一艘船。你一定要看看。你见过这样的船吗?你们的那些好画家一定都是些怪人,居然认为会有人敢把自己的性命托付给这种面目全非的老旧小船。可就这样,画中还是有两位绅士笔直地站在了里面,非常悠然自得,他们望着周围的礁石与群山,好像他们下一刻不会翻船一样,可他们肯定会翻船的。我很想知道那艘船是哪儿造的!(他开怀大笑起来)坐在这样的船里面,我连洗马塘也不敢过。好啦,"他转过身来,"你

---

[1] 米尔索姆街(Milsom-street)是当时巴斯主要的购物街道之一,也是该城低洼地区(即贫民区)通往卡姆登街最直接的路线。

这是要去哪儿？要我替你去吗？或者我陪你去？有什么是我可以效劳的吗？"

"什么都不用，谢谢你。不过，我们有一小段同路，不知能否劳驾你这段路陪我一道走走。我正要回家去。"

"乐意之至，而且还会多走一段。是的，是的，我们可以舒舒服服地一道走走。我还要一边走一边跟你说件事情。好啦，挽着我的胳膊。这就对了。要是没有一位女士挽着我，我会觉得不自在。天呐！那是什么船呀！"他们正要离开时，他又最后望了一眼那幅画。

"你刚是不是说有什么事情要告诉我，先生？"

"是的，是有事情。马上。可前面来了一位朋友，是布里格登上校。不过，我们面对面走过时，我只用说声'你好'，不会停下的。'你好。'只要见到我不是和我妻子在一起，布里格登就会瞪大眼睛。可怜的她，被一条腿给困住了。她的一只脚跟上长了个水疱，有三先令的硬币那么大。如果你朝街对面看，会看到布兰德将军和他弟弟走过来了。无耻的家伙，两个人都是！他们没走在路这边，真是太好了。索菲可受不了他们。他们曾经对我用过一次卑劣的手段——从我手里挖走了一些最好的人手。下次我再跟你说说这事的来龙去脉。那边走过来的是老阿奇博尔德·德鲁爵士和他孙子。看，他看见我们了，还冲着你吻手致意呢，把你当成我妻子了。啊！对那个小伙子来说，和平来得太快了。可怜的老阿奇博尔德爵士！你觉得巴斯怎么样，埃利奥特小姐？它很适合我们。我们总会碰上这个或者那个老朋友；每天上午，街上都是老朋友，当然可聊的也很多，然后我们就会离开，把自己关在房子里，缩到椅子上，舒舒服服的，就好像我们在凯林奇一样，甚至就像我们过去在北雅茅斯和迪尔一样。跟你说，我们在这儿住的房子让我们想起了我们刚到北雅茅斯时住的地方，风会通过一只碗橱吹进来，但这倒并不是说我们不喜欢它。"

他们又往前走了一段以后，安妮再次大着胆子问将军有什么事情要说。当他们刚走出米尔索姆街时，她就希望自己的好奇心能得到满足，可现在她还得等等，因为将军已经打定了主意，他要等着他们走到更宽阔、更安静的贝尔蒙特街[1]才说。安妮毕竟不是克罗夫特太太，只得由着他。当他们刚开始沿着贝尔蒙特街向上走，他就开口了：

"好了，现在你会听到一件叫你大吃一惊的事情。不过，你得先告诉我，我要谈起的那位小姐叫什么名字。你知道的，就是那位我们大家都很牵挂的年轻小姐，那个出了所有这些事情的马斯格罗夫小姐。她的教名是——我总会忘记她的教名。"

安妮本来不好意思表现出一副一听便了然于胸的样子，

---

[1] 贝尔蒙特街（Belmont）在米尔索姆街以北，是一处安静的住宅区。

可现在她可以放心地说出"路易莎"这个名字了。

"对,对,路易莎·马斯格罗夫小姐,就是这个名字。真希望年轻小姐们没有这么多好听的教名。如果她们都叫索菲或类似的名字,我就永远也忘不了。好啦,你知道的,我们原先都以为这位路易莎小姐会嫁给弗雷德里克。他一周又一周地跟她献殷勤。唯一让人诧异的就是,他们还有什么可等的,后来就出了莱姆这桩事。当时很明显,他们必须等到她头脑清醒后再说。但即便在那时,他们之间就有些奇怪了。弗雷德里克没有待在莱姆,而是去了普利茅斯,然后又去看望爱德华了。我们从迈恩黑德回来后,他已经去了爱德华家,到现在还一直待在那儿。我们从11月起就没有见到他。就连索菲也闹不明白。可如今,整件事情发生了最奇怪的变化,因为这位年轻小姐,就是这位马斯格罗夫小姐,要嫁给詹姆斯·本威克了,而不是嫁给弗雷德里克。你是认识詹姆斯·本威克的。"

"不太熟。我跟他交情不深。"

"啊,她就是要嫁给他了。不,很可能他们已经结婚了,因为我不知道他们有什么可等的。"

"我觉得,本威克舰长是位很可爱的年轻人,"安妮说,"听说他人品极好。"

"噢!是的,是的,詹姆斯·本威克可真没有什么可挑剔的。的确,他只是一名中校[1],去年夏天才提升,而现在又很难再往上升。不过,据我所知,他除此以外就没有其他任何缺陷了。他是一位心地善良的好小伙,我跟你说,也是位非常积极热情的好军官,这点你或许都没料到吧,因为那种温和的举止会让人错看了他。"

"这你可就说错了,先生。我绝不会根据本威克舰长的举止就断定他缺乏热情。我觉得他的举止特别讨人喜欢,我也敢肯定它们会取悦所有人。"

"好啦,好啦,女士们才善于评判。可对我来说,詹姆斯·本威克还是太安静了一些,但很可能这也都是我们各自的偏好。索菲和我总觉得弗雷德里克的风度比他强。弗雷德里克身上有种更对我们胃口的东西。"

安妮一时愣住了。她也只是想反驳那种过于常见的看法,认为热情与文雅互不相容,根本就不是想把本威克舰长的举止说成是无可超越的。于是,稍稍迟疑之后,她说道:"我刚才并不是在把两位朋友进行比较。"可将军打断了她的话:

---

[1] 中校(commander)在当时的英国皇家海军中,该军阶低于上校(Captain),但高于尉官(Lieutenant)。中校也能担任舰长,指挥舰只,只不过担任的是六级以下战舰的舰长,如配有 20 门炮及以下的护卫舰或者其他同类小型舰只(see Rex Hickox, "Lieutenant", in Rex Hickox, *All You Wanted to Know about 18th Century Royal Navy: Medical Terms, Expressions and Trivia*, Bentonville: Rex Publishing, 2005, p.30)。

"这件事情无可置疑。这可不是一般的流言。我们是从弗雷德里克本人那里听说的。他姐姐昨天接到了他的信,他在信中告诉了我们这件事情,而他又是通过哈维尔从上克洛斯写给他的信中得知的。我猜他们现在都在上克洛斯。"

安妮无法错过这个机会,于是就说:"我希望,将军,我希望温特沃思上校在信中没有什么会让你和克罗夫特太太特别担心的语气。去年秋天,他和路易莎之间看上去似乎的确互有好感。不过,如果双方都觉得感情已经淡了,而且也没有任何怨怼,我想这应该也能理解。我希望他没有在信中表现得像受到了亏欠一样。"

"根本没有,一点儿也没有,从头到尾就没有一句咒骂,也没有任何不满。"

安妮垂下了眼帘,掩饰自己的笑意。

"不,不会。弗雷德里克不是一个会抱怨、会发牢骚的人。他很有志气,才不会那么做。如果那个姑娘更喜欢另一个人,那她嫁给那个人就非常合适。"

"那是当然。不过我想说的是,从温特沃思上校写信的用词看,我希望没什么地方会让你们觉得他认为他朋友对不住他。你知道,这种情绪不需要明说,就或许会有所流露。他同本威克舰长之间的那种友情如果因为这类情况而受到破坏,甚至受到伤害,我将会非常遗憾。"

"是的,是的,我明白你的意思。不过,那封信里可丝毫没有这种情绪。他一点儿也没有怪本威克,连'我对此感到诧异,我自有理由对此感到诧异'这样的话也没有说。是的,从他写信的方式看,你不会猜到他曾经看中了这位小姐。(她叫什么名字来着?)他非常大度地希望他们在一起会和和美美,我觉得这其中完全没有什么难解的仇怨。"

对于将军想要她相信的,安妮并没有完全接受,可进一步打探也不会有任何帮助。于是,她随口敷衍了几句,静静地听着,谈话则完全顺着将军的思路继续了下去。

"可怜的弗雷德里克!"他最后说道,"现在他又得另外找个人重新开始了。我想我们得把他弄到巴斯来。索菲得写封信,请他来巴斯。这里的漂亮姑娘肯定够多。再去上克洛斯可一点用也没有了,因为我发现,另一位马斯格罗夫小姐已经同她表哥、那位年轻的牧师确定了关系。埃利奥特小姐,难道你不觉得我们最好把他弄到巴斯来?"

第七章

正当克罗夫特将军一边同安妮散步,一边表示自己希望把温特沃思上校叫到巴斯来的时候,温特沃思上校已经踏上了来巴斯的旅途。克罗夫特太太还没写信,他就已经到了。安妮又一次步行出门时,就见到了他。

埃利奥特先生正陪着两位堂妹与克莱太太。他们当时正在米尔索姆街。雨下了起来,不大,但也足以让女士们希望找个地方躲一躲,也足以让埃利奥特小姐特别希望自己能沾沾光,由达尔林普尔夫人的马车送她回家,因为他们看见那马车就停在不远处。于是,埃利奥特小姐、安妮和克莱太太就躲进了莫兰德糖果店,埃利奥特先生则走到达尔林普尔夫人那里,向她请求帮助。他很快就回到了她们当中,当然也办成了事情。达尔林普尔夫人非常乐意送她们回家,几分钟后就会来接她们。

夫人的马车是一辆四轮大马车,只能坐四个人,人多了坐着就会不舒服。卡特雷特小姐正陪着她母亲,所以卡姆登街的三位女士不可能都坐上去。毫无疑问,埃利奥特小姐是要坐上去的。不论会让谁不方便,她都不会忍受任何不便。

但另外两位女士就稍稍花了点时间相互客气了一番。只是小雨,安妮非常真诚地想要和埃利奥特先生走回去。克莱太太也不在乎这点雨,她甚至认为简直就根本没有在下雨,而且她的靴子也很厚,比安妮小姐的厚多了;总之,她这番客气显得她和安妮一样希望留下来同埃利奥特先生一道步行。她们之间这样礼貌而又坚定地相互谦让着,另外两位只好替她们进行了定夺。埃利奥特小姐坚持认为克莱太太已经有些感冒了,埃利奥特先生则在受到恳求后断定,他堂妹安妮的靴子确实更厚一些。

因此,大家就决定让克莱太太坐马车。正在这个时候,坐在窗口附近的安妮确凿无疑地、清清楚楚地看见温特沃思上校正沿着大街走过来。

她的惊讶只有她自己能察觉出来,可她立马就觉得自己是世上最大的笨蛋,最难以理解,也最不可理喻!有那么几分钟时间,她眼前一片空白,脑中一片混乱,全然不知所措。当她责怪了自己一番,回过神来后,发现其他人还在等车,埃利奥特先生(他总是那么殷勤)则刚出发去联合街,帮克莱太太办点事。

此刻,她很想去外面那道门看看,她只是想知道是不是还在下雨。为什么她要怀疑自己另有所图呢?温特沃思上校肯定已经不见踪影了。她离开了座位,想要出去,这个安妮并不见得总比另一个安妮更明智,也不应该总是猜想另一个安妮比实际的更差劲。她要去看看是不是下雨了。不过,她立马又折了回来,因为温特沃思上校已经跟着一群绅士与女士走了进来,他们显然和他相熟,是在米尔索姆街尽头不远处跟他遇上的。他看见了安妮,明显大吃了一惊,有些慌乱,安妮从未见过他这样,而且他还满脸通红。自从他俩恢复交情以来,安妮第一次觉得自己比他更能把握住情感。刚才那会儿工夫她做好了准备,比他多了这个有利条件,对她来说,所有那些伴随着最初的惊愕的无力感、头晕目眩与心慌意乱都已过去了。不过,她的内心依然感触良多!是激动、痛苦与欢乐,是某种介于欣喜与忧愁的情感。

他同她说了几句,然后就转过身去。他的举止中透出了窘迫。她既不能称之为冷淡或友好,也不能肯定地称其为窘迫。

不过,过了一小会儿,他又走到她跟前同她交谈。就着些一般话题,两人互相询问了几句,只是他俩或许都没太听明白对方说了些什么,安妮仍然感觉到他已不像以往那么举止自若了。之前他们经常在一起,彼此交谈时在表面上已经能做到毫不在意与心平气和,可他现在却做不到了。时间改变了他,或者说路易莎改变了他,他意识到了什么。他看上去很好,似乎并没有经受任何身体与精神方面的折磨。他谈起了上克洛斯,谈起了马斯格罗夫一家,还谈起了路易莎,而在提到路易莎时,他甚至还有那么一刻流露出他自己所特有的那种狡黠而又意味深长的神情。尽管如此,这却是一位无法泰然自若、落落大方，装出一副镇定坦然的样子的温特沃思上校。

安妮发现伊丽莎白不愿意表示自己认识温特沃思上校，对此她并不惊讶，但却感到难过。她注意到，他看见了伊丽莎白，伊丽莎白也看见了他，他们双方都完全认出了对方；她确信，他很乐意伊丽莎白同他打招呼，表示他是一个旧相识，也如此期待着，然而她却痛心地看到，她姐姐毫不犹豫地转过身去，一副冷冰冰的样子。

在埃利奥特小姐等得越来越不耐烦之际，达尔林普尔夫人的马车终于停靠了过来。仆人进来宣告此事。天又开始下雨了，接下来便是短短的逗留，一连串的催促，与几句交谈，足以让糖果店里所有的人都知道，达尔林普尔夫人前来邀请埃利奥特小姐乘车回家。最后，埃利奥特小姐和她的朋友离开了，陪送她们的只有那位仆人（因为堂兄尚未返回）。在一旁望着她们的温特沃思上校再次转向安妮，他虽然并未明说，但却以态度表明他愿意送她上车。

"非常感谢你，"安妮对此回应道，"可我不同她们一起走。车上坐不下那么多人。我走路。我更愿意走路。"

"可现在正在下雨。"

"啊！雨很小。对我来说一点也没关系。"

短暂的停顿后，他又开口了："虽然我昨天才来这里，可我已经为巴斯做好了恰当的准备，你瞧，（他指着一把新伞）

如果你打定主意要走路,希望你会用上它。不过,我想,最好还是让我替你叫一顶轿子。"

安妮很感激他,但还是谢绝了他的好意,再次表示自己认为雨就快要停了,还说了句:"我只是在等埃利奥特先生,我想他很快就会来了。"

她刚说完这话,埃利奥特先生就走了进来。温特沃思上校完全记得他。他和那位站在莱姆的石阶上、带着倾慕之情看着安妮从身旁经过的男子一模一样,只是因为是亲戚与朋友而在神态、表情与举止方面有所不同。他急匆匆地走了进来,似乎只看到了她,也只想着她,为自己的耽搁表示歉意,也为让她久等而深感内疚,迫切地想要在雨下大以前赶紧带她离开,不要再耽误一分一秒。转眼间,他们就一道离开了。她挽着他的手臂,在离开时只来得及温柔而又尴尬地匆匆望了他一眼,道了一声"再见"。

当他们的身影消失以后,几位与温特沃思上校同行的女士便说起了他们。

"我觉得埃利奥特先生并不反感他的堂妹,对吧?"

"啊!当然,显然啊。谁都猜得出来以后会怎么样。他总跟他们在一起,我觉得几乎就住在了他们家里。他真够仪表堂堂的!"

"是的,阿特金森小姐曾经和他一道在沃利斯家吃过饭,说他是自己遇到过的最讨人喜欢的人。"

"我觉得她挺漂亮的。安妮·埃利奥特,如果仔细看,漂亮极了。虽然这么说不大合潮流,但坦白说,和她姐姐相比,我更欣赏她。"

"啊!我也这么觉得。"

"我也这么看。她姐姐和她没法相比。可男人们都在疯狂地追求埃利奥特小姐,对于他们来说,安妮太过静雅。"

在走向卡姆登街的路上,如果她堂兄能够只是默默地陪在她身旁,一声不吭,安妮倒是会特别感激他。她从未曾觉得听他说话竟如此困难,尽管他只是在体贴入微地照顾她,尽管他谈论的还是以往那些能引发她兴致的话题——热情、公正、见解独到地赞扬拉塞尔夫人,有理有据地暗讽克莱太太。可这时候的她只是一心想着温特沃思上校。她猜不透他现在是怎样一种心情,不知道他是否真的因为失恋而备受折磨,只有弄清楚了这一点,她才能镇定下来。

她希望自己最终能够既睿智又理智,可天呐!唉!她眼下还是得承认自己仍然不够睿智。

另外还有一个她需要了解的重要情况,就是他打算在巴斯待多久。这事他没有提到,要么就是她想不起来了。他或许只是路过这里,但更有可能的是他要在这里住下。如果真是这样,那么拉塞尔夫人就很有可能会在什么地方见到他,因为在巴斯,熟人间相遇的可能性太大了。她会认出他来吗?那时又将会怎样呢?

迫于无奈,她已经告诉了拉塞尔夫人,路易莎·马斯格罗夫将嫁给本威克舰长,拉塞尔夫人吃惊的样子让她心里颇不是滋味。如果拉塞尔夫人现在再碰巧遇上温特沃思上校,在并不知晓整件事件全貌的情况下,她或许会对他多一层偏见。

第二天上午,安妮和她朋友一道出去。在最初的一个小时里,安妮一直提心吊胆地留意着温特沃思上校的身影,但并没有看见他。可最后当他们沿着普尔特尼街往回走时,她在右边的人行道上看见了他,刚好距离她们大半条街。他周围还有很多人,一群一群地朝着同一方向走去,但她没认错人。她下意识地看了看拉塞尔夫人,但并不是因为她会不理智到认为拉塞尔夫人会像自己一样立即认出他来。是的,拉塞尔夫人是不会认出他来的,除非他俩面对面碰上。不过,她还是心怀焦虑,时不时地看看拉塞尔夫人。等到他被注意到时,安妮尽管不敢再朝拉塞尔夫人看去(安妮也知道自己的表情不宜让人看见),但也非常清楚,拉塞尔夫人的目光确实转到了他身上,正在目不转睛地盯着他看。他激发起了拉塞尔夫人对他的强烈好奇,拉塞尔夫人一定很难挪开自己的眼睛,尽管已经过去八九年了,他又一直在异国他乡服役,但他却没有失去丝毫风采,这一定让她大为震惊,对此安妮完全能够理解。

拉塞尔夫人终于转过了头来——好了,她将会怎么谈论他？

"你大概很奇怪，"她说，"究竟是什么让我盯着看了那么长时间。其实，我只是在找艾丽西亚夫人和弗兰克兰太太昨天晚上跟我说起过的那些窗帘。她们说，在这条路的这边有一栋房子，这家客厅挂的窗帘是全巴斯最漂亮的，挂得也最妥当，但她们想不起来具体的门牌号，所以我一直在试着找找，想看看究竟是哪家。不过，我得承认，我还真没看见这附近有哪幅窗帘像她们说的那样。"

安妮叹了口气，满脸赧颜，莞尔一笑，既感到遗憾又有些不屑，不知是替她的朋友还是替她自己。但最让她恼火的是，如此白白瞻前顾后、小心谨慎一场后，她竟然错失良机，没能看看他是否看见了她们。

接下来的一两天又是一事无成。剧院或者集会厅[1]是他最有可能去的地方，但对埃利奥特一家来说，他们的品位却并不够上流，他们唯一的晚间消遣便是参加高雅而又沉闷的私人聚会，而且还越来越热衷其中。安妮十分厌倦这种死气

---

[1] 原文为"the rooms"，即"the Assembly Rooms"。集会厅是当时英国中上层社会成员进行社交活动的主要场所之一，男女均可进入，里面设有舞厅、茶室、棋牌室等。当时的巴斯有两个集会厅，即位于巴斯老城的下城区集会厅（the Lower Rooms）与新城的上城区集会厅（the Upper Rooms, 亦称the New Rooms）（"Bath", in Kirstin Olsen, *All Things Austen: Encyclopedia of Austen's World, vol. I: A–L*, Westport: Greenwood Press, 2005, pp. 61-63）。

沉沉的状态，厌恶这种对外界一无所知的生活，并且因为自己的勇气没有经受过任何考验而幻想自己已经更加勇敢了，因此迫不及待地期待着音乐会之夜[1]。这场音乐会是某个受达尔林普尔夫人资助的人举办的义演。他们当然都得参加。大家也都料想这场音乐会将很精彩，温特沃思上校又十分热爱音乐。如果她能和他交谈几句，哪怕是短短的几分钟，她觉得自己就已得偿所愿了。至于是否敢和他打招呼，她觉得，只要有机会，自己大概就会勇气十足。伊丽莎白不理他，拉塞尔夫人忽视他，这些情况反倒让她更坚强；她觉得自己对他应该更热情一些。

之前，安妮曾含含糊糊地答应史密斯太太，说那个晚上要陪她，但她后来又急匆匆地去拜访了史密斯太太，表达了一番歉意，将安排后延，并更加明确地承诺第二天在她那里多待一阵子。史密斯太太非常高兴地表示同意。

"当然没问题，"她说，"你来的时候，把音乐会的情况完完整整地和我聊一聊就好。哪些人和你一起去？"

安妮跟她说了所有要去的人。史密斯太太没有吭声，可

---

[1] 原文为"the concert evening"。当时的巴斯有着丰富的音乐会活动，既有每周一次的音乐会（1812—1813年间，上城区集会厅每周三晚上举办一场音乐会），有受贵族资助的知名演奏家的专场义演（被称为 benefit concerts），也有在私人宅邸里举办的私人音乐会（"Bath", in Kirstin Olsen, *All Things Austen: Encyclopedia of Austen's World, vol. I: A–L*, p.59）。

在安妮离开时,她却半认真半开玩笑地说:"好啦,我衷心希望你的音乐会能让人称心如意。明天如果你能来,请不要让我白等,因为我开始预感到或许你以后就不会常来看我了。"

安妮大吃一惊,又觉得无从说起,她满怀狐疑地站立片刻,便不得不匆匆离去,但却并没有因为不得不离开感觉遗憾。

第八章

那天晚上,沃尔特爵士、他的两个女儿以及克莱太太,是他们那群人中最早到达集会厅的。因为他们必须恭候达尔林普尔夫人,于是,他们便在八角厅[1]里的一处炉火旁找了个地方。他们刚刚安顿好,门就又开了,温特沃思上校独自走了进来。安妮离他最近,于是便马上稍稍向前走近了一点,跟他打了招呼。他原本只准备鞠个躬就继续往前走,但她那声温柔的"你好"却让他改变了路线,在安妮身旁停了下来并寒暄了几句,尽管她身后就是那咄咄逼人的父亲与姐姐。对安妮来说,他们在她身后反倒对她有利,她看不见他们的表情,也有勇气做任何她认为正确的事情。

他俩正谈着话时,安妮听见父亲和伊丽莎白低声交谈。她没听清楚他们说了什么,但猜得出他们的话题。看到温特沃思上校朝远处鞠了个躬后,她明白,她父亲经过一番仔细

---

[1] 八角厅(the octagon room)得名于其形状,是上城区集会厅的三个主要娱乐室之一,另外两个分别为棋牌室和舞厅。八角厅原来的用途是棋牌室,但因为总是人来人往,后被主要用作会客室及音乐厅。

考量后，已跟上校打了个招呼，表示彼此认识。她顺着眼角瞟了一眼，刚好看见伊丽莎白微微行了个屈膝礼。尽管这礼行得迟了点，有些勉强，也失之优雅，但终归聊胜于无，也让安妮的情绪为之一振。

不过，在谈论了天气、巴斯和这场音乐会以后，他们可谈的话题渐渐少了，最后几乎无话可谈。安妮以为他随时都会走开，可他却没有。他看起来并不着急离开她，而是很快就打起了精神，带着浅浅的笑意与微微的红晕，他说：

"自从在莱姆的那天以后，我就没怎么见到你。我想，那次惊吓一定把你吓坏了，尽管你当时并没有被吓住，事后受到的冲击肯定更多。"

她请他放心，说自己没被吓坏。

"那一刻可真可怕，"他说，"可怕的一天！"他抬手抚过眼睛，似乎现在回想起来依然痛苦万状，但转眼间他又带着几分笑意继续说道，"不过，那天还真有了一些影响，产生了一些绝对应该被视为可怕的反面结果——当你镇定地建议说最好是让本威克去请一位外科大夫时，你应该并没有料到他最终会成为那些对路易莎的康复最上心的人之一吧。"

"我当然完全没有预料到。不过，那看起来——我希望那桩婚姻幸福美满。他们双方都讲道义，性情也好。"

"是的，"他说，目光并没有正视她，"不过，我觉得他们的相同之处也仅限于此。我全心全意地希望他们幸福，也很高兴他们的婚事一切进展顺利。他们在家里没有遇到任何困难,没有人反对,没有人出尔反尔,也没有人拖延。马斯格罗夫一家同以往一样,还是那么正直、友善,出于真正的父母之心,一心只想着如何让女儿过得安康。所有这一切都有利于,而且非常有利于他俩的幸福。也许比……"

他打住了话头,似乎蓦然想起了什么,让他也体会到了那份正让安妮羞红了双颊、低垂双眼紧盯地面的不安。不过,他还是清了清嗓子,接着说:

"我承认,我的确认为他们之间有着差别,极大的差别,可以说是不亚于心性这样的本质上的差别。在我看来,路易莎·马斯格罗夫是一位非常讨人喜欢的、性情温和的姑娘,也善解人意,可本威克有过之而无不及。他心思敏锐、笃信好学——得承认的是,我的确有些诧异他会爱上路易莎。倘若他是出于感激,倘若他是因为坚信路易莎看中了自己才回报了她的爱意,那又是另一回事了。可我并没有任何理由这样认为。相反,本威克这边似乎完全是情不自禁的自发情感,这让我很惊讶。像他这样的男子,像他那样的境况!他那颗心可是已经被刺穿、被伤害、几乎破碎了的呀!范妮·哈维尔是一位非常出众的女子,他对她的一往情深也曾是真真实实的一往情深。在对那样一个女子如此倾心相待以后,任何男人都无法平复如故。他不应该——他做不到。"

不过,他并没有继续说下去,或许是因为意识到自己的朋友已从那段情感中走了出来，或许是因为想到了别的。尽管他在说后半段话时已经声音微颤，尽管房间里一片嘈杂，房门不断开合，来回穿行的人们叽叽喳喳说个不停，安妮还是听清楚了每一个字。她既震惊，又满怀感激，更不知所措，呼吸也开始急促起来，一时间百感交集。她无法就这样一个话题说点什么，然而片刻之后，她又觉得有必要说点什么，可又丝毫不希望转换到另一个话题，只好稍稍岔开了话题：

"我想，你在莱姆待了好些时间吧？"

"大概十四天。在医生确定路易莎已逐渐康复后，我才离开的。这场灾祸与我关系密切，我一时无法安下心来。是我的错——全是我的错。如果我不是那么软弱，她也不会那么固执。莱姆四周的景色非常秀美。我常常在那儿散步与骑马。我看得越多，就越发喜欢。"

"我很想再去莱姆看看。"安妮说。

"真的！我可真没想到你竟然会觉得莱姆有什么东西能让你这样想。你陷入了一场恐惧与不安，搞得精神紧张、情绪低落。我本来还以为你对莱姆的最后印象一定很不好。"

"最后几个小时当然很不愉快，"安妮回答说，"不过，当痛苦过去后，对它的回忆却经常会变成一件乐事。人们不会因为在某个地方遭遇过痛苦就不那么喜爱那个地方，除非在那里经历的全是痛苦，除了痛苦就没有别的——莱姆的情况绝非如此。我们只是在最后两个小时才处于焦虑与不安中，而在此之前还是有过许多欢乐。那么多的新鲜体验与美好！我很少外出旅行，所以每个新地方对我来说都很有趣——不过，莱姆真的很美。（她回忆起了什么，脸上微微泛着红晕）总之，我对那个地方的印象非常好。"

她刚一停下，入口处的门就又开了，出现的正是他们等候的那些人。一阵欣喜的声音传来，"达尔林普尔夫人，达尔林普尔夫人"。沃尔特爵士和他身旁的两位女士热情洋溢地赶上去迎接她，急切但又不失优雅。达尔林普尔夫人和卡特雷特小姐在埃利奥特先生和沃利斯上校的陪同下走进了房间，他们与夫人刚巧几乎同时到达。其他人与他们会合了，安妮觉得自己也必须加入其中。她同温特沃思上校分开了。他们之间那段重要的，那段特别重要的谈话不得不暂时中断，可这烦恼同带来的幸福相比，实在微不足道。在过去的十分钟里，她进一步了解了他对路易莎的情感，了解了他所有的情感，这些她以前想都不敢想。于是，带着微妙而又激动不安的心情，她一心一意地去满足众人的需要，去完成此刻所必需的礼仪。她对所有人都很客气。她已经获知的信息使得她对所有人都礼貌有加、友善相待，对每个人都心怀同情，觉得他们都不如自己幸福。

当她离开众人，想要再次回到温特沃思上校身旁时，却发现他已经走开了，这让她愉快的心情稍稍受到了影响。她刚好看到他走进音乐厅。他走了——看不见他的身影了，她一时间觉得有些失落，可是他们会再度相遇的。他会来找她的——他会在今晚结束前就早早地找到她的——此刻分开或许也好,她也需要点时间回想一下。

此后不久,拉塞尔夫人也到了。人到齐了,接下来要做的便是依照主次顺序走进音乐厅,极尽所能地摆足架子,尽可能地引人注目,成为大家悄声谈论的对象,惊动越多的人越好。

当她们走进音乐厅时,伊丽莎白与安妮都是满心欢喜,心花怒放。伊丽莎白挽着卡特雷特小姐的手臂,看着走在她前面的达尔林普尔子爵遗孀宽阔的后背,似乎已别无他求;而安妮——若是不论性质地将安妮的幸福与她姐姐的相比,那将是一种侮辱,因为一方完全源于自私自利的虚荣,而另一方则全然出自不求回报的深情。

面对富丽堂皇的厅堂,安妮视而不见,也一无所想。她发自内心地快乐着。她双眼明亮,容光焕发,但却对此一无所知。她所思所想的只有刚刚过去的那半个小时,当他们走向自己的座位时,她匆匆回顾了当时的情形。他对话题的选择、他的种种表情,尤其是他的举止与神情,让她只能朝着一个方向想。他似乎刻意地谈及了路易莎·马斯格罗夫的不足,他对本威克舰长表示出的不解,他关于刻骨铭心的初恋的看法——那些开了个头却没能说下去的只言片语——他微微避开的目光,还有那欲语还休、别有深意的一瞥——这一切的一切都表明,至少他的心意已经回转到了她身上。那些愤怒、怨憎、回避都已不复存在,取而代之的不仅仅是友好与倾慕,还有曾经的柔情,是的,几分绵绵旧情。细细思量这一变化,安妮无法认为其中没有深意——他一定还爱着她。

这些想法与随之而至的种种憧憬,占据着安妮的思绪,也让她心慌意乱,完全没有留意周围的情形。她穿过大厅时并没有瞥见他,甚至也没有试着去搜寻他的身影。当他们决定好了怎么坐,也都落座以后,她才环顾四周,看看他是否碰巧也坐在同一区域。可是他不在,她也没有看见他。此刻,音乐会开始了,她只好暂时享受这逊色了几分的幸福。

他们一行人没坐在一起,而是被分别安排在了两张相邻的长凳上。安妮和一些人坐在了前排,埃利奥特先生在其朋友沃利斯上校的帮助下,使了点心机,想方设法地坐在了安妮身旁。埃利奥特小姐的左右坐着她的表亲,又有沃利斯上校忙着向她献殷勤,所以也很是志满意得。

安妮的心情特别适合欣赏这天晚上的演出,这些曲目已足以用于消遣:她既能感受那轻柔的,也有兴致听那欢快的,还能专注地聆听那音律复杂的,更有耐心忍受那枯燥乏味的。她从来没有这样喜欢过音乐会,至少在第一段音乐会时情况是如此。第一段节目接近尾声时,趁着下一首意大利歌曲的幕间间隙,她向埃利奥特先生解释了这首歌曲的歌词——他们两人合看一份节目单。

"大体含义就是如此,"她说,"或者不如说歌词的意思就是这样的,因为意大利情歌的含义无法以言语表达,我已尽我所能地进行了解释。我可不敢假装自己精通这门语言。我的意大利语很差劲。"

"是啊,是啊,我看你是不大行。我知道你对此一窍不通。你对这门语言的了解程度仅限于一看到这些满是倒装、移位和省略的歌词,就能把它们翻译成清晰、易懂且优雅的英文。你再也不要说自己浅见寡识了——这就是最充分的证明。"

"我不会拒绝如此善意的恭维,可要是有个内行来考考我,我可就惭愧了。"

"我既然有幸成为卡姆登大街的常客,"他回答道,"就不会对安妮·埃利奥特小姐一无所知。我的的确确认为她太过谦虚,使得世人并不清楚她的才华。她又是那么多才多艺,使得其他任何女子的谦虚都显得不自然。"

"太让人不好意思了!太让人不好意思了!——你过奖了。下一个节目是什么?我都忘了。"安妮说着就看起节目单来。

"大概,"埃利奥特先生低声说,"我对你的品行早有所闻,比你知道的要早。"

"是吗!怎么会呢?你只可能是在我来巴斯后才对我的品行有所了解吧,除非在那之前你在我家里听人说起过我。"

"在你来巴斯之前,我早就听人说起过你。我听到过那些与你有私交的人对你的描述。通过他人对你的优点的详细描述,我已经认识你许多年了,你的相貌,你的脾性、才华与风采——都曾有人跟我谈论过,我对它们一清二楚。"

埃利奥特先生想要激起安妮的兴趣,他的希望果然没有落空。没有人经受得住这样一个秘密的诱惑。多年前就有一些不知名的人向一位新近结识的熟人详细谈论过自己,这可实在让人无法抗拒,安妮好奇极了。她想要弄明白,也急切地向他追问,但却一无所获。他很高兴安妮向他打听,但就是不愿意说。

"不,不——或许过一阵子,但现在不行。"他现在不愿意透露任何名字,但他却能向她保证,事实的确如此。他很多年以前就听人如此谈论过安妮·埃利奥特小姐,使得他深深敬仰她的美德,也因此极想认识她。

至于那位在多年前就对她评价甚高的人,安妮能想到的只有住在蒙克福德的温特沃思先生,他是温特沃思上校的兄长。他或许同埃利奥特先生有过交情,可她又没有勇气直接询问。

"安妮·埃利奥特这个名字,"他说,"对我来说早就是一种引人入胜的声音了。很久以来,它就占据着我的幻想。倘若我能冒昧行事,我愿倾诉我的心愿,希望这个名字永远也不会改变。"

似乎听见他这样说道。可刚听到这话音,她的注意力便被身后其他人的说话声吸引过去了,那说话声使得其他一切都变得微不足道。她父亲正在和达尔林普尔夫人说话。

"是个俊美的男子,"沃尔特爵士说,"一个非常俊美的男子。"

"确实是位非常俊秀的年轻人!"达尔林普尔夫人说,"比巴斯常见的那些人可要气派多了——大概是爱尔兰人吧。"

"不是,我只知道他的名字,是位点头之交。姓温特沃思——海军的温特沃思上校。他姐姐嫁给了我在萨默塞特郡的租客——姓克罗夫特,他租下了凯林奇。"

沃尔特爵士还没有说到这里,安妮的目光就看向了正确的方向,认出了温特沃思上校,他正站在不远处的人群中。当她的目光落在他身上时,他似乎刚从她身上收回自己的目光。看上去就是如此。看起来她似乎晚了一步,尽管她大着胆子望了一会儿,他却再也没有看过来。演出又开始了,她不得不把注意力转向乐队,眼睛直视前方。

等她再次瞥过去时,他已经走开了。即便他愿意走过来靠近她,他也做不到,因为她被团团围住了。不过,她倒宁可这样吸引着他的目光。

埃利奥特先生的那番话让她觉得很烦,她一点儿也不想再和他说话。她真希望他不要靠她那么近。

第一段节目结束了。安妮这时候希望能出现点有利的变化。一行人闲扯了一阵子后,有些人就决定去喝杯茶。安妮和另外几个人不想动。她留在了自己的座位上,拉塞尔夫人也一样,但她很高兴摆脱了埃利奥特先生。而且,无论她觉得拉塞尔夫人会怎么想,只要温特沃思上校给她机会,她就一定会跟温特沃思上校交谈,绝不退缩。拉塞尔夫人的神色让她觉察到，夫人已经看见了他。

不过，他并没有过来。安妮有时觉得自己远远地看见了他，但他始终没有走过来。这段令人焦躁不安的休息时间就这么被白白地耗费掉了。其他人回来了，大厅里再次挤满了人，大家找回了自己的座位坐好。接下来又将是一个小时的欢愉或者受罪，这一个小时的音乐会究竟会令人享受其中还是哈欠连天，这就要看那人是真的喜欢音乐还是假装喜欢了。对安妮来说，这或许会是她心烦意躁的一个小时。她若是不能再同温特沃思上校见上一面，不能同他友好地相视一笑，她就无法安心地离开这大厅。

在大家重新入座时，发生了很多变化，结果倒是对安妮有利。沃利斯上校不再愿意坐下，而伊丽莎白与卡特雷特小姐则以不容拒绝的姿态邀请埃利奥特先生坐到了她俩中间。另外几个人的座位也发生了变动。安妮使了点小心机，终于坐到了一个比先前更靠近长凳末端的位置上，更方便接触在过道里来往的人。她在这么做的时候，把自己和拉罗丽丝小姐[1]进行了一番比较，就是那个无与伦比的拉罗丽丝小姐，

---

[1] 拉罗丽丝小姐（Miss Larolles）是英国小说家弗朗西丝·伯尼（亦称范妮·伯尼，1752—1840）所著小说《塞西莉亚》里的一位次要人物。在该小说中，拉罗丽丝小姐是一位被嘲讽的对象。她出入伦敦上流社会，言谈不受约束，总以夸张的语言描述事物，言行也经常前后矛盾。在一次音乐会上，拉罗丽丝小姐将自己的座位换到了靠过道的地方，希望可以吸引住小说中一位男性人物的注意力，但却以失败告终。

可她还是这么做了，只可惜结果并不太理想。不过，她似乎也挺走运的，因为紧挨着她的人提前离场了，在音乐会结束前她已经坐在了最靠边的座位上。

当她再次看见温特沃思上校时，她的座位情况正是如此，旁边还有个空位。她看见他就在不远处。他也看见了她，可他却表情严肃，而且还似乎犹豫不决，慢腾腾地，最后才靠近到可以和她攀谈的地方。她觉得一定是出了什么事情。这变化太明显了。他此时的神色与他之前在八角厅的神色极不相同。这是为什么呢？她想到了自己的父亲——还有拉塞尔夫人。难道是有人没给他好脸色？他板着脸谈论起了这场音乐会，又回到了上克洛斯时的那位温特沃思上校的模样，说自己感觉很失望，他原本还以为会唱得不错。总之，他不得不承认，音乐会结束时，他不会感到遗憾。安妮在回答时既维护了这场演出，又体贴地照顾到了他的情绪，他的表情缓和了下来，回话时已带上了隐隐的笑意。他们又聊了几分钟，氛围也越来越好，他甚至往下看了看凳子，似乎发现了一个值得坐下的位子。就在这一刻，有人碰了碰安妮的肩膀，让她不得不转过身去——是埃利奥特先生。他向她表示了歉意，但还是想请她帮忙解释意大利语歌词。卡特雷特小姐很想知道下一首歌曲的大概内容。安妮无法拒绝，但却从来没有如此痛苦地为了教养而做出牺牲。

安妮想尽量少花点时间，但还是不可避免地用去了几分钟。当她终于抽出身来,可以像先前那样转身去看看时,她发现温特沃思上校正在匆匆但又含蓄地同她道别:他得向她道声晚安了。他要走了——他得尽快赶回家。

"难道这支曲子不值得你留下来听听吗?"安妮说,心中突然涌起了一个念头,使得她更加急切地想要主动一些。

"是的!"他意味深长地回答说,"并没有什么值得我留下来的。"然后就直接离开了。

他是在嫉妒埃利奥特先生!这是唯一说得通的理由!她的感情让温特沃思上校嫉妒了!一周以前,哪怕三个小时以前,她都不会相信!一时间,她喜不自胜。可是,唉,随后而来的又是种种别的念头。这样的嫉妒该如何打消呢?怎样才能让他知道真实情况呢?他们俩如今都有各自的不方便,他怎样才会明了她的真实情感呢[1]?埃利奥特先生的那番殷勤,想想就让人发愁。它们可真是后患无穷。

---

[1] 按照当时的社会礼仪规范,未婚女性不能与没有任何亲缘关系的未婚男性通信,或邀请他到家中做客。因此,除非受到作为一家之主的沃尔特爵士或者以长女身份充当女主人的伊丽莎白的邀请,温特沃思上校不能登门拜访安妮。此外,由于社会阶层不同,安妮与温特沃思上校分属不同的社交圈,在沃尔特爵士与伊丽莎白更倾向于参加私人聚会的情况下,安妮与温特沃思上校很少能有机会在公共娱乐场所碰面。

第九章

第二天上午,安妮愉快地想起自己曾答应去史密斯太太那里,这意味着她可以在埃利奥特先生最有可能来访的时候出门在外,因为避开埃利奥特先生已几乎是她的首要目标了。

她对他还是颇有些好感。虽然他那番殷勤惹出了些麻烦,但她还是感激他、尊重他,可能还有些同情他。她常常不由自主地回忆起他们相识时的种种机缘巧合,也想到,无论是就社会地位的方方面面而言,或是就他本人的情感而言,还是就他早已对自己有了好感而言,他似乎都有权利争取她的好感。这一切都太不同寻常了。令人受宠若惊,但又让人痛苦。也令人颇感遗憾。倘若没有温特沃思上校,她将会如何,这并不值得探寻。温特沃思上校确实存在,眼下的情况虽然悬而未决,但不管结果是好是坏,她的爱将永远属于他。她相信,无论他们俩是结合还是最终分手,她都无法接纳其他男性。

在从卡姆登街到西门大街的路上,安妮心中思绪万千,一心一意只想着热烈的爱情与矢志不渝的坚贞,巴斯的街道上还从未穿行过比这更美好的向往。这一路上,它几乎就足以带来净化,洒下芳香。

她肯定会受到愉快的接待,她的朋友这天上午似乎特别感激她能来看自己,也似乎并没有想到她能来,尽管她俩已经约定了。

音乐会的情况立刻就成为谈论对象。安妮关于音乐会的记忆相当愉快,也乐意谈论,于是她谈得眉飞色舞。但凡能说的,她都兴致勃勃地说了。不过,对于实际去过音乐会的人来说,这些信息微不足道,而对于史密斯太太这样的询问者来说,这些信息却远远不够,她早已走了捷径,在一位洗衣妇和一位侍者那里打听过了,关于这场音乐会如何获得了全面成功、取得了效果,她知道的比安妮能够讲述的还多。此时,她又问起了安妮他们一行人的一些具体情况,但却没能得到满意的答案。在巴斯,无论是稍有社会地位的人,还是声名狼藉的人,史密斯太太提起他们的名字便如数家珍。

"这么说来,杜兰德家的孩子也去了,"她说,"张开了嘴巴听音乐,就像等着被喂食的小麻雀。他们从不会错过一场音乐会。"

"是的。我没有看见他们,但听埃利奥特先生说,他们就在音乐厅里。"

"伊博森一家——他们也去了吗?还有那两位新来的美人,就是由那个高个子爱尔兰军官陪伴左右的那两位,据说他中意其中一位。"

"我不知道——好像他们没去。"

"玛丽·麦克莱恩老夫人呢?我倒不用问起她。我知道,她是从不会错过的。你肯定看见她了。她一定是在你们那个圈子里。既然你们是和达尔林普尔夫人一起去的,那你们当然会坐在乐队附近的贵宾区。"

"没有,我就怕坐在那里。对我来说,那里从各方面来讲都非常不舒服。不过还好,达尔林普尔夫人总是挑离得远的位子。我们坐的位置非常好——听得很清楚,可我没法说看得很清楚,因为我似乎没看到什么。"

"啊!你看到的已足以让你开心了——我能理解。哪怕身处人群中,也能享受到某种家庭乐趣。这你已经体会到了。你们自己人本来就多,你当然也就别无他求了。"

"不过,我本就应该多留心一下周围的情况。"安妮说道,而在这么说的时候也意识到,事实上她当时东瞧西望得可并不少,只是张望的对象不多。

"不,不——你当时有别的更要紧的事情。你不用告诉我说,你度过了一个愉快的夜晚。那可都在你眼睛里,我看出来了。我完全明白那些时光是如何度过的——你一直都能听到悦耳的东西,而在音乐会的休息时间里,又可以聊聊天。"

安妮似笑非笑地说:"这是你在我的眼睛里看到的?"

"是啊,我看到了。你的表情明明白白地告诉了我,昨天晚上你和一个人在一起,那个人对你来说是世上最可亲的人;就算现在,那个人也比世上其他所有加在一起更能吸引住你。"

安妮的双颊顿时一片酡红。她无话可说。

"既然如此,"史密斯太太稍作停顿便接着说,"我希望你相信,对于你今天上午来看望我这份善意,我真的知道该如何珍惜。你真的太好了,能来陪我坐坐,尽管你肯定有很多更愉快的事情要做。"

这话安妮一点也没有听进去。她朋友先前的洞察力还在让她既震惊又莫名其妙,完全没想明白她怎么会听到任何关于温特沃思上校的传闻。短暂的沉默之后——

"请问,"史密斯太太说,"埃利奥特先生知道你认识我吗?他知道我在巴斯吗?"

"埃利奥特先生!"安妮重复了一遍,惊讶地抬起了头。她沉思片刻,明白自己先前误会了。她顿时就清楚了情况,心里一松便恢复了勇气,很快就更加镇定地问道:"你认识埃利奥特先生?"

"我同他相熟已久,"史密斯太太脸色阴沉地回答说,"但现在交情似乎已经被耗尽了。我们已经很久没见面了。"

"这个情况我根本不知道。之前你也从未提起过。我要是知道了,肯定会很高兴地跟他谈起你。"

"说真的,"史密斯太太恢复了往常那副兴致勃勃的样子,"这正是我想要你做的。我希望你能同埃利奥特先生谈起我。我需要你对他的影响力。他能帮我大忙。亲爱的埃利奥特小姐,如果你有此好心,要打定主意促成此事,这事当然就会成。"

"我会非常乐意——我非常愿意帮助你,就算只能帮上一点小忙,希望你不要怀疑,"安妮回答说,"不过,我觉得你高估了我对埃利奥特先生提要求的权利——高估了我影响他的权利,但情况并非如此。你肯定是不知怎么地就抱有了这样的想法。你应该只把我当成埃利奥特先生的亲戚。如果以此为前提,如果你觉得有什么他堂妹可能请他帮忙的事情,请你一定不要犹豫,尽管吩咐我就是。"

史密斯太太犀利地瞥了她一眼,然后又微笑着说:

"明白了,我问得早了一点。请原谅我。我应该等到消息被正式宣布了以后再说。不过,亲爱的埃利奥特小姐,既然是老朋友了,请一定给我个暗示,我到底什么时候可以开口。下周吗?到了下周,我或许就可以认为事情已经全部定下来了,就可以趁着埃利奥特先生走好运的时候,给我自己做点自私的打算。"

"不会的,"安妮回答说,"下周不会,下下周也不会,再下下周也不会。我向你保证,你现在所想的那事任何时候都不会定下来。我不会嫁给埃利奥特先生。我倒是想知道为什么你觉得我会。"

史密斯太太又看了看她,看得很认真,笑了笑,摇摇头,然后大声说:

"哎,我真希望自己能明白你的心思!我真希望自己知道你在暗示什么!我很清楚,只要时机一到,你就不会显得无情了。你知道的,在时机到来前,我们女人绝不会想要嫁人。任何男人都应该被拒绝,对我们来说这可是理所当然的事情——直到他求婚。可你为什么要那么无情呢?请让我为我的——我不能称他为现在的朋友——但可以说,为我过去的朋友说句好话。你还能上哪儿去找一个更合适的对象?你还能在哪儿遇到一个更具绅士风度、更讨人喜欢的男人?让我向你推荐埃利奥特先生吧。从沃利斯上校那里,你听到的肯定都是关于他的好话,没有别的,谁能比沃利斯上校更清楚他呢?"

"亲爱的史密斯太太,埃利奥特先生的妻子刚过世半年多一点。他不应该追求任何人。"

"哦!如果你只是因为这个而反对,"史密斯太太提高了嗓门,狡黠地说,"那么埃利奥特先生就不会有问题,我也就不用自作主张地替他操心了。你们结婚时别忘了我,这就够了。让他知道我是你的一位朋友,这样他就不会觉得我麻烦他的那点事算什么了。他自己现在有很多事情要做,也有很多应酬,很自然我的那点事情他会想方设法地回避与推托——或许很自然。百分之九十九的人都会这么做。当然,他不会知道那点事情对我来说有多重要。好啦,亲爱的埃利奥特小姐,我希望,也相信你会很幸福。埃利奥特先生很有见识,知道这样一位女人的价值。你的美满生活不会像我的那样遭受毁灭。你不用为俗务操心,也不用担心他的性格。他不会被人领入歧途,也不会被人带上那自我毁灭之路。"

"是的,"安妮说,"在所有这些方面,我完全可以相信我堂兄。他的性格似乎沉着又坚毅,绝不会让危险的想法有机可乘。我很尊重他。从我所能观察到的一切来看,我也没理由不这么做。不过,我认识他的时间不算长,而且我觉得,他也并不是一个能让人在短时间里亲近起来的人。史密斯太太,难道我这么说他还不能让你相信他对我来说无关紧要吗?真的,这么说肯定也够冷漠的。不过,我发誓,他对我来说是无关紧要的人。倘若他有朝一日向我求婚(我几乎没有任何理由相信他有这样的打算),我也不会答应他。我老实告诉你,我是不会答应他的。我跟你说吧,至于昨天晚上那场音乐会可能给我带来的快乐,埃利奥特先生并没有像你想象的那样在其中发挥任何作用——不是埃利奥特先生。并不是埃利奥特先生——"

她打住了话头,满脸通红,后悔自己暗示了太多内容,可若是透露得太少,只怕又不够。史密斯太太不会那么快就相信埃利奥特先生已经碰了壁,除非她意识到另一个人的存在。事已至此,史密斯太太便立即作罢,还装出了一副什么言外之意也没有听出来的样子。安妮不想被继续追问,但还是很想知道史密斯太太为什么会以为她将要嫁给埃利奥特先生,想知道她这个想法是从哪儿来的,或者又是从谁那儿听说的。

"请务必告诉我,你最初是怎么冒出这个想法的?"

"我最初想过此事,"史密斯太太回答道,"是在我发现你们经常在一起以后,觉得这是你们双方亲友都求之不得的事情。你相信我,所有认识你们的人都这么看你们。不过,我还是直到两天前才听人说起的。"

"这事真的有人谈起了?"

"你昨天来的时候,有没有注意到给你开门的那个女人?"

"没有。难道不是像往常那样是斯皮德太太或者那位女佣吗?我没有特别留意到谁。"

"那是我的朋友鲁克太太——鲁克护士。顺便说一句,她很想见见你,也很高兴能有机会为你开门。她只有在星期天才能离开马尔博罗楼区,就是她告诉我你将会嫁给埃利奥特先生。她是听沃利斯太太亲口说的,这消息看起来也并非不可靠。她周一晚上陪我坐了一个小时,把整件事情的始末都跟我说了一遍。"

"整件事情的始末!"安妮重复着,大笑了起来,"我想,就这么一条无凭无据的小道消息,她也编不出一段很长的故事吧。"

史密斯太太默不作声。

"不过,"安妮很快就继续说道,"尽管关于我有权利向埃利奥特先生提要求这个说法毫无真实性可言,我还是非常乐意为你效劳,无论以哪种方式,只要我能做到。我要不要告诉他你在巴斯？我要不要带个口信？"

"不用了，谢谢你。不用了，当然不用了。我一时激动，又出于错误印象，所以或许试图想让你关心一些情况。但现在不用了。不，谢谢你，我没什么可以麻烦你的。"

"我想，你说起过认识埃利奥特先生好多年了？"

"我说过。"

"我猜，是在他结婚前吧？"

"是的。我刚认识他的时候，他还没有结婚。"

"那么——你们很熟吧？"

"非常熟。"

"真的吗！那么请你务必告诉我他那时是什么样的人。我很想知道埃利奥特先生年轻时是个什么样的人。他那时和现在一个样吗？"

"这三年来我都没见过埃利奥特先生。"史密斯太太回答道，语气非常严肃，简直让人无法再追问下去。安妮觉得自己一无所获，唯有好奇心被勾得越发强烈了。两人默默相对——史密斯太太一副心事重重的样子。

"请原谅我，亲爱的埃利奥特小姐，"最后，她高声说道，语气恢复了原有的真诚，"请你原谅我，我刚才的回答太简短了，可我实在不太确定该怎么办。我一直在迟疑、在斟酌该跟你说些什么。很多事情都需要考量。没人喜欢多管闲事，说人闲话，搬弄是非。即便一个家庭的内部已毫无稳定可言，表面的家庭和睦似乎仍然值得维持。不过，我已下定决心了。我觉得我是对的。我觉得应该让你知道埃利奥特先生的真实品性。虽然我完全相信目前你绝对不会接受他，但日后可能发生什么谁也说不准。或许总有那么一天，你对他的情感会发生转变。所以，现在就来听听事实真相吧，趁你还没有被偏爱所蒙蔽。埃利奥特先生是一个没心没肺、丧尽天良的人。他就是个精于算计、防备心重又冷酷无情的东西，一心只为自己。为了自己的利益或是为了悠闲自在，他什么无情无义、背信弃义的事都会做，只要那些坏事不会损害他一贯的形象。他对别人没有任何情感。对于那些主要因为他才走上毁灭之路的人，他会置之不理、彻底抛弃，没有丝毫愧疚之情。他完全没有任何正义感或同情心。噢！他这个黑心肠，虚伪的黑心肠！"

安妮满脸震惊，发出了一声惊呼，让史密斯太太停顿了一下，然后她又更冷静地接着往下说：

"我的表情吓着你了。你得原谅一个因为受到伤害而愤怒的女人。不过，我会尽量克制自己的。我不会诋毁他，只会告诉你我发现他是个什么样的人。事实会说明一切。他是我亲爱的丈夫的知心好友，我丈夫信任他、喜欢他，以为他和自己一样是好心人。在我们结婚前,他们俩就已经这么要好了。我发现他们是特别亲密的朋友，所以我也非常喜欢埃利奥特先生，对他赞不绝口。你知道的，人在十九岁时，看问题不会很深入,但在那时的我看来,埃利奥特先生和其他人一样好,比绝大多数人讨人喜欢多了,所以我们几乎总在一起。我们当时大多时候住在伦敦,日子过得相当优渥。他那时候经济状况不好,是穷的那一方,在圣殿区[1]有房间,这也是他为了维持住绅士的体面所能做到的一切。只要他愿意,他随时都可以住到我们家里,总是会受到欢迎,我们待他就像亲兄弟一样。我可怜的查尔斯,他有着这世上最美好、最慷慨的灵魂,就算他只剩下最后一枚四分之一便士的硬币,他也会分给埃利奥特先生一半。我知道,他的钱就是埃利奥特先生的钱;我知道他经常在资助他。"

"这肯定就是埃利奥特先生人生中那段最让我感兴趣的时期了,"安妮说,"我父亲与姐姐大约也是在同一时期认识他的。我当时并不认识他,只是听说过他。不过,当时他对我父亲和姐姐的态度,以及他后来结婚时的情形,总有些隐情,让我觉得同现在无法相符。它似乎就是另一类人的所作所为。"

"这些我全都知道,我全都知道,"史密斯太太大声说,"在我认识他以前,有人就将他引见给了沃尔特爵士和你姐姐。不过,我总是听到他没完没了地谈起他们。我知道他们邀请

---

[1] 原文为"the Temple",显然指的是"内殿律师学院"(the Inner Temple)或"中殿律师学院"(the Middle Temple)。小说第一部第一章便提到,当沃尔特爵士父女与埃利奥特先生初次见面时,后者正在攻读法律。

了他，而且态度很积极；我也知道他不肯去。或许，在一些你几乎意料不到的问题上，我能帮助你弄明白。至于他的婚姻，我当时就知道得一清二楚。我清楚所有关于这场婚姻的赞成与反对意见，我是那个倾听他吐露所有希望与计划的朋友。尽管我事前并不认识他妻子（她的社会地位的确很低微，我不可能认识她），但在她后来的人生中我很了解她，或者，至少直到她去世前两年还这样。所以，我能回答你想要问的任何问题。"

"不，"安妮说，"关于她我没什么特别想问的。我一直就知道，他们在一起并不幸福。不过，我想知道的是，他当时为什么会忽视我父亲的示好。我父亲当时确实想要非常友好且周到地关照他。埃利奥特先生为什么退缩了？"

"埃利奥特先生，"史密斯太太说，"那时候眼里只有一个目标——那就是发家致富，而且还要通过一条比当律师更快的捷径。他决心靠婚姻来实现这个目标。他打定的主意是，至少不能让一门草率的亲事破坏了这个目标。我知道，他那时候认为（至于正确与否，我当然无法判断），你父亲和姐姐之所以对他礼貌以待，又不断发出邀请，是因为他们想让他这位继承人与那位年轻的小姐结婚。这样一门亲事无法满足他关于财富与自立的打算。我向你保证，这就是他退缩的原因。他把整件事情都告诉了我，对我没有任何隐瞒。说起来也很奇妙，我在巴斯与你分别以后，刚结婚就认识的第一个也是最主要的熟人竟然是你堂兄,而且还常常通过他听到关于你父亲和姐姐的情况。他描述的是一位埃利奥特小姐,而我却满怀怜爱地想到了另一位。"

"或许,"安妮猛然间明白了一点,便高声问道,"你也曾和埃利奥特先生谈起过我?"

"我当然谈起过,还经常谈起。我那时常常夸赞我心爱的安妮·埃利奥特,还打包票说你完全不同于——"

她及时地打住了话头。

"埃利奥特先生昨晚说的那话,原因原来在这里,"安妮大声说,"这下就能解释了。我发现他以前常听人说起我。我没弄明白怎么会那样。但凡涉及了自己,我们就会胡乱猜测一通!就一定会想错!请原谅,我打断了你。这么说,埃利奥特先生完全是为了钱才结婚的?或许,你就是因为这个情况第一次认清了他的真面目?"

听了这话,史密斯太太稍稍犹豫了一下。"哎!这样的事情太常见了。出入上流社会的人,无论男女,为钱而结婚实在是太平常了,倒是没有必要对此大惊小怪。我那时还很年轻,也只和年轻人来往。我们那群人不会为他人着想,寻欢作乐,没有严格的行为标准。我们活着就是为了享乐。我现在的想法已经不同了,时间、疾病与哀愁使我另有感悟。不过,我得承认的是,我当时并不觉得埃利奥特先生的所作所为有任何可指摘之处。我接受了他的说法,也认为'尽量地为自己做打算'是一种义务。"

"可是，难道她不是一个出身非常低微的女人吗？"

"是的。我也因此而反对过，但他却不当一回事。钱，钱，就是他满脑子想要的。她父亲是个开牧场养牛的，祖父曾是屠夫，可这些他都不当一回事。她本人很漂亮，也受过相当好的教育。几个表亲把她带了出来，她偶然间进入了埃利奥特先生的交际圈，就爱上了他。他这边对她的出身没有丝毫的计较或者顾虑。他把所有的小心谨慎都用在了确定她的真实财产数额上，然后才娶了她。你相信我吧，不管现在的埃利奥特先生如何看重自己的社会地位，他年轻时可是一点儿也没把它当回事。有机会继承凯林奇府对他来说的确算点什么，但所有的家族荣誉却被他视为了粪土。我经常听到他宣称说，如果准男爵这个爵位可以出售，只要给他50镑，任何人都可以把他的买去，纹章和格言，姓氏和仆人的制服也都算上。不过，关于他就这个话题所说的，哪怕是重复一半我所听到的，我都没这个打算。这也不公正。而且，你还是应该拿到证据；不然的话，这些不是无中生有又是什么呢？况且，你也会拿到证据的。"

"说真的，亲爱的史密斯太太，我不需要任何证据，"安妮大声说道，"你说的没有一处与埃利奥特先生前些年的表现相矛盾。更准确地说，所有这些都证实了我们以前常常听到与想到的。我更想知道的是,他现在为什么又有了如此大的转变？"

"就算是为了满足我的心愿吧。不知能否劳驾你打铃叫一下玛丽——等等,我想,你或许能更加好心地亲自去我的卧室走一趟,帮我拿出那个嵌花小盒子来,就在壁柜的最上一格。"

安妮见她朋友如此郑重其事地坚持,便按她说的话做了。盒子拿出来以后,就放在了史密斯太太跟前,她叹息着打开了盒子,说:

"这里面装满了他的文件,我丈夫的文件,但还只是他过世后我不得不查阅的文件中的一小部分。我现在要找的那封信是我们结婚前埃利奥特先生写给他的。这封信碰巧被保留了下来。唉,简直让人难以想象。他在这些事情上就跟其他男人一样,粗心大意,没有条理。我在查看他的文件的时候,发现它和其他信件放在了一起,那些信都是来自各地的人写的,更加无关紧要,而很多真正重要的信函与备忘录却已经被毁掉了。找到了。我当时不想烧掉它,因为我那时就已经对埃利奥特先生极为不满了,于是便决定保存好每一份能够证明过往亲密关系的证据。现在,我又多了一个为自己能拿出它来而感到高兴的理由。"

这就是那封信,寄给了"坦布里奇韦尔斯[1],查尔斯·史

---

[1] 坦布里奇韦尔斯(Tunbridge Wells)是肯特郡的一个小镇,距离伦敦东南30英里,以矿泉水闻名。至18世纪,该镇已成为英格兰最有名的矿泉疗养地与度假胜地之一,尤受贵族青睐。史密斯先生在夏季价格最高的时候去那里度假,也从侧面证明了史密斯太太前面对他们以前生活的描述。

密斯先生",时间很早,是1803年7月从伦敦寄出的。

亲爱的史密斯:

来信已收到。你的好意几乎让我无法承受。真希望造物主多创造一些像你这样的好心人,可我在这世上已活了二十又三年,到现在也没见过一个像你这样的人。请相信我,目前我不需要你的资助,因为我又有现金了。请为我庆贺吧:我已经摆脱了沃尔特爵士和小姐[1]。他们回凯林奇了,差点就逼着我发誓说今年夏天去拜访他们。不过,我第一次去凯林奇的时候,一定会带上一个房产鉴定人,好知道怎样才能在拍卖时把它卖个最好的价钱[2]。但是,那位准男爵不大可能不再婚,他可真是够愚蠢的。可是,如果他真的再婚了,他们就不会来烦我了,这倒或许

---

[1] 原文为"Sir Walter and Miss"。显然,这里指的伊丽莎白·埃利奥特小姐。
[2] 可见,作为假定继承人的埃利奥特先生,当时并不看重自己将来有可能继承的产业。一般说来,在当时的英国,为保全家族产业,土地持有人无法通过遗嘱处分地产,而继承人在继承家族土地产业时也或许会受限于严格的财产授予协议,不能出售所继承的产业。但由于每一代土地持有人都需要与其继承人就限定继承的财产进行商谈,并重新签订财产授予协议,所以新签署的协议不一定会禁止出售祖产。如果商谈双方为父子,当儿子的自然会尊重父亲的意愿,但对于埃利奥特先生这种对上一代持有人并无任何尊重可言的继承人来说,上一代持有人关于保全祖产以尊重家族传统的要求,就很有可能不会受到尊重。所以,埃利奥特先生便在此处暗示,一旦他继承了祖产,他就会将其拍卖出售以立即获利。

抵销得了那份继承权。他比去年还让人不愉快。

但愿我能姓别的任何姓，只要不是埃利奥特。它真让我恶心。感谢上帝，我可以不用沃尔特这个名！请你永远也不要再用我的第二个"W."来羞辱我[1]。

余生只会忠于你的，

威·埃利奥特

读着这样一封信，安妮不由得面红耳赤。在看到她脸上的绯红以后，史密斯太太说："我知道，信中的语言非常无礼。尽管我已经忘了具体都说了些什么，但对大体意思却印象深刻。不过，它让你看清了这个人。看看他对我可怜的丈夫的那些表白。还能有什么比这强有力的证明？"

那些用在她父亲身上的词语，让安妮既震惊又屈辱，一时半会儿无法自拔。可她还是不得不想道：她看这封信就已经有失光明磊落了；这样的证据不应该被用以评判或认识一个人；私人通信不应该让他人过目。然后，她平静了下来，把刚才拿在手中反复思忖的那封信递了回去，并说道：

"谢谢！这无疑是很充分的证据，能证明你所说的每一件事。可是，他为什么现在要和我们交好呢？"

---

[1] 小说第一部第一章中就已经介绍了埃利奥特先生的全名，即威廉·沃尔特·埃利奥特（William Walter Elliot）。

"这我也能解释。"史密斯太太面带笑容地大声说。

"你真的可以?"

"是的。我已经让你看到了埃利奥特先生十二年前是什么样子,接下来我将让你看看他现在又是什么样子。我无法再拿出任何书面证据来,但我能提供像你所希望的那样真实的口头证据,证明他现在想要什么,以及在做些什么。他现在并不虚伪。他是真的想娶你。他现在是在真诚地向你家人献殷勤,完全发自内心。我会告诉你我的消息来源,他的朋友沃利斯上校。"

"沃利斯上校!你认识他吗?"

"不认识。消息并不是通过如此直接的渠道传到我这里的,它转了一两个弯,但也没受多少影响。我的小溪跟它在源头处一样干净,它在转弯处是带上了一点点垃圾,可这点垃圾也很容易去掉。埃利奥特先生毫无保留地跟沃利斯上校谈论了他对你的看法——我觉得这位沃利斯上校本人是一个能明辨是非、小心谨慎且眼光敏锐的人。可是,沃利斯上校有一位愚蠢至极的妻子,他告诉了她很多他不该说的事情,也把埃利奥特先生所说的一切都告诉了她。正处于产后康复期的她精力非常旺盛,又将这一切告诉了她的护士;这位护士知道我认识你,就很自然地又把这一切都带给了我。星期一晚上,我的好朋友鲁克太太就让我知道了马尔博罗楼区的那些秘密。所以,你看,当我前面说什么整件事情的来龙去脉时,我并没有像你所认为的那样在信口开河。"

"亲爱的史密斯太太,你的消息来源还是有缺陷。这样还是不够。埃利奥特先生对我什么看法,根本不能解释他为了和我父亲和解而做出的那些努力。那都是我来巴斯以前的事情。我来了以后就发现他们的关系已极为友好了。"

"我知道你发现了。我完全都知道,但——"

"说真的,史密斯太太,我们不应该指望通过这样一种渠道来获得真实信息。在经过那么多人转手以后,事实或者看法会因为其中某个人的愚蠢或者另一个人的无知而被曲解,最终便很难有任何真实性可言了。"

"请先听我说吧。我来说一些细节,你听了以后就能马上反驳或者赞同,这样你就能对总的可信度很快做出判断。没有人认为你是他的首个诱因。在他来巴斯之前,他确实已经见过你,也仰慕你,但却并不知道那就是你。至少跟我说这个故事的人是这么说的。是这样的吧?去年夏天或者秋天,用她的原话来说,在'西边某个地方',他见过你但却并不知道那就是你吧?"

"确实如此。这部分完全属实。是在莱姆,我当时恰好在莱姆。"

"好的,"史密斯太太得意地往下说,"由于所宣称的第一点成立,那就承认我朋友可信吧。埃利奥特先生那时候在莱姆见过你,对你很是仰慕,所以当他在卡姆登街再次遇到你,得知你就是安妮·埃利奥特小姐以后,他喜出望外,从那一刻起,我毫不怀疑,他去府上登门拜访就有了双重动机。不过,另外还有一个动机,一个更早一些时候就有的动机,我现在就来做出解释。如果你认为我说的有哪点不正确或者不可信,打断我就是了。我听到的传言是这么说的,你姐姐的朋友,就是我听你提起过的那个现在和你们住在一起的女士,早在去年9月就同埃利奥特小姐和沃尔特爵士一起来到了巴斯(简而言之就是他们俩刚来的时候),而且从那以后就一直住在那里。她精明、善于曲意奉承,长得也很不错,虽然穷,但却能说会道。总之,她的处境与举止,让沃尔特爵士的熟人都认为她的目的是成为埃利奥特夫人,而让大家都感到惊讶的是,埃利奥特小姐竟然似乎没有觉察到这个危险。"

说到这里,史密斯太太停顿了一下,但安妮却没什么可说的,于是她接着往下说:

"在你回家以前,那些了解你们家的人早就有了这种看法。沃利斯上校很关注你父亲,也意识到了这一点,虽然他那时候还没有去卡姆登街登门拜访,但由于他很关心埃利奥特先生,他也在注意观察府上发生的一切。就在圣诞节前夕,埃利奥特先生碰巧来到了巴斯,要逗留一两天,沃利斯上校就把自己了解到的情况以及一些已经开始流传的议论都跟他说了——现在,你将了解到的是,时间已使得埃利奥特先生关于准男爵爵位价值的看法发生了实质性变化。在与血统及亲戚关系相关的所有问题上,他已经完全是另一个人了。长时间以来,他拥有了足够他挥霍的钱财,在贪婪与纵欲方面已别无他求,所以他已经逐渐明白,必须将自己的幸福牢牢地建立在他将要继承的社会地位上。我想,在我们不再来往以前,他这个想法就已经露出了苗头,现在就更是确定无疑了。他无法接受不能成为威廉爵士这个念头。所以,你可以猜想到,他从他朋友那里听到的这消息不可能令他很愉快;你也可以猜想到这消息引发的结果。他决定尽快回到巴斯,在这里住上一段时间,目的是再续昔日友情,恢复在那个家里的地位,以便弄清楚自己面临的危险程度,如有必要就让那位女士知难而退。这两位朋友都认为这是唯一可做的事,沃利斯上校则将尽力提供一切帮助。他将被引见,沃利斯太太将被引见,每个人都将被引见。于是,埃利奥特先生回来了,就像你知道的那样,一番请求后便获得了原谅,重新被这个家庭所接纳,而自始至终他唯一的目标(直到你的到来又让他多了一个动机)就是看住沃尔特爵士和克莱太太。他不放过任何一个和他们在一起的机会,插在他们中间,随时都去拜访——不过,关于这点我没必要说得太细。你可以想象一个心机深沉的人会做出些什么,或许,这么提示以后,你也可以回想一下你看见他做过些什么。"

"是的,"安妮说,"你跟我说的,同我已了解到的或能够想象到的完全吻合。阴谋诡计的细节总有些令人生厌。自私与欺骗的手段从来就令人作呕。不过,我并没有听到任何真正让我吃惊的东西。我认识一些人,如果他们听到埃利奥特先生被如此说起,他们会感到震惊,会觉得难以置信。可我从来都没有真正放下心来。我一直都想知道他的所作所为背后的某种其他动机——我想知道的是,关于他所担心的那件事情的可能性,他现在有什么看法,他是否认为危险正在降低。"

"据我所知,他认为正在降低,"史密斯太太回答道,"他认为克莱太太怕他,知道他看穿了自己,不敢像他不在的时候那样贸然行事。不过,由于他总有一天得离开,我实在不知道他怎样才能放下心来,毕竟克莱太太现在颇有影响力。鲁克护士告诉我,沃利斯太太有个有趣的想法,就是在你和埃利奥特先生结婚时,要在结婚条款[1]中加上一条,即你父亲不能娶克莱太太。大家都说,凭沃利斯太太的见识,她也就只能想出这样的计谋来,我那明事理的鲁克护士就看出了其中的荒谬之处——'哎,说真的,太太,'她说,'这也不会阻碍他娶其他任何女人。'真的,说实话,我觉得护士她内心里并不特别反对沃尔特爵士再婚。你知道的,应该允许她

---

[1] 在当时的男女结婚前,双方家庭将签署一份法律文件,约定夫妻双方的权利与义务。

支持婚姻生活,而且(这还会涉及个人利益)谁能说她没有想入非非地设想,通过沃利斯太太的牵线,她可以去照顾第二任埃利奥特夫人呢?"

"我很高兴知道这一切,"安妮沉吟了一会儿才开口说,"在某些方面,今后同他相处对我来说会更痛苦,但我将更清楚地知道该做什么。我的行事方式会更直接。埃利奥特先生显然就是一个虚伪做作、沉迷世俗的人,除了自私自利,他从来也没有过任何更好的处世原则。"

不过,埃利奥特先生这话题可还没有说完。史密斯太太刚才说着说着就偏离了最初的话题,安妮一心牵挂自己家里,也忘了史密斯太太起初话里话外对他有多不满。现在,她把自己的注意力转了回来,要求史密斯太太解释她一开始时的那些暗示。而她听到的那段故事即便不能完全证明史密斯太太有理由毫不约束自己的怨恨,也能证明他待她极为冷酷无情,毫无正义与同情可言。

安妮了解到(埃利奥特先生婚后仍同史密斯夫妇继续来往密切),他们还是和以前一样总是在一起,而且埃利奥特先生还怂恿他朋友不顾自己财力地大肆挥霍。史密斯太太不想责怪自己,也不忍心怪罪到自己丈夫身上,但安妮还是能推测出,他俩的收入从来就不足以维持他们的生活方式,而且从一开始起他们过的就是纸醉金迷的生活。根据他妻子的描述,安妮可以看出,史密斯先生为人热情随和,行事散漫,缺乏头脑，但却比他朋友厚道得多，也和他朋友大不相同——他容易被他朋友左右，或许还为他朋友所鄙夷。埃利奥特先生靠结婚过上了优渥的生活，想要在不让自己深陷其中的情况下，满足自己所有享乐与虚荣的愿望（因为在生活放纵的同时他已经变得谨慎起来）。他富起来了，正如他朋友本应该已发现自己正在变穷。可他似乎根本就没有顾虑过他朋友的经济状况，反而不断煽风点火，鼓励他朋友花钱，最后史密斯先生只能以破产告终。于是，史密斯夫妇破产了。

丈夫去世得很是时候，不用完全弄清楚整个状况。在此之前，夫妻俩便已经因为经济困窘而考验了朋友们的情谊，也知道最好不要去考验埃利奥特先生的友情，但直到丈夫去世时，大家才完全清楚他的经济状况有多糟糕。出于自己的情感而非判断力，史密斯先生坚信埃利奥特先生尊重自己，便把他指定为自己的遗嘱执行人。可埃利奥特先生不愿意，他的拒绝给史密斯太太带来了许多困难与麻烦，加之她当时处于不可避免的病痛之中，所以史密斯太太现在讲述起来仍然凄楚万分，听者也难免义愤填膺。

史密斯太太让安妮看了埃利奥特先生当时写的几封信，那是他对史密斯太太紧急求助的回复。这些信件表明，他始终坚决拒绝卷入这件徒劳无益的麻烦事，至于他的拒绝可能给她带来怎样的灾难，他以冷冰冰的客套表达了同样铁石心肠的冷漠。这是一幅忘恩负义与毫无人性的可怕图景，安妮甚至觉得，明目张胆的公开犯罪也不会比它更糟糕。她有很多东西要了解。那些昔日悲惨场景的所有细节，一桩桩灾难的细枝末节，在以往的交谈中只是被隐约提起过，现在自然而然地被拿出来详细讲述了一通。安妮完全能够理解这种强烈的宣泄，只是越发对她朋友平日里的冷静自持惊讶不已。

在史密斯太太追溯过往的种种苦难时，有一个情况特别令人气愤。她丈夫在西印度群岛有份产业，已被扣押多年以偿还债务，但她有充足的理由相信，若是通过恰当的措施，应该可以被收回。这份产业虽然不大，但却足以让她相对富足。可是没人愿意为这件事情奔波。埃利奥特先生什么也不愿意做，而她自己则什么也做不了，两方面原因让她无能为力：她现今身体虚弱，无法亲自操办；也没钱请他人代办。她没有血亲可以帮她一把，哪怕就是出出主意，更负担不起律师费用。这使得她原本就已经很糟糕的财产状况进一步恶化。想到自己的境遇本来可以更好一些，想到只要在正确的地方稍稍花点工夫就能够办到，加之又担心拖延下去甚至可能会让自己索回财产的要求更加无望，她真的备受煎熬。

这正是她原本指望安妮能好心帮忙劝说埃利奥特先生的地方。一开始，她以为他们会结婚，还非常担心会因此失去朋友。可当她得知他甚至并不知道她在巴斯时，她就确信他原本就没有试图阻碍她与安妮交往，便立刻想到或许可以利用他爱的这个女人的影响，做点对自己有利的事情。于是，她就急急忙忙地准备开来，尽量根据埃利奥特先生的性格去激发安妮对他的好感。而当安妮否认了所谓的订婚以后，每件事情就都不一样了。她本来怀抱新希望，想要解决她最担忧的那件事情，尽管安妮的否认让这个新希望破灭了，但让她颇感慰藉的是，她至少还能以自己的方式说出全部实情。

听完这番对埃利奥特先生的全面描述以后，安妮禁不住表示了自己的惊讶，因为史密斯太太在她们谈话开始时对他可是赞不绝口。她当时似乎推崇并夸赞了他！

"亲爱的，"史密斯太太如此回答道，"当时也别无他法呀。我还以为你嫁给他这件事情已经定下来了，尽管他可能还没有向你求婚；所以，关于他的真实情况，如果他是你丈夫，我能说的便只能是那些。当我谈到幸福时，我的心在为你流血。不过，他确实明事理，他确实讨人喜欢，和你这样的女人在一起，你们的婚姻也并非全然无望。他对第一任妻子极其无情无义，他们在一起过得很痛苦。不过，她也太无知、太轻浮了，无法让人尊重，况且他也从未爱过她。我本来也是诚心地盼望你会更加幸运。"

安妮刚好也在心里承认，自己本来就可能会在他人劝诱下嫁给他，想到之后必然尾随而至的悲惨生活，她不免一阵寒战。她原本可能会听从了拉塞尔夫人的劝导！如果是这样的话，等到时间让一切都暴露出来，也已经太迟了，那岂不是太悲惨了？

最好还是别让拉塞尔夫人继续受蒙骗了。她俩这次重要的谈话持续了大半天,最后的安排之一就是,所有关于史密斯太太的事情,只要涉及埃利奥特先生的所作所为,安妮就尽可以告诉自己的朋友。

第十章

安妮起身回家,她要仔细思量她所听到的一切。在对埃利奥特先生有了如此认识以后,她在一个方面感觉得到了解脱。她对他再也没有任何心软可言了。与温特沃思上校相反,他完全就是强人所难,极不受欢迎。一想到他昨晚那番居心叵测的殷勤,想到他可能已经造成了无可挽回的伤害,安妮就气愤不已——对他已经全然没有了任何同情。可是,这只是她唯一感到宽慰的地方。在其他任何方面,无论是环顾四周,还是放眼未来,她发现还有更多需要怀疑与担忧的事情。她担心拉塞尔夫人会感到失望与痛苦,担心她父亲和姐姐肯定会蒙受羞辱,也因为预见到许多不祥之事却不知道该如何去避免它们中的任何一种而烦恼——但她很庆幸自己知道了他的真面目。她从来没有想到自己会因为没有轻慢一位像史密斯太太这样的老朋友就应该得到回报,但眼下这回报却的的确确由此而来——史密斯太太告诉了她其他任何人都无法告诉她的情况。要是能把这一切都告诉她的家人就好了!——可这想法其实徒劳无益。她一定要跟拉塞尔夫人谈一谈,告诉她这些,和她商量一下,在做了自己能做的一切以后,尽可能冷静地等待最终结果。毕竟,她最需要冷静以待的,其实是内心里那个对拉塞尔夫人也不能敞开的角落,是那些只能全部属于她自己的焦灼与担忧。

一到家,她就发现自己果然如愿避开了埃利奥特先生,他的确前来拜访了,待了很长时间。她刚来得及暗自庆幸一番,觉得自己在明天以前都不用担心了,就又听说他晚上还要再来。

"我可丝毫也没想过请他来,"伊丽莎白装出一副漫不经心的样子说,"但他一再暗示,至少克莱太太是这么说的。"

"我确实这么说了。我这辈子还从来没有见过一个如此努力地暗示别人邀请自己的人。可怜的人儿!我真替他难过,安妮小姐,你那狠心的姐姐似乎打定了主意要冷酷到底。"

"啊!"伊丽莎白叫了起来,"对这种把戏我可真的已经太习以为常了,才不会因为某个绅士暗示了几句就很快做出让步。不过,当我发现他因为今天上午没有见到我父亲而深感遗憾时,我就立刻让步了,因为我永远也不会真的错过一个能让他和沃尔特爵士待在一起的机会。他们俩待在一起时,看上去是那么益处多多!两个人的举止都是那么令人赏心悦目!埃利奥特先生又是那么满怀敬意地尊重父亲!"

"真是太令人愉快了!"克莱太太也大声说道,但却不敢把视线转向安妮,"完全就像父子一样!亲爱的埃利奥特小姐,我可以冒昧地说他们像父子吗?"

"噢!我是不会禁止任何人说话的。你愿意这么想,就这么说吧!不过,老实说,我倒没怎么觉得他比其他人更殷勤。"

"亲爱的埃利奥特小姐!"克莱太太惊呼一声,举起了双手,抬眼向上看,省事地将余下的惊讶淹没在了沉默中。

"好啦,亲爱的佩内洛浦,你不用为他如此大惊小怪。你知道,我的确邀请了他。我微笑着将他送走了。当我发现他确实明天一整天都会在索恩伯里庄园跟朋友待一起,我就对他动了恻隐之心。"

安妮很佩服这位朋友的好演技,对于那个其在场一定会妨碍她实现首要目标的人,她居然能如此欢天喜地地期盼他,并在他真正到来时雀跃不已。克莱太太一定特别讨厌见到埃利奥特先生,但她却能够装出一副殷勤体贴、心平气和的样子,看上去非常满足于只被允许使用一半她在其他情况下原本能够全部用在沃尔特爵士身上的心机。

对安妮本人来说,看见埃利奥特先生走进房间就让她极为恼火,而让他走上前来同自己攀谈则更让她痛苦。在这之前,她就经常觉得他不可能总是那么诚挚,而现在她更是发现他处处都透着伪善。与他过去的语言相对比,他对她父亲那殷勤的顺从简直令人憎恶;当她想到他曾经如何冷酷无情地对待史密斯太太,她就几乎不能忍受他现在的笑容与温和,或听他说出那些虚情假意的话语。她决定避免在态度上发生任何转变,免得让他有所抱怨。她的主要目标是避开所有追问或引起任何关注；不过，她还是想要明确无误地以一种与他们关系相称的平淡态度对待他，尽可能不动声色地撤回自己以前被逐渐牵引着走出的那几步不必要的亲密。因此，她比前一天晚上更加谨慎，也更加平淡。

他想要再次激起她的好奇心，向他追问他以前何以能听到别人夸奖她，又是在哪里听到别人夸奖她的；他非常希望听到她再次恳求自己，这会让他得意洋洋。可是，这咒语已经被破除了。他觉得，要想点燃他这位谦和的堂妹的虚荣心，公共场所的热闹与活力必不可少；他觉得，至少现在，不能在其他人提出强势要求的时候冒险进行任何尝试来做到这一点。他万万没想到的是，现在这个话题恰恰于他不利，会让她马上想到他那些最不可饶恕的所作所为。

她带着些许满足，发现他第二天上午真的会离开巴斯，一大早就走，而且一去就差不多两天。他又受到了邀请，回来的当晚会再来卡姆登街，但从星期四到星期六晚上，他肯定不会在。有一个克莱太太总在她眼前晃来晃去，这已经够糟糕了，要是再有一个隐藏得更深的伪君子加入到他们当中来，就会毁掉所有的平静与舒适。仔细思考她父亲与伊丽莎白如何不断地成为被欺骗的对象，想想他们将面临各种各样的羞辱，安妮就觉得丢脸！克莱太太的自私打算还不像他的那样复杂或令人憎恶，尽管这门婚事有着种种弊端，可安妮却宁愿立即同意这门婚事，这样就再也不用看到埃利奥特先生为了阻止这门婚事而玩弄各种阴险狡猾的伎俩了。

星期五上午,安妮打算一大早就去拉塞尔夫人家进行必要的沟通。她本来想要早饭后就直接出发的,可是克莱太太为了向她姐姐献殷勤,也要外出替她姐姐办事,这使得安妮决定再等等,免得碰上这样一个同伴。所以,看到克莱太太走远了以后,安妮才说自己打算去里弗斯街待上一个上午。

"很好,"伊丽莎白说,"我没什么东西可以捎去,替我问声好吧。噢!你不妨把那本她非要借给我的无聊的书带过去,就说我已经看完了。我真的不能拿那些新出版的诗歌和有关时政的书来折磨自己。拉塞尔夫人还老拿她那些新出版物来烦人。你不必这么跟她说,可我的确觉得她那天晚上穿的衣服真丑。我以前还经常觉得她在衣着方面有点品位,但那天在音乐会上我可真替她感到丢脸。一副正襟危坐、矫揉造作的派头!她还那么直挺挺地端坐着!当然啦,请替我转达我对她最深的问候。"

"还有我的,"沃尔特爵士接过话茬,"最诚挚的敬意。你还可以说,我很快就会登门拜访她。把这口信传得有礼貌些。不过,我应该只会留下我的名片[1]。上午去拜访她那个年龄的

---

[1] 在当时,如果一个人给某位熟人留下了自己的名片,他/她可以向这位熟人表示,自己已到这位熟人家中登门拜访过,虽然并未与该熟人见面交谈。此处沃尔特爵士的意思就是,他只会到拉塞尔夫人家中留下自己的名片,表示自己已经去过了,但不会要求跟拉塞尔夫人见面。

女士总是不恰当,因为她们不怎么化妆。其实,她只要用点腮红,就不会害怕被人瞧见了;可上次我去拜访的时候,就注意到窗帘马上被放了下来。"

她父亲话还没说完,敲门声就响了起来。那会是谁呢?安妮想起了埃利奥特先生那些事先计划好的随时都会发生的拜访,若不是因为已经知道他去了七英里以外的地方赴约,安妮还以为会是他。在一如往常的充满悬疑的等待之后,是一如往常的逐渐走近的声响,随着一声"查尔斯·马斯格罗夫先生和太太",两个人便被领入了房间。

一看到他们,屋里的三个人所体验到的最强烈的情感是惊讶。不过,安妮是真心高兴见到他们;其余两个人倒不至于表现得拙劣,至少还能摆出一副得体的欢迎姿态。一听这两人——他们的两位至亲——表明他们来此并非是为了在这幢房子里住下,沃尔特爵士和伊丽莎白马上就拿出了热情,竭尽地主之谊。他们是同马斯格罗夫太太一道来巴斯的,会住上几天,下榻白鹿旅馆。这些很快就清楚了。接着,沃尔特爵士和伊丽莎白领着玛丽到了另一间客厅,尽情地享受她的赞誉之辞。直到这时,安妮才能通过查尔斯问明白他们来巴斯的详细事由,或者说是请他解释一下,为什么玛丽刚才故作神秘地笑着暗示有桩特别的差事,以及他们一行人到底都有哪些人这个有些令人困惑的问题。

这时候,安妮才知道,除了他们俩以外,还有马斯格罗夫太太、亨丽埃塔和哈维尔上校。他非常简单明了地告诉了她事情的经过，在他的叙述中她发现了很多极具特点的行动过程。哈维尔上校想来巴斯办点事，这就引发了整个计划。他一周以前开始谈论此事；由于狩猎季已结束，为了找点事做，查尔斯提出同他一起来，而哈维尔太太似乎也很赞成这个安排，觉得这样对她丈夫有好处。可是，玛丽受不了被一个人留下，为此闹得极不愉快，所以有那么一两天，所有的事情似乎都不能定下来或者会半途而废。然后，他父母又重提此事。他母亲在巴斯有几个老朋友，她很想看看他们。大家觉得这对亨丽埃塔来说也是个好机会，她可以来巴斯给自己和妹妹置办结婚穿的衣服。总之，这件事情最终就变成了他母亲一行人一起来巴斯。这样，对哈维尔上校来说，每件事情就都会舒适又方便；他和玛丽也被一起叫上了，这样大家也都满意了。他们是头一天深夜到达的。哈维尔太太和她的孩子们，还有本威克舰长，同马斯格罗夫先生和路易莎一道留在了上克洛斯。

安妮只对一点感到惊讶，那就是，事情竟然已经进展到谈论亨丽埃塔结婚穿的衣服这一步了。她原本还以为，由于经济有困难，他们的婚事会受到阻碍，不会那么快。可她从查尔斯那里了解到，不久以前（就在玛丽上次给她写信后），查尔斯·海特的一个朋友与他联系，请他替一位年轻人代行堂区主持牧师职务[1]，这位年轻人要多年以后才能就任该职，在这份收入的保障下，加之查尔斯·海特在代行期结束以前就几乎可以肯定地拿到某个更具永久性的职位，双方家庭就让这对年轻人如了愿，他们的婚礼有可能几个月以后就举办，差不多就跟路易莎的一样快。"那个职位非常好，"查尔斯接着说，"距离上克洛斯只有25英里，在一片特别好的乡村地带——多塞特郡的好地方。地处这个国家一些最好的猎场[2]的中心，周围是三个大产业主，他们一个比一个更小心、更有戒备心，查尔斯·海特或许能拿到一封至少可以去拜访其中两个人的特别举荐信。他倒不会像他应该的那样看重这份举荐信，"他评论道，"查尔斯对打猎实在太不感冒了。他就这点最不好。"

"我非常高兴，真的，"安妮大声说道，"尤其高兴的是

---

[1] 即有俸金和住房的堂区主持牧师职位。当时的英格兰有大约10000个堂区，每个堂区的宗教事务则由该堂区主持牧师（parson）负责，该主持牧师也有可能聘请一位牧师助理（curate）协助自己。当时的大地主能够左右堂区主持牧师的任命，会将自己产业上的堂区主持牧师职位指定给受自己恩庇的个人；如果此人年纪尚幼，则需要有人在他正式上任以前代其行使牧师职责，而代其行使牧师职责之人则会相应地领取该主持牧师俸金，并入住牧师宅邸。查尔斯·海特的情况正是如此；而且，由于主持牧师俸金会高出牧师助理很多，查尔斯·海特所面临的经济困难也就解决了。

[2] 原文为"preserves"，即"game preserves"，指产业主为满足自己的狩猎需求而设立的为野生动物提供保护的专门场所。其他人如果想要去该处狩猎，必须像查尔斯·海特那样，拿到特许证。

现在这样的情况。这姐妹俩应该过得同样好,她们一直都是那么要好的朋友,一个的美好前景不应该让另一个的黯然失色——她们应该过得同样富足舒适。我想你父母对她俩的婚事都很满意吧。"

"啊!是的。如果两位绅士能更富有一点,我父亲自然会更高兴的,但他也挑不出别的毛病了。你知道的,一笔一笔的嫁妆钱——两个女儿同时出嫁——这不可能是一件很轻松的事情,他在很多事情上都手头紧张。但是,我倒不是想说她们没有权利要钱。她们应该拿到作为女儿该得的那份,这完全恰当;而且我也确信,父亲待我一直非常慈爱、慷慨。玛丽一点儿都不喜欢亨丽埃塔的婚事。你知道的,她从来就没喜欢过。可她对他很不公正,也低估了温斯罗普。我怎么也无法让她明白这宗产业的价值。时代在发展,这是一桩前途光明的婚事。而且,我一直就很喜欢查尔斯·海特,现在也不会改变。"

"像马斯格罗夫先生和太太这么好的父母,"安妮赞叹道,"一定会为他们子女的婚姻感到高兴。我确信,为了让子女幸福,他们会做任何事情。被这样的人抚养的年轻人真是太有福气了!你父母看起来完全没有任何非分之想,那些非分之想已导致了多少老少两辈人的恶行与不幸!我想,你们觉得路易莎现在已经完全康复了吧?"

查尔斯有些迟疑地回答说:"是,我想是这样——康复得差不多了。可她完全变了：她不会到处跑跑跳跳了，也不会大笑或者跳舞了，很不一样了。只要门关得稍微重一些，她就会受到惊吓跳起来，像水里的小䴘䴘一样扭来扭去。本威克整天都坐在她身旁，读诗给她听，或者悄声对她说话。"

安妮忍不住笑了出来。"那一定不大对你口味，我知道，"她说，"可我的确相信他是一个非常优秀的年轻人。"

"他当然是了。没人怀疑这点。我希望你不要认为我很偏狭，要求每个男人的追求与爱好都和我的一样。我对本威克的评价很高。只要有人能引起他的谈兴，他就有很多可以说的。他爱读书，这对他也没有任何坏处，而且他既读书也参加过战斗。他是个勇敢的家伙。上星期一，我更加了解他了，比以前更深。我们整个上午都在我父亲的大谷仓里比赛猎老鼠，比赛非常令人满意，他表现得极出色，从那以后我就更加喜欢他了。"

他们刚说到这里，谈话就被打断了。查尔斯得跟在其他人后面去欣赏那些镜子和瓷器，这可是完全必要的。不过，安妮所听到的已足以让她清楚上克洛斯现今的状况，并为它的幸福而欢欣，尽管她高兴之余也在叹息，可她的叹息中并没有任何恶意的嫉妒。如果可能，她当然也愿意和他们一样幸福，但她并不想减少他们的幸福。

这次拜访总的说来是宾主尽欢。玛丽享受着欢乐的氛围与环境的变化，兴致非常高。她一路上乘坐的是婆婆的四马马车，所以对旅途极为满意；同时，她又完全独立，不用依赖卡姆登街，这也让她极为得意，所以她的情绪非常高，对她应该夸赞的每一件东西都赞不绝口，而当主人们向她详细介绍这幢房子的所有优点时，她也随时欣然附和。她对她父亲与姐姐没有任何要求，因为他们那两间漂亮的客厅已足以提升她的重要性。

伊丽莎白很是苦恼，虽然就只有那么一阵子。她觉得应该请马斯格罗夫太太一行人过来用餐，但这样一来，品位的不同、仆人的减少势必就会暴露出来，让那些身份一直比凯林奇的埃利奥特一家低得多的人当场就看出来，这是她万万不能容忍的。这是礼节与虚荣心之间的争斗，但虚荣心占了上风，这样决定之后伊丽莎白又高兴了起来。她在内心里是这样劝说自己的——这是过时的观点，是乡下人的热情好客，我们没有请客吃饭这一说，巴斯很少有人这么做，艾丽西亚夫人[1]从不请客吃饭，甚至连她亲妹妹一家也没有邀请过，哪怕他们来巴斯已经一个月了；而且我敢说，过来吃饭对马斯格罗夫太太来说也会很不方便——打乱了她的安排。我敢肯定，她宁愿不来——她和我们在一起会很不自在的。我会

---

[1] 原文为"Lady Alicia"。此处，"Lady"这个称呼用在了名之前，而非姓之前，这表明她是一位公爵、侯爵或者伯爵的女儿，社会地位高于伊丽莎白这位准男爵的女儿，所以伊丽莎白以她为行为楷模。

请他们所有人过来待上一个晚上,那样会好得多——那将既是一次新奇的体验,又是一种乐趣。他们以前还没有见过这样两间客厅。他们会很高兴明天晚上过来。这将是一次安排有序的聚会——规模虽小,但却很讲究。这让伊丽莎白很满意。当她向在场的两个人发出邀请,并承诺一定会邀请其他不在场的几位时,玛丽也同样感到很满意。伊丽莎白特意要求她与埃利奥特先生见见面,还要把她介绍给达尔林普尔夫人和卡特雷特小姐,这两位恰好已经说定了要来。玛丽简直就不可能受到比这更令她心满意足的礼遇了。埃利奥特小姐将在第二天上午很荣幸地拜访马斯格罗夫太太,安妮则直接跟着查尔斯与玛丽一起离开,去看望马斯格罗夫太太和亨丽埃塔。

眼下,安妮不得不搁下与拉塞尔夫人坐下长谈这个计划。他们三个人一起到里弗斯街待了几分钟。不过,安妮也说服了自己,觉得把打算要说的话推迟一天也没什么关系,于是便匆匆赶去了白鹿旅馆,去见见去年秋天的那些朋友与同伴,急着向他们表达多次交往所促成的那份深情厚谊。

他们发现马斯格罗夫太太和她女儿在屋里,而且只有她俩在,她们极其亲切地欢迎了安妮。亨丽埃塔恰好处于因前景好转与喜事临近的幸福状态中,这使得她对自己原来就喜欢的每个人都满怀好感与兴趣;马斯格罗夫太太则真心爱着安妮,这是安妮在他们面临困境时以自己的能干赢得的。这样的欢迎发自内心,是一种温暖与一种真诚,可悲的是,这样的幸福安妮在家中却无法拥有,所以也就令她更加快乐。她们请她尽可能多抽一些时间给她们,请她每天都过来,而且要待上一整天,或者更确切地说,是把她当成了这个家庭的一员。作为回报,她自然也像往常那样关心与帮助她们。在查尔斯外出后,她就听马斯格罗夫太太谈路易莎的情况,听亨丽埃塔说自己的事情,在一些事务上谈谈自己的意见,推荐一些商店,其间还不时在玛丽需要时帮帮忙,从替她换缎带到帮她算账,从帮她找钥匙、整理小饰品,到设法让她相信没有人对她有恶意。玛丽坐在窗户旁,能俯瞰对面大水泵房[1]的入口,虽然也同平常一样过得挺愉快,但还是会时不时地想象别人对她心怀叵测。

可以想见这个上午会有多忙乱。一大帮人住在旅店里,肯定会出现那种变化不断、无法安定下来的情景。前五分钟刚收到一张便条,后五分钟就又来了一个包裹。安妮在那里待了不到半个小时,他们那还算宽敞的半间饭厅里就坐满了人:马斯格罗夫太太的四周坐着一群友情不变的老朋友,查尔斯又带回了哈维尔上校和温特沃思上校。温特沃思上校的出现只让安妮惊讶了片刻。他们共同的朋友的到来一定会让

---

[1] 原文为"the pump-room",即"the Pump Room"。大水泵房是一个大房间,名字源于里面装有从地下抽取矿泉水的水泵,大水泵房前面则是一个铺着石板的广场,被称为水泵广场(the Pump-yard)。游客可以在大水泵房喝矿泉水、见面聊天,因此这里也是一个重要的娱乐与社交场所。

他们很快聚到一起,她是不可能没有想到这一点的。他们上次的见面非常重要,他表明了他的情感,她也欣喜地从中获得了证实。但此刻他的表情却让她担心起来,觉得那个让他匆匆离开音乐厅的糟糕的念头还占据着他。他似乎都不想靠上前来和她攀谈。

安妮试着保持平静,让一切顺其自然,努力集中思想思考理性的信任——"当然,如果双方都是一往情深,那不久之后我们就一定会心意相通。我们不是少男少女,不会无缘无故地烦躁,不会因为一时的疏忽而胡思乱想,也不会不负责任地拿自己的幸福当儿戏。"可是,没过几分钟,她就觉得,在现在这种情况下,他们两人待在一起只会让他们身陷疏忽与误解,而且还是最有害的那类。

"安妮,"玛丽大声叫了起来,但还待在窗户前,"那是克莱太太,我敢肯定,就站在柱廊下面,还有一位绅士跟她在一起。我看见他们刚刚从巴斯街那边拐过来。他们好像正聊得热火朝天。那会是谁?过来,告诉我。天呐!我想起来了——是埃利奥特先生本人。"

"不,"安妮马上说道,"不可能是埃利奥特先生,我向你保证。他今天上午九点钟就离开了巴斯,明天才会回来。"

她说这话的时候就觉得温特沃思上校正在看着自己,这使她又气恼又尴尬,让她后悔自己说得太多,尽管只是几句普普通通的话。

玛丽很不满，安妮竟然认为她不认识自己的堂兄，于是便十分热烈地列举那些家族相貌特征，更加肯定地坚持说那就是埃利奥特先生，还再次叫安妮自己过去看看。可是安妮没打算动，试图表现得淡然且漠不关心。不过，她察觉到两三位女客互相微笑、交换会意的眼神，好像觉得自己深知其中内情一般，她就再次心烦意乱起来。显然，关于她的无稽之谈已经传开了。接下来便是短暂的沉默，似乎在确保那传闻现在会传得更远。

"快来呀，安妮，"玛丽嚷嚷起来，"过来自己看看。你要不快点，就来不及了。他们正在道别，他们还在握手[1]。他转过身去了。难道我不认识埃利奥特先生，真是的！你好像已经把莱姆发生的事忘得一干二净了。"

为了不让玛丽生气，或许也是为了掩饰自己的尴尬，安妮还是悄悄地朝窗户走了过去。她来得正及时，在那人往旁边走开、消失不见以前，她刚好赶上，那人果然是埃利奥特

---

[1] 按照当时的礼仪规范，握手是一种亲密的表示。在当时的一本关于社交礼仪与衣着打扮的女性指南中，其匿名作者写道："在任何时候，她都不应该自愿与一位同她或她的家人并无任何特别的令人尊重的关系（如血缘关系）的男性熟人握手。当一位女性对某些特定个人抱有特别好感时，轻轻的触碰，手与手的挤压，是她唯一能给出的外在表示。"（A Lady of Distinction, *The Mirror of Graces; Or, The English Lady's Costume*, London: Printed for B. Crosby and Co., 1811, p.170）鉴于此，克莱太太同埃利奥特先生握手这个动作，表明了两人的亲密关系，也为后文做出了铺垫。

先生（她刚才还绝对不信），而克莱太太则迅速消失在了另一边。看到这两个利益完全相反的人一副友好交谈的样子，安妮不禁感到惊讶，但她按捺住了自己的惊讶，平静地说："是的，的确是埃利奥特先生。我猜他改了出发时间，就这样——或许就是我弄错了，我当时可能没留意。"然后，她就回到了原来的座位上，重新镇定了下来，愉快地希望已经很好地替自己开脱了。

客人们告辞了。查尔斯客客气气地送走了他们以后，又冲他们做了个鬼脸，怪他们不该来，然后说：

"是这样的，母亲，我为你做了一件你会喜欢的事情。我去了剧院，订了明天晚上的包厢。我是个好儿子吧？我知道你喜欢看戏，我们大家都坐得下。包厢能坐下九个人。我已经约了温特沃思上校。我敢肯定，安妮也不会后悔跟我们去的。我们大家都喜欢看戏。我做得不错吧，母亲？"

马斯格罗夫太太刚高高兴兴地表示说，如果亨丽埃塔和其他人都想看，她自己也会很乐意去，玛丽就迫不及待地打断了她的话，惊呼道：

"天呐，查尔斯！你怎么会想出这么一出？订明天晚上的包厢！难道你忘了我们明天晚上要去卡姆登街吗？忘了他们还特别要求我们见见达尔林普尔夫人和她的女儿，还有埃利奥特先生——所有这些重要的亲戚——特意要把我们介绍给他们吗？你怎么能够如此健忘？"

"得了吧,得了吧!"查尔斯回答道,"晚间聚会算什么呀?根本就不值得被记住。我觉得,如果你父亲真的想见到我们,他就应该请我们过去吃饭。你爱干吗就干吗去,我是要去看戏的。"

"啊!查尔斯,你要是那么做了,就实在是坏透了!你都已经答应了要去。"

"不,我没有答应。我只是假笑了一声,鞠了个躬,说出了'高兴'这个词。我可什么也没答应。"

"可你必须去,查尔斯!爽约是无可饶恕的。他们邀请我们是特意要为我们做介绍。达尔林普家和我们家的关系向来都很密切。无论哪家有什么事,都会马上通报对方。你知道的,我们是近亲。还有埃利奥特先生,你特别应该同他认识一下!埃利奥特先生应该得到关注。想想啊,我父亲的继承人——家族未来的代表。"

"别跟我说什么继承人和代表,"查尔斯大声说道,"我可不是那种抛开当政的不管,去冲着那还没有升起来的太阳折腰的人。我如果不为了你父亲而去,却因为看在他继承人的面子上就去了,我觉得这也太丢脸了。埃利奥特先生对我来说算什么呀?"

这番满不在乎的言辞让安妮为之一振,她看见了温特沃思上校很专心的样子,他全神贯注地看着与听着,而最后那句话更使得他把自己询问的目光从查尔斯那边移到了她这里。

查尔斯和玛丽还在继续吵着:他,半是严肃半是嘲弄地坚持这个去看戏的计划;她,自始至终都很严肃,十分激烈地反对看戏,还不忘跟大家说明白,尽管她决定好了自己去卡姆登街,但如果他们真抛开了她去看戏,她就会觉得大家没有善待她。马斯格罗夫太太于是插话了。

"我们最好还是把看戏时间往后推吧。查尔斯,你最好还是回去改订星期二的包厢。如果大家得分开,就太遗憾了。而且,如果她父亲家有聚会的话,安妮小姐也不能和我们待在一起。我敢肯定,如果安妮不能和我们一起去,亨丽埃塔和我根本就提不起对那部戏的兴致。"

如此善意让安妮万分感激,而且也万分感激它让自己有机会坚定无疑地说——

"太太,如果只用考虑我的个人意愿,那么家里的那场聚会(是因为玛丽的缘故而举办的)连最小的阻碍都谈不上。我一点儿也不喜欢那种聚会,将它换成看戏会让我再高兴不过了,尤其是和你们一道。不过,或许最好还是别这么做。"

她说出来了,可说完后却颤抖了起来,因为她意识到有人正在仔细聆听她的话,而她却连看看这些话有什么效果都不敢。

很快,大家就都同意将时间改到星期二,只是查尔斯仍然保持着继续逗自己妻子的权利,坚持说他明天会去看戏,哪怕其他人都不去。

温特沃思上校离开了座位,走到了壁炉旁,或许是为了稍后就离开那里,然后不那么目的明显地站到安妮身边。

"你在巴斯待的时间还不够长,"他说,"所以才不喜欢这里的晚间聚会。"

"啊!不是的。它们的主要特点对我没有吸引力。我不会打牌。"

"你以前也不会,我知道。你以前也不喜欢打牌,可随着时间推移,会有很多变化。"

"我可没什么变化。"安妮脱口而出,但又马上打住,害怕连她自己也几乎不知道会被怎样曲解。过了一会儿,他开了口——似乎是有感而发——"是有一段时间了,千真万确!八年半的确算得上是一段时间!"

他原本是不是还会说更多,这个问题只能留给安妮在清静下来以后去揣摩了,因为就在她刚听到他话音的那一刻,亨丽埃塔突然开口,把她吓了一跳。亨丽埃塔很想利用现在这段空闲时间出门,于是就让她的同伴们不要耽误时间,免得再有人进来。

他们不得不动起来。安妮说自己已经一切准备妥当了,也尽量做出了相应的样子,但她还是觉得,如果亨丽埃塔能够知道,她在离开那张椅子并准备离开那个房间时内心有多少遗憾与勉强,一定会同情她,因为亨丽埃塔对自己的表兄也有类似的深厚情感并能完全确定表兄也如此爱她。

不过，他们的准备工作被突然打断了。他们听见了让人不得安宁的声音，有访客走过来了。门被推开了，进来的是沃尔特爵士和埃利奥特小姐，他们的到来似乎给所有人都带来了一股寒意。安妮立刻就感到了一种压迫，无论她朝哪边看，看到的都是相同的反应。房间里的舒适、自由与欢乐消失殆尽，悄然潜入的是冷冰冰的漠然，固执的沉默或者死气沉沉的交谈，它们才与她父亲和姐姐那毫无真情实意的高雅相称。如此体验可真让人羞愧！

安妮留意地看着，满意地注意到了一个细节。她父亲和姐姐再一次同温特沃思上校打了招呼，而且伊丽莎白比先前更加有礼貌，她甚至还和他应酬了几句，看了他不止一次。事实上，伊丽莎白正在盘算一个大动作。接下来的事情就是最好的解释。她先是浪费了几分钟时间得体地寒暄了一些废话，然后就开始发出邀请，内容就是马斯格罗夫一家应得的全部礼遇。"明天晚上，见一些朋友，不是正式聚会。"如此礼貌周到地说了一通以后，她把带来的印有"埃利奥特小姐在家恭迎"的请帖放在了桌上，彬彬有礼地对着所有人微笑，还更加明确无误地对着温特沃思上校微微一笑，递给他一张请帖。伊丽莎白已经在巴斯待得够久了，非常清楚有着这样一种气度与相貌的男士的重要性，这便是事实真相。过去的事情毫无意义。现在，温特沃思上校将在她的客厅里风度翩翩地走动。意有所指地给出这张请帖后，沃尔特爵士与伊丽莎白便起身离去了。

这通打扰尽管恶劣,但却短暂。随着房门将他们关在了外面,原来抛下了众人的轻松与活泼又回到了大多数人那里,但却落下了安妮。她能想到的只有那份邀请,她刚才是怀着多么震惊的心情在一旁观看,还有他接受那份邀请时的态度,那是一种意味隐晦的态度,是惊讶而非欣喜,是礼貌的应付而非接受。她了解他;她在他眼里看见了轻蔑,所以不敢相信他已经下定决心要接受这样一份礼物,将其作为对过往所有傲慢无礼的补偿。她的情绪低落了下来。他们走后,他手里还拿着那封请帖,似乎在细细思量。

"真想不到,伊丽莎白居然邀请了每一个人!"玛丽悄声说道,声音大得大家都能听见。"难怪温特沃思上校那么高兴!你看看,他都舍不得放下那张请帖。"

安妮瞧见了他的眼神,看见他脸上泛起红色,嘴唇一抿,唇边的轻蔑转瞬即逝。随后,安妮就转过脸去,免得再看见或者听见什么让自己恼怒的事情。

接下来,一行人分开行事。男士们有他们自己的兴趣,女士们则继续做自己的事情,而在安妮和女士们待在一起的那段时间里,他们俩再也没有见过面。大家都非常恳切地请她回来吃晚饭,和他们一道过完这一天。可是,她之前精神一直绷得很紧,此刻觉得再无余力做别的,只适合回家待着,在家里只要她愿意,她就可以保持沉默。

安妮答应第二天白天都和他们在一起,然后就吃力地走回了卡姆登街,结束了眼下的疲惫。回到卡姆登街,她一整晚听着伊丽莎白和克莱太太忙忙碌碌地准备第二天的聚会。她俩反复清点宾客人数,不停地改进各种装饰细节,希望把这次聚会办成巴斯同类活动中最完美无缺的那个;与此同时,安妮则暗地里反复用同一个问题无休无止地困扰自己,温特沃思上校究竟会不会来呢?她们都觉得他一定会来,可对她来说,这却是一个不断折磨着她、令她担心不已的事情,连五分钟的平静都不会给她。总的说来,她觉得他会来,因为她大概认为他应该来,然而对于这件事又不能简单地从坚守义务或谨慎行事的角度认为他肯定会来,那样不免忽视了他那些负面的感情因素。

为了挣脱这令人焦躁不安的纷乱思绪,安妮只好打起精神跟克莱太太说,就在大家都认为埃利奥特先生已经离开巴斯三小时后,有人看见她跟他在一起。安妮原本一直在等着这位女士自己透露一点关于这次见面的情况,可却没有等到,于是便决定提起此事。她觉得,在听她说话的时候,克莱太太似乎面露愧色。这愧色很短暂,瞬息之间就散去了,但安妮却觉得自己已经从中看出,或是由于他俩在共同策划某种复杂的阴谋,或是因为他的某种不可抗拒的影响力,她不得不听着(大概半小时)他就她对沃尔特爵士的企图进行斥责与限制。可是,她却用一种颇为自然的态度,有模有样地惊

呼了起来:

"啊,天呐!千真万确。埃利奥特小姐,我居然在巴斯街上遇到了埃利奥特先生,简直让我大吃一惊!我当时太吃惊了!他折回来,陪我走到了水泵广场。他当时没能出发去索恩伯里,可我真忘了是什么原因——因为我在赶时间,没太注意听他说话,我只能保证他打定主意回来时不会被耽搁。他想知道他明天最早什么时候能来。他满脑子想的都是'明天'。很显然,我一走进这房子,得知你们邀请了更多的客人以后,满脑子想的也都是明天;不然的话,我也不会把之前发生的事情,或者我见到了他这事,都忘得一干二净。"

第十一章

虽说安妮与史密斯太太的谈话刚过去一天,但由于之后又有了更让她关心的事情,她现在已经几乎不在意埃利奥特先生的所作所为了,唯一担心的只是它在某个方面可能造成的影响,所以第二天一早,她理所当然地继续推迟了去里弗斯街说明情况的安排。她已经答应了马斯格罗夫一家,从早餐到主餐这段时间都跟他们待在一起。她已经许下了承诺,所以埃利奥特先生的品行就如同苏丹王妃山鲁佐德[1]的脑袋,必须多等一天再说了。

不过,她没能准时赴约。天气很不好,在她准备步行出门前,这雨让她替她的朋友们懊恼,也让她自己感触颇多。当她来到白鹿旅馆,走进要去的房间后,她发现自己既没有准时赶到,也不是第一个到的人。房间里马斯格罗夫太太正在跟克罗夫特太太聊天,哈维尔上校也在和温特沃思上校说着什么。然后她马上又听说,玛丽和亨丽埃塔等不及,天一

---

[1] 山鲁佐德王妃(the Sultaness Scheherazade)是《一千零一夜》中给国王山鲁亚尔讲故事的王妃。

放晴就出门了,但很快就会再回来。她们还给马斯格罗夫太太留下了一道严格的指令,那就是在她们回来之前,务必留住她。安妮不得已,只好听从指令,坐了下来,表面上神色泰然,但却立刻感觉自己又深深地陷入了所有那些焦躁不安中,她原本只料想自己会在上午结束前才会稍稍体会到它们的滋味,结果却没有任何拖延,一点时间也不浪费。她立刻就深深地处于这种痛苦带来的幸福中,或者如此幸福带来的痛苦中。她走进房间两分钟后,温特沃思就说:

"你要是有纸笔,哈维尔,现在我们就来写我们刚在谈论的那封信吧。"

那些文具就在附近,在另一张桌子上。他走了过去,专心致志地写了起来,几乎背对着他们所有人。

马斯格罗夫太太正在跟克罗夫特太太讲述她家大女儿订婚的经过,虽然自以为在窃窃私语,但其实旁人听得一清二楚,真让人有些左右为难。安妮觉得她们的谈话和自己没关系,可因为哈维尔上校看上去思绪重重,没有兴致聊天,她就不可避免地听到了许多不想听的细节。什么"马斯格罗夫先生和我妹夫海特如何一次一次地碰面商谈此事;我妹夫海特有一天说了什么,而马斯格罗夫先生第二天又提议什么,接着我妹妹海特夫人又想起了什么,而两个年轻人又希望什么,以及我一开始说我永远也不会同意,结果后来又听从了劝说觉得倒也不错",还有许多同样坦率的谈话内容——种种即便谈得再得体优雅,也只有当事人才会感兴趣的细枝末节,更何况好心的马斯格罗夫太太也谈不上谈吐得体优雅。克罗夫特太太非常好脾气地仔细听着,只要她一开口,说的话就很有见地。安妮希望两位绅士都忙得没工夫细听。

"所以,太太,所有这些问题都考虑到了以后,"马斯格罗夫太太响亮地"悄声"说道,"尽管我们本来希望会有所不同,但总的说来,我们觉得继续坚持下去也并不恰当。因为查尔斯·海特非常着急,亨丽埃塔也差不多同样急切,所以我们觉得他们最好还是马上结婚,就像他们之前的很多人都做过的那样,尽量把这事变成好事。我说了,不管如何,这比一份漫长的婚约好。"

"我准备说的也刚好就是这个,"克罗夫特太太急切地说道,"我倒情愿让年轻人靠着一小笔收入就立刻安下家来,共同面对一些困难,而不是让他们守着一份漫长的婚约。我一直觉得,没有共同的……"

"啊!亲爱的克罗夫特太太,"马斯格罗夫太太不等她把话说完就嚷嚷了起来,"我最讨厌的莫过于年轻人漫长的婚约。这也是我为了我的孩子们而一直反对的。我过去常说,如果一对年轻人确定能在六个月甚至十二个月内结婚,那么订婚就还不错。但漫长的婚约就不行!"

"是的,亲爱的太太,"克罗夫特太太说,"没有把握的婚约也不行,就是那种可能会很漫长的婚约。我认为,如果一开始并不知道什么时候才会有财力结婚，订婚就极不可靠与明智；我觉得，所有的父母都应该极力阻止。"

安妮意外地发现这番话很有意义。她觉得这番话可以用来说她自己，她体味着它，全身都紧张得战栗起来，眼睛同时不由自主地朝远处的那张桌子瞥了一眼。温特沃思上校的笔停止了移动，他的头抬了起来，停下来听着，随后他转过来看了一眼——迅速而又意味深长地看了她一眼。

两位女士继续谈着，反复主张那些彼此都认定的真理，还用了一些她们所看到的例子来强调它们，说明反过来又会有什么恶果。可安妮什么也没有听清楚，耳朵里只有一些字眼在嗡嗡作响，内心一片混乱。

哈维尔上校刚才确实什么也没有听到，他这时从自己的座位上站了起来，走到一扇窗户前。安妮看起来像是在注视着他，但其实完全是因为她心不在焉。可是，渐渐地，她意识到他正在邀请她到他那边去。他微笑着看着她，微微点了一下头，向她表示"到我这里来，我有话要说"。这举动毫不做作，透着让人安心的亲切，就好像他是一个老朋友似的，让他的邀请格外有分量。她起身朝他走去。他正站在房间另一侧的窗户前，与坐在房间这一侧的两位女士相对，但更靠近温特沃思上校的桌子，虽然也不是太接近。等她站到了他身旁，哈维尔上校又恢复了那种思绪重重的严肃神情，似乎这是他天生的表情。

"瞧瞧这个，"他说着，打开了手里的一个小纸包，露出了一幅小画像，"你知道这是谁吗？"

"当然了，是本威克舰长。"

"是啊，而且你大概也猜得出这是给谁的。不过（语调低沉）这本来并不是为她画的。埃利奥特小姐，你还记得我们在莱姆一起散步，一道替他难过吗？我那时候并没有想到——不过也无所谓了。这是在好望角画的。他那时在好望角遇到了一个年轻能干的德国画家，为了实现对我可怜的妹妹的承诺，就让他为自己画了一幅画像，要带回来给她。我现在的任务是替另外一个人把它好好装裱一下！这件事就托付给我了！还能差遣谁呢？我希望我能体谅他。当然，如果把这事交给另一个人去做，我也不会遗憾。他把这事应承了下来——（朝温特沃思上校看去）他现在正在为此事写信。"说完，他双唇颤抖着，又说了一句："可怜的范妮！她可不会这么快就忘了他！"

"不会的，"安妮回答道，声音低沉，充满感慨，"这，我绝对相信。"

"她天性就不会如此。她对他很痴情。"

"任何真心实意地爱过的女人都不会天性如此。"

哈维尔上校微微一笑说："你觉得所有的女人都是这样的？"她也微笑着回答这个问题："是的。我们当然不会像你们忘记我们那样很快地忘记你们。这或许是我们的命运，而非我们的美德。我们无法控制。我们居住在家中，生活平静，活动受限，所以我们的情感折磨着我们。你们被迫劳碌。你们有职业，有追求，有这样那样的事情把你们立刻带回到外面的世界，纷至沓来的事务与变化很快就会削弱种种感觉。"

"就算你说得对，外面的世界会让男人如此（虽然我并不觉得你说得对），这也解释不了本威克。他并没有被迫劳碌。战事结束后，他就立刻上了岸，从那以后就和我们一直住在一起，生活在我们那个小小的家庭圈子里。"

"确实，"安妮说，"确实没错。我刚才没想到。不过，我们现在该说什么呢，哈维尔上校？如果这种变化并非来自外界环境，那它必定来自内部，定然是天性。男人的天性，替本威克舰长做了他想做的事情。"

"不，不，这不是男人的天性。我并不认为男人天性就比女性更加善变，更容易忘记他们所爱之人或爱过的人。我的看法恰恰相反。我坚信我们的身体确实与我们的精神相一致；我们的身体更加强健，所以我们的情感亦如此，能够忍受最猛烈的磨砺，也能经受住最恶劣的天气。"

"你们的情感或许更坚强，"安妮回答说，"但同样的类比也让我坚信，我们的情感更加温柔。男人比女人强壮，但却并不会更长寿，这恰好能够说明我关于男女各自感情本质的看法。而且，假如情况相反，对你们男人来说就太艰难了。你们要克服种种逆境、困难与危险，你们总是在辛勤劳作，面临着种种危险与艰难。你们告别家庭、故土与朋友,时间、健康与生命都不属于你们自己。这的确太艰难了,"她声音有些颤抖,"如果还要在这些之上加上像女人一样的情感。"

"我们在这个问题上永远也不可能达成一致。"哈维尔上校刚这么说,一声轻微的响动让他俩把注意力转到了房间里温特沃思上校那原本一直安静着的地方,原来是他的笔掉到了地上。但安妮却惊讶地发现,他比她之前想象的距离要更近一些,于是有些怀疑,觉得那笔之所以会掉下来也是因为他注意到了他们,想要听清楚他们之间的谈话。不过,她觉得他不可能听得清楚。

"你写完信了?"哈维尔上校说。

"还没有全写完,还有几行。我五分钟后就可以结束。"

"我这边不急。你什么时候准备好了,我也就准备好了——我这边停在了理想锚地,"他朝着安妮微笑,"供给充足,什么也不缺——根本不着急接收起航信号——好了,埃利奥特小姐,"他的声音低了下来,"就像我刚才说的那样,我觉得在这一点上我们永远也不可能达成一致。也许,任何男人和女人都不能。不过,请允许我说,所有的历史书都会反驳你的观点,所有的故事、散文与诗歌。如果我有本威克那样的记性,我马上就能背出五十条引语来支持我的观点,而且我觉得,在我这辈子读过的书中,没有哪一本不说女人易变。歌谣与谚语也都谈到了女人如何朝三暮四。但或许,你会说这些都是男人写的。"

"或许我会——是的,是的,如果可以的话,请不要从书中寻找例证。男人们在讲述他们自己的故事时,处处都比我们有优势。他们能受的教育要高得多,笔杆子也被握在了他们手里。我认为书本证明不了任何东西。"

"可我们又该如何来证明任何东西呢?"

"我们永远也证明不了。在这一点上,我们永远也别想证明什么。解决这样的观点分歧,证据也没用。我们双方可能一开始时就已经有些偏向各自的同性,然后又在这个偏爱的基础上添加发生在我们各自圈子里的对其有利的一个个事例,然而这些事例中有很多(可能正是那些让我们印象最深刻的)也许是这种情况,即,一旦说出来,就会背叛他人的信任,或说出在某个方面本不该说出来的事情。"

"哎!"哈维尔上校大声说道,语调里包含着强烈的情感,"当一个男人最后看一眼他的妻子和孩子们,望着那条他送别他们的小船渐行渐远,直到消失在视野中,然后转身说:'上帝才知道我们是否能再见面!'真希望我能让你明白他那时经受了什么痛苦。还有,当他真的能够再次见到他们,当他经历了大概十二个月的离别后归来,却被迫停靠在了另一个港口,他盘算着多久以后他们才能到达那里,装模作样地欺骗自己说他们要某天才能到这里,但又同时希望他们能提前十二个小时到达,而当他看见他们终于到来,还提早了很多个小时,就像上帝给了他们翅膀一样,真希望我能让你看到他的灵魂散发出的快乐!真希望我能让你清楚这一切,让你清楚一个男人为了他生命中的这些珍宝所能忍受、能做,也很自豪地去做的所有一切!你知道的,我谈论的只是那些真正有心的男人!"他激动地按住了自己的心口。

"噢!"安妮急忙说,"我相信我懂得你和那些与你相似的人的所有感受。但愿我不会低估任何人的热烈与忠贞的情感。如果我胆敢认为只有女人才懂得真爱与坚贞,那就只配被人彻底看不起。不,我相信你们能够在婚后的生活中做出所有伟大且美好的事情。我相信,你们能胜任每一项重任,也会在家庭生活中事事克制,只要——如果允许我这么说,只要你们有一个目标。我是说,当你们所爱的女人活着,而且是为你们而活着。我认为我的同性所具有的全部优势(它并不值得羡慕,你们也不必觊觎),是爱得更长久,即便所爱之人已逝,即便希望已全无。"

她无法再多说一句话。她内心的情感已快溢出,胸口被压迫得几乎透不过气来。

"你是个好人,"哈维尔上校激动地说,关爱地将手放在她的手臂上,"我不和你争论了。我一想到本威克,也就无话可说了。"

他们的注意力被别人吸引了过去——克罗夫特太太正在辞行。

"喂，弗雷德里克，我想我们要分开了，"她说，"我要回家了，你也跟你的朋友约好了。今天晚上，我们大家可能会有幸再会，就在你家晚会上，"她转过去面对安妮，"我们昨天收到了你姐姐的请帖，我知道弗雷德里克也收到了一张，虽然我并没有见到——弗雷德里克，你和我们一样没有别的安排，对吧？"

温特沃思上校正在匆匆忙忙地把一封信叠起来，没有正面回答，不是顾不上就是不愿意回答。

"是的，"他说，"的确如此。我们就在这里分开。不过，哈维尔和我随后也要走了，也就是说，哈维尔，你如果准备好了，我再有半分钟就好了。我知道你想走了。我半分钟后将悉听尊便。"

克罗夫特太太先告辞了。温特沃思上校快速把信封好以后，也真的准备好了，甚至还一副慌慌忙忙、心烦意乱的样子，好像急着离开。安妮不知道该如何理解这点。哈维尔上校非常友好地对她说了"再见，上帝保佑你"，可他却一个字也没对她说，也没看她一眼。看都没看她一眼，他就这样穿过房间离开了！

但是，她刚刚走近他先前写信的那张桌子，就听见了回来的脚步声。门开了，正是他本人。他请大家原谅，只是他忘了拿手套，然后就立刻穿过房间来到了写字台这边。他背对着马斯格罗夫太太，从散乱的信纸下抽出一封信来，放在安妮面前，凝视了她片刻，眼里满是炽热的恳求，接着就急急忙忙地拿起手套，再次离开了房间，马斯格罗夫太太几乎都还没有意识到他进来过——转瞬间的事！

这一瞬间激起了安妮的千愁万绪，几乎难以言表。这封信显然就是那封他匆忙折叠起来的信，是写给"安·埃小姐"的，只是收信人的名字很难辨认。大家还以为他只是在给本威克舰长写信，结果他竟然也在同时给她写！这尘世能为她做些什么全看那封信的内容了！万事皆有可能，万事皆可对抗，唯有悬念不可。马斯格罗夫太太正在她那边的桌子旁忙着自己的安排。她必须利用这有利掩护。她坐进了他之前坐过的那张椅子，就在他刚才俯身书写的那个地方，如饥似渴地读着下面的文字：

> 我再也不能默不作声地听下去了。我必须借助我伸手能及的工具来向你倾诉。你刺破了我的心。我一边痛苦挣扎，一边又满怀希冀。请不要对我说，我已太晚，那些珍贵的情感已荡然无存。我再次把自己奉献给你，一颗心也比八年半以前更忠于你，当时的它几乎为你而破碎。不敢说男人比女人忘得快，也不敢说他的爱消逝得更早。除了你，我没有爱过任何人。我或许曾经不公，也曾软弱，心怀怨恨，但却从未朝三暮四。你是我来巴斯的唯一理由。我日思夜想，精心打算，也只是为了你——难道你没有看

在眼里?难道你没能懂得我的心意?——若是我能读懂你的心,正如我相信你一定已洞察了我的情感,我甚至连这十天也不会等。我几乎无法借笔倾诉。每时每刻我所听到的都让我倾心不已。你压低了声音,可我却能分辨出那声音中其他人都听不出的种种语气——多么美好,多么卓然不群的人!你的确公正地看待了我们男人。你的确相信男人也会一往情深、矢志不渝。请相信这样的情感就在我心中,它是如此炽热,如此坚定不移。

弗·温

我必须离去了,却不知道我的命运将会如何,但我会尽快回来,或者跟上你们一行人。一句话,一个眼神,就足以决定我今晚是走进你父亲的家门,还是永远也不踏入。

这样的一封信,让人读完后很难立刻平静下来。半小时的独处与思量或许就可以让她平静下来,可由于周围的种种限制,现在刚过去十分钟,她就受到了打扰,完全无法平静下来。相反,她时时刻刻都在体会到新的悸动。这是一种无法抗拒的幸福。不过,她还没有度过百感交集的第一个阶段之前,查尔斯、玛丽和亨丽埃塔就全都进门了。

安妮必须立刻挣扎着做出一副举止自若的样子,可才过了一会儿她就坚持不下去了。他们说的话,她一个字也听不进去了,所以不得不借口身体不舒服,请求他们谅解。这时候,他们也能看出来她看起来气色很差,他们都很惊讶与担心,怎么也不愿意把她留下自己出去。这太糟糕了!其实,只要他们出去,让她自己在那个房间里安安静静地待着,她就会没事的。可他们都在她周围站着或者等着,反倒搞得她心乱如麻,万般无奈之下,她只好说自己想回家。

"没问题,亲爱的,"马斯格罗夫太太说道,"马上回家吧,好好休息一下,这样晚上就有精神参加聚会了。真希望莎拉在这里,她就能帮你治一治了,可惜我自己不是医生。查尔斯,打铃叫顶轿子。她不能步行!"

可是,轿子绝对不行。会比什么都糟!如果她沿着城里的上坡路独自安静地走回去,她就可能会有机会与温特沃思上校聊一聊(而且她也觉得几乎肯定会遇到他);她无法忍受失去这样一个机会。于是,她急切地谢绝了轿子。马斯格罗夫太太只能想到一种病,她焦虑不安地弄清楚了安妮刚才没有摔倒过,安妮最近没有因为滑倒而摔着了头,而且安妮也完全确定自己没有摔倒过,她这才高高兴兴地同安妮道别,并相信晚上就会看到安妮恢复精神。

安妮绝不愿意错过任何可能的预防措施,犹豫再三以后,便说:

"太太,我担心有些事情并没有完全说明白。请你一定转告其他几位先生,我们希望今天晚上见到你们所有人。我怕之前造成了误会,所以恳请你特别提醒哈维尔上校和温特沃思上校，我们希望见到他们二位。"

"啊！亲爱的，大家都很清楚，我向你保证。哈维尔上校一心只想着要去。"

"你觉得是这样的？可我有些不放心。不然我将会非常非常遗憾！你能答应我，等你再见到他们的时候，你会提一下这事吗？想必你今天白天会再见到他们两人的。请务必答应我。"

"既然你这么要求，我当然会。查尔斯，只要你见到哈维尔上校，一定要记得转告安妮小姐的话。不过说真的，亲爱的，你不用担心。哈维尔上校一定会去的，我向你保证；我想，温特沃思上校也一样。"

安妮别的什么也不能做了，可她心里却预感会有某种意外，给她完美无缺的幸福蒙上点阴影。不过，这种意外也不可能持续很长时间。即便他本人没有去卡姆登街，她也可以托哈维尔上校传个明确的口信。

接着又出现了一桩一时让人头疼的事情。查尔斯生性善良，又真心关心安妮，坚持要送她回家，丝毫不容拒绝。这简直有些残忍！但是，她也不能一味地拂逆他们的盛情。查尔斯为了她，宁愿牺牲自己与一家枪店的约会。于是，带着表面上的感激之情，她和他一道动身了。

他们走到了联合街，突然身后传来了急促的脚步声，是某种熟悉的声音，这让安妮在看见温特沃思上校的时候有了一点时间做准备。他加入到了他们当中,但却似乎拿不定主意究竟是跟他们在一起还是自己往前走,所以什么也没有说——只是看着安妮。安妮还算镇定自若,她迎上了他的目光,而且并没有任何反感。原本苍白的双颊现在泛起了红晕,而刚才还在迟疑着的行动也确定了下来。他走在了她的身旁。不一会儿,查尔斯突然想到了一个主意,说道:

"温特沃思上校,你往哪里走啊?是只走到盖伊街呢,还是会再往上多走一些?"

"我还不知道。"温特沃思上校惊讶地回答道。

"你会再往上走到贝尔蒙特街吗?你会到卡姆登街附近吗?要是你去,我就会毫无顾忌地请你代替我,让安妮挽着你的手臂,把她送到她父亲家门口。她今天上午实在累坏了,要走到那么远的地方,没有人照顾肯定不行。而我得去市场上那个家伙的店里。他有一把上好的枪要寄走,他答应了让我看看,还说尽可能在送走前才包装起来,这样我就可以瞧上一眼,要是我现在还不掉头回去,就没机会了。听他的描述,那枪和我那支二号双管枪很像,就是你有一次在温斯罗普附近用的那支。"

不可能有人反对,能有的只是最得体的欣然接受,让大家看得见的最体贴的顺从,还有就是被压抑着的微笑,以及因暗中狂喜而雀跃的心灵。不到半分钟,查尔斯又回到了联合街的街尾,另外两位则一起继续向前。两人只交谈了数句,便很快确定朝着相对安静偏僻的砾石步道[1]走去。在那里,他们可以尽情交谈,让此刻成为名副其实的幸福时光;日后,当他们无比幸福地追忆过往时,这一刻也将成为永恒。在那里,他们再次互诉衷肠,山盟海誓,当年这些情意与诺言曾让一切都似万无一失,但紧随其后的却是如此多年的别离与隔阂。在那里,他们再次回到了过去,或许还在重聚中体会到了比初次情定时更加强烈的幸福,也更加温柔体贴,更加可靠,更坚信彼此的秉性、忠贞与深情,更有勇气行动,行动也更加有理有据。在那里,他们沿着斜坡缓缓向上,丝毫没有注意到周边的人群,无论是从容漫步的政客、忙忙碌碌的管家、风情万种的姑娘,还是保姆与孩子,他们全都视而不见,只是尽情地追忆过往与袒露心怀,尤其是对与此刻直接相关的此前种种进行解释,它们是那么令人心酸但又同时让人无法不好奇。他们逐一谈论了上个星期的所有那些细微变化,而昨天与今天的简直更是说也说不完。

  安妮没有误会他。对埃利奥特的嫉妒,让他举步不前,踌躇不决,是他痛苦的根源。他在巴斯初次见到安妮时,嫉妒便已萌芽,短时间的沉睡后,又再次冒出来,毁掉了那场音乐会。在过去的二十四小时里,他所说的每一句话、做的每一件事,或者没有说的话与做的事,也都是嫉妒的手笔。

---

[1] 砾石步道位于皇家新月与皇后广场之间。

但她的神色、言语与行动又不时让他心生希望,使得这嫉妒被逐渐地压了下去。那些她与哈维尔上校交谈时传到他耳中的情感与语气,最终战胜了他的嫉妒,它们不可抗拒地左右着他,使他抓起了一张纸倾诉自己的心声。

对于当时所写下的一切,他什么也不会收回或者粉饰。他坚持说自己除了她以外,没有爱过别人。她从来就没有被替代过。他甚至相信自己从未见过能与她相媲美的女子。不过,他还是不得不承认——他并不是下意识地,是的,并不是刻意地想要一往情深;他曾想忘记她,也曾相信自己已经做到。他曾以为自己已经无动于衷,可其实只是心怀怨恨;他也曾不公正地看待她的美德,因为它们让他受到了伤害。而现在,他已经将她的品性视为完美的化身,无可挑剔地保持着刚毅和温柔之间的平衡。但他还是不得不承认,他在上克洛斯才学会了公正地对待她,在莱姆才开始了解他自己。

在莱姆,他得到的教训不止一种。埃利奥特先生那一瞬间的倾慕之意至少唤醒了他,而在科布海堤与哈维尔上校家的那一幕幕场景更让他认定她是如何出类拔萃。

关于他先前那些追求路易莎·马斯格罗夫的行动(出于傲慢的怒火),他分辩说,他自始至终都知道那事不可能,他从没喜欢过路易莎,也无法喜欢她。只是,直到那天,直到他事后得空反思,他才明白这样完美卓绝的心灵是路易莎难以望其项背的,才明白它已彻彻底底地占据了自己的思想。

从它那里，他学会了区别坚持原则与恣意妄为，区别无所顾忌的鲁莽与三思而行的决断。从它那里，他发现一切都让他更加倾慕这个他已经失去的女人，并开始谴责自己的傲慢、愚蠢与疯狂的怨恨，当她再次进入他的生活时，是它们阻碍了他，让他没有去努力重新赢得她的心。

从那时开始，他的悔恨日渐深重。路易莎出事几天后，他刚刚从恐惧与懊悔中走出来，刚开始感觉自己又有了活力，就发现自己尽管还活着，却失去了自由。

"我发现，"他说，"哈维尔认为我已经订婚了！不管是哈维尔还是他妻子，他们都认为我们互相倾心于对方。我感到愕然与震惊。在某种程度上，我本可以立刻反驳；可当我开始想到其他人或许也这么认为——她的家人，不，或许她自己，我就再也不能我行我素了。我在道义上属于她，如果这是她想要的。我之前太不谨慎，没有严肃地思考过这个问题。我以前没有想过，我过分亲昵的举动肯定会在很多方面造成恶果，也没想过我并没有权利试着去爱上两位姑娘中的任何一位，即便没有其他任何不良影响，这也可能引来流言蜚语。我错得太离谱了，必须承担所有的后果。"

总之，他陷进去了，发现时已经太迟。他发现，倘若她对他的情感像哈维尔夫妇所认为的那样，那么，就在他已经完全确定自己根本不爱路易莎时，他还是必须认定自己对她有义务。这使得他决定离开莱姆,在其他地方等着她完全康复。

他很乐意用任何光明正大的手段来削弱同他有关的情感与猜测，所以他去了他哥哥家，打算过一阵子再回凯林奇，然后看情况行事。

"我在爱德华家待了六个星期，"他说，"看到他很幸福。我不可能有别的高兴之事。我也不配有任何高兴之事。他问起过你，问得特别详细，甚至还问你的模样是不是有变化，可他就没想到，对我来说，你永远也不会变化。"

安妮微微一笑，没有说话。这番傻话让人愉快得不忍去责问。对于一个二十八岁的女人来说，听人跟她保证说她的青春魅力丝毫未损，自然会觉得满足。安妮感觉这样的赞誉之辞是他热烈的爱情复苏的结果而非原因，同他以前说过的话相比，它的价值已高得难以言表。

他留在了什罗普郡，悔恨自己不该盲目骄傲，为自己的失算而后悔不已，直到传来路易莎同本威克订婚这个既令人惊诧又让人快乐的消息，这才让他立即就从与路易莎的关系中解脱了出来。

"就这样，"他说，"我最糟糕的状况结束了。现在我至少可以争取幸福了，我能努努力了，我能做点什么了。之前按兵不动等了那么长时间，而且还只等待着不幸，真是可怕。收到那个消息不到五分钟，我就说：'我要星期三就到巴斯。'于是我就在这儿了。我觉得自己值得来一趟，来的时候还抱着几分希望，这难道不是情有可原的吗？你还是单身。说不定你也还保留着昔日的情感,就像我一样。我刚好还知道一件给了我勇气的事情。我从来就没有怀疑过,其他人也会爱上你并向你求婚,但我的确知道你至少拒绝过一个人,他比我条件好。我忍不住常常问自己,那是因为我吗?"

关于他们在米尔索姆街的第一次重逢,有很多东西可以聊,但音乐会那次可聊的就更多了。那天晚上似乎就是由各个微妙的时刻构成的。他们满怀兴致地仔细回想了安妮在八角厅里走上前来和他攀谈的那一刻,埃利奥特先生出现并把她拉走的那一刻,还有之后另外一两个让他重新燃起希望或越发沮丧的时刻。

"你想想,看见你坐在那些不会希望我幸福的人中间,"他抱怨说,"看见你堂兄坐在你身旁,和你说话,冲你笑,感觉你们是多么天造地设与门当户对!我还心想这肯定也是所有可能想要左右你的人所盼望的!即便你自己不情愿或者完全无意,但想想看,他会得到多少有力的支持!难道这还不足以把我变成那晚那个傻瓜吗?我在一旁看着怎么可能不痛苦?当我看到坐在你身后的那位朋友,想起过去那些事情,知道她对你的影响力,而且还对她以前的劝导有着不能忘怀也无法改变的印象——难道所有这一切不是都对我不利吗?"

"你本来也应该判断一下呀,"安妮回答说,"你现在本就不应该怀疑我了,情况大不一样了,我的年纪也很不一样了。即便我过去曾一度错误地听从了别人的劝导,那你也要记得,我听从的是为了保证生活安稳的劝导,而不是为了追求冒险的劝导。我以前听从劝导时,觉得自己是出于责任才那么做,但这件事情却毫无责任可言。跟一个我根本不爱的人结婚,只会招来各种风险,违背所有的责任。"

"或许,我本来应该这么考虑,"他说,"但我做不到。我当时还无法根据对你性格的最新认识而获得启发。我没能够利用这种认识,早先那些让我年复一年愤懑痛苦的情感战胜了它,遮蔽了它,也吞噬了它。我只能把你当成一个曾经听从了劝导,曾经放弃了我,曾会被除了我以外的任何人左右的人。我看见你和那个人在一起,在我心痛欲绝的那一年,正是她左右了你。我没有理由相信,她现在的影响力已经减小了。更何况,还要考虑到习惯的力量。"

"我原以为,"安妮说,"我对你的态度或许可以帮你消除所有疑虑,或者至少部分疑虑。"

"不,不!你从容自如的态度,或许仅仅是因为你与另一位男子有了婚约。我离开你的时候,就是这么认为的;不过——我还是决定要再见见你。随着上午的到来,我的精神振作了起来,我觉得我留在这里还有一个目的。"

安妮终于到家了,那房子里的任何人都想象不到她有多幸福。这番谈话驱散了所有的诧异与忐忑,当天早些时候那些令她痛苦的时刻也都踪影全无。她再次踏进家门,心中无限喜悦,甚至还时不时地担心这幸福无法持久,想要看看其中是否掺上了什么杂质。要去除这令人紧张的幸福中的所有危险因素，严肃且令人愉快的思考是最好的办法。于是，她走进了自己的房间，满怀感谢地做这件令人愉快的事情，并在此过程中变得坚定与无所畏惧。

夜晚来临，所有的客厅烛光通明，客人们也到齐了。这次聚会不过就是大家聚在一起打打牌，不过就是那些相互间毫无交情的人与那些相互间过从甚密的人坐在了一起——整个聚会平淡乏味，客人太多，彼此间无法深交；规模太小，活动不够丰富多彩。可是，安妮却觉得这次聚会比以往的都要短。丰富的情感与幸福让她神采奕奕、妩媚动人，受到的赞赏比她想象或想要的还要多，周围的每一个人都能让她愉快相待或宽容有加。埃利奥特先生也来了，她避开了他，但却同情他。对沃利斯上校夫妇，她因为懂得了他们的心理而觉得可笑。至于达尔林普尔夫人和卡特雷特小姐，她们很快就会成为她无关痛痒的表亲。她一点儿也不在意克莱太太，而她父亲和姐姐在公共场合的举止也没什么可让她脸红的。与马斯格罗夫一家在一起的时候，是毫无负担的愉快交谈；与哈维尔上校的交流，充满了兄弟姐妹般的友好；她想和拉塞尔夫人说话，可每次都被一种微妙的意识所打断；同克罗夫特将军和太太在一起的时候，她感到特别亲切、兴致盎然，但出于同一种意识，她也在尽量掩饰。她不断寻找时机与温特沃思上校交谈，总是期待更多的机会，而且也一直知道他就在那里!

正是在这样一次短短的相会中,当他们两人看起来都在专注地欣赏那些屋子里摆放着的美好的温室植物时,她说:

"我一直在思考过去,想要公正地辨明是非,我想说的是就我自己而言。我应当相信我那时是正确的,尽管我为此经受了很多折磨,但我当时跟随那位朋友的指引完全没有错,你以后会比现在更喜欢她。对我来说,她当时的地位相当于家长。不过,别误会我。我并不是说她当时的劝告没有错。在有些情况下,建议是好是坏只能由结果来决定,这或许就属于这种情况。至于我自己,在任何类似情况下,我当然永远也不会给出那样的建议。不过,我想说的是,我那时听从她是正确的,如果我没那样做,那么坚持婚约会比放弃婚约更让我痛苦,因为我会受到良心的折磨。如果我们承认人的天性中存在着这样一种情感,那么我现在就没什么可以指摘我自己的;而且,如果我没有理解错,对女人来说,强烈的责任感也并非是一份糟糕的陪嫁。"

他看了看她,看了看拉塞尔夫人,然后又看着她,似乎经过了冷静的斟酌,才回答说:

"现在还不行。不过,她将来会有希望得到原谅。我想,我很快就会对她宽容以待。我也一直在思考过去,联想到了一个问题,是否有一个人比那位夫人更应该被算作我的敌人?那就是我自己。请告诉我,当我在 1808 年带着那几千英镑回到英格兰并被派驻'拉科尼亚号'时,如果我那时候给你写信,你会回复我吗?总之,你那时候会恢复婚约吗?"

"你还问我会吗!"就是她所有的回答,可语气已足够决然。

"天啊!"他惊呼了起来,"你会!我那时并不是没有想过这点,也不是没有动过这个心思,甚至觉得只有这样才能让我在其他方面的成功更圆满。可我那时很骄傲,骄傲到不愿意再次求婚。我那时不理解你。我闭上了双眼,不愿意去理解你,或者公正地对待你。认识到这点以后,我就应该在原谅我自己以前先原谅其他所有人。六年的别离与痛苦原本是可以避免的。对我来说,这也是一种全新的痛苦。我一直都满足于认为,我所享有的一切幸福都是我自己挣来的。我自视甚高,因为我诚实地劳动了,也获得了公正的回报。就像所有那些处于逆境中的大人物一样,"他含笑补充道,"我必须努力让自己的思想服从自己的命运。我必须学会允许我自己获得我不配得到的幸福。"

第十二章

谁还能怀疑之后会发生些什么呢?只要两个年轻人打定了主意要结婚,他们就一定会为了达到自己的目的而坚持到底,哪怕他们很穷,哪怕他们不够谨慎,哪怕他们未必终能慰藉彼此。以此为结论,或许并不能传递正面的道德规范,但我相信这是真理。如果这些年轻人都能成功,那么像温特沃思上校和安妮·埃利奥特这样的人怎么会战胜不了所有阻力呢?毕竟他们还拥有这些优势,如成熟的思想、明辨是非的能力,以及一笔足以维持他们闲居生活的财富。他们事实上遇到的阻碍比他们可以抵挡的要少多了,因为除了缺少父母的和蔼与热情,他们并没有什么烦恼。沃尔特爵士没有反对,伊丽莎白只是一副冷冰冰、漠不关心的样子,并没有做其他更糟糕的事情。拥有2.5万镑财产的温特沃思上校已不再是一个无名小卒了,更何况他现在在海军中的职位已是他凭着自己的功勋与战果所能获得的最高职位,他现在已经相当有资格向一位愚蠢的准男爵的女儿求婚了。这位准男爵挥霍无度,并没有足够的节操或理性来维持上天赋予他的地位;而且,他女儿今后将有1万英镑财产,虽然他现在只能给她其中的一小部分[1]。

尽管沃尔特爵士对安妮并无任何舐犊之情,又因虚荣心没有得到任何满足,所以对此感受不到任何发自内心的喜悦,但他事实上并没有觉得这桩婚事对安妮来说很糟糕。相反,随着他与温特沃思上校的见面次数越来越多,不断在白天见到他,并仔细观察他以后,他已经被温特沃思上校的外表深深打动,觉得他出众的相貌不一定配不上她显赫的家世。所有这些,再加上他那听起来高贵的姓氏,使得沃尔特爵士最终欣然拿起了笔,将这桩婚事添进了那本荣耀之卷中。

在他们这群人中,只有一个人的反对能够真正地令人焦虑,这就是拉塞尔夫人。安妮知道,拉塞尔夫人在看清了埃利奥特先生的真面目,并放弃对他的支持以后,肯定会经历一番痛苦,会为真正认识并公正地对待温特沃思上校而进行一番努力。不过,拉塞尔夫人现在也不得不这么做。她必须学会懂得,她过去关于他们两人的看法是错误的,她被他们两人的外表误导了。因为温特沃思上校的举止不符合她的理想,她就匆匆忙忙地认定,它们代表了一种危险的冲动性格;埃利奥特先生的举止恰当得体、无可挑剔,总是彬彬有礼、

---

[1] 这笔钱本应在安妮结婚时就作为嫁妆全部给她,但由于沃尔特爵士负债累累,他只能给出其中的一小部分。即便沃尔特爵士在去世前也未能给完这笔嫁妆,他的继承人也会被要求支付剩余部分。

殷勤温和，她便立刻认可了它们，觉得那是他见识不凡、沉着冷静的结果。拉塞尔夫人别无他法，只能承认自己彻头彻尾地错了，接受新的观念，燃起新的希望。

有些人直觉敏锐，善于识别他人品性，总之，就是一种他人以经验也无法望其项背的天然洞察力。在这种识别力上，拉塞尔夫人的天赋远不及她年轻的朋友。但她是一位非常良善的女性，如果说她的次要目标是明辨事理、通晓是非，那么她的首要目标则是看到安妮幸福。她爱安妮胜于爱自己的能力；所以，在起初阶段的尴尬过去以后，她就发现，像一位母亲那样亲近这位保障自己另一个孩子的幸福的男子并不是件困难的事情。

在所有的家庭成员中，玛丽大概对此最为满意。有一个姐姐出嫁是件可喜可贺的事情，更何况她还可以洋洋自得，觉得是因为她去年秋天将安妮留在了自己身边，这才有力地促成了这门姻亲。她自己的姐姐肯定得比她丈夫的妹妹们过得好，所以温特沃思上校也应该比本威克舰长或查尔斯·海特有钱，这才会让人称心如意。大概是在她们再次见面时，她心里又有了些不痛快，因为她发现安妮恢复了作为姐姐应有的权利，还拥有了一辆特别漂亮的四轮小马车。不过，让她快慰的是，她有大好的前景可以期待。安妮以后不会有上克洛斯府这样的大宅邸，没有产业，也不会成为一家之主。只要他们能不让温特沃思上校受封为准男爵，她就不会愿意跟安妮换个位置。

若是长姐伊丽莎白对自己的境遇也同样满意,那就好了,因为她的境况是不大可能发生什么变化的。她很快就屈辱地发现埃利奥特先生不见了踪影,同他一道消失的是那些缥缈的希望,此后再也没有出现过一个条件相当的人来唤起这些希望。

突然间听闻堂妹订婚的消息,埃利奥特先生大吃一惊。这打破了他关于自己家庭幸福的美好蓝图,他关于凭借女婿身份之便守住沃尔特爵士、让沃尔特爵士保持单身的美梦也就此破灭。不过,尽管他遭到了挫败,内心万分失望,他还是能为自己的利益与享乐做点安排。他很快就离开了巴斯。克莱太太不久之后也同样离开了巴斯,之后就有传闻说她在他的照顾下在伦敦安顿了下来,这时大家才明白他一直以来都在怎样玩着两面伎俩,才看清楚他是如何一心想着不要被玩弄心计的女人害得丢掉了继承权,至少是这一个女人。

克莱太太的情感战胜了她的利益,为了这个年轻人,她牺牲了自己继续算计沃尔特爵士的打算。不过,她有手腕,也有情感,所以现在还很难断定哪一方会最终胜出,是他的狡诈,还是她的算计。在成功地阻碍她成为沃尔特爵士的妻子以后,他会不会陷入她的温柔甜蜜乡,最终让她成为威廉爵士的妻子,这现在也很难说清楚。

毫无疑问,失去这个同伴,发现他们如何蒙受了她的欺骗，沃尔特爵士和伊丽莎白既震惊又觉得受到了羞辱。当然，他们可以到那两位声名显赫的表亲那里寻求安慰，可他们肯定始终都会觉得，在迎合他人、听从他人吩咐的同时，却没有人来迎合自己、听从自己的吩咐，这种状态怎么看都只有半份乐趣。

让安妮心满意足的是，拉塞尔夫人很快就打算像她应该做的那样去爱护温特沃思上校。安妮觉得自己未来的幸福生活没有别的瑕疵，唯一的遗憾是，她意识到自己没有一个值得被通情达理的人珍惜的亲戚。她深切地感受到了自己在这方面的不足。他们两人之间财产上的差距不值一提，不会让她有丝毫遗憾。可是，她没有一个能得体地接纳他、看重他的家庭成员；她在受到他姐姐、姐夫以及兄嫂发自内心的欢迎与尊重的同时，却无法报以相应的尊重、和谐与善意。尽管她身处强烈的幸福之中，但仍然在内心里深切地感受到了这一点，并一直为之所痛。她在这个世界上只有两个朋友可以添加到他的朋友列表上，拉塞尔夫人和史密斯太太。不过，他倒是非常愿意亲近她们。拉塞尔夫人曾经冒犯过他，可他现在却能够发自内心地尊重她。虽然他仍然不肯说他相信她以前拆散他们这事做得对，但他却愿意在其他方面处处维护她。至于史密斯太太，她倒是有很多受欢迎之处，所以很快就永久地赢得了他的尊重。

史密斯太太最近为安妮做了很多事，这本身就足够赢得他的友谊。在他们结婚后,史密斯太太非但没有失去一个朋友,反而收获了两个朋友。她是他们婚后第一个去拜访他们的朋友。温特沃思上校帮助她着手收回她丈夫在西印度群岛的产业,以一个无所畏惧的男子汉与坚定的朋友的身份,参与其中并竭尽全力,帮她写信,替她出面奔走,协助她克服整个过程中的种种小困难,充分地报答了她先前所给予或打算给予他妻子的帮助。

随着健康状况的改善,加之又赢得了这些经常往来的朋友,收入的增加并没有毁掉史密斯太太所享受到的快乐,因为她并没有丧失乐观的心态与敏捷的头脑。只要这些重要的美好之源继续存在,哪怕还有更多的荣华富贵源源不断而来,她也甚至可以嗤之以鼻。她即便无比富有、十分健康,也仍会很幸福。她的幸福之源在于她昂然的精神,而她朋友安妮的幸福之源则在于她热忱的内心。安妮是温柔的化身,她的每一分柔情都在温特沃思上校的倾心相待中得到了回报。只有他的职业才会让她的朋友们希望她的柔情能少几分,也只有对未来战争的担心才能让她的阳光暗淡些许。身为水手的妻子,她深感荣幸,但她也必须因为他属于这个职业而付出时时担惊受怕的代价。如果可能的话,比起这个职业对国家的重要性,它在家庭生活中的价值更加明显。

《劝导》情节大事时间表

1760 年 3 月 1 日　沃尔特·埃利奥特爵士出生。

1780 年　埃利奥特先生出生（小说第二部第九章中，史密斯太太给安妮看了一封埃利奥特先生于 1803 年 7 月写给结婚前的史密斯先生的信件，在这封信中埃利奥特先生自称"在这世上已活了二十又三年"）。

1784 年 7 月 15 日　沃尔特爵士迎娶伊丽莎白·斯蒂文森。

1784 年　汉密尔顿小姐即日后的史密斯太太出生（小说第二部第五章称，她年长安妮三岁）。

1785 年 6 月 1 日　伊丽莎白·埃利奥特出生。

1787 年 8 月 9 日　安妮·埃利奥特出生。

1791 年 11 月 20 日　玛丽·埃利奥特出生。

1800 年（或应为 1801 年）　埃利奥特夫人去世（小说此处时间安排似有误，因为第一部第一章中，叙述者称当埃利奥特夫人去世时，她的婚姻延续了 17 年，大女儿伊丽莎白与二女儿安妮才分别 16 岁与 14 岁）。

1801—1804 年　安妮在巴斯的一所寄宿学校上学，并在此结识了汉密尔顿小姐，即日后的史密斯太太。

1802年　汉密尔顿小姐离开学校（小说第二部第五章称，当安妮认识她时，"她因为没有近亲与固定的住所而不得不在学校再待上一年"）。

沃尔特爵士与伊丽莎白春季赴伦敦度假，托人找到埃利奥特先生，主动与后者交好。埃利奥特先生当时正在伦敦攻读法律，租住在圣殿区。父女俩邀请埃利奥特先生到凯林奇府小住，但后者并未赴约。

1803年　沃尔特爵士与伊丽莎白再次在春季赴伦敦度假，再次找到埃利奥特先生并邀请后者去凯林奇府小住，后者再次爽约。

1803年底或1804年初　史密斯先生迎娶汉密尔顿小姐（小说第二部第五章中，当沃尔特爵士询问安妮有关史密斯太太的情况时，安妮说史密斯太太还不到31岁；在小说第二部第九章中，埃利奥特先生写给结婚前的史密斯先生的信件日期是1803年7月；同一章中，史密斯太太说她认识埃利奥特先生时才19岁）。

1804年底或1805年　埃利奥特先生迎娶了一位出生低微但家境富有的女子（小说第一部第一章写道，当埃利奥特先生再次爽约后，沃尔特爵士接下来收到的消息便是埃利奥特先生已经结婚）。

1806年　2月6日，英法舰队之间进行了圣多明戈海战（Battle of St. Domingo），战后弗雷德里克·温特沃思被晋升为中校。

夏天，温特沃思上校来到萨默塞特郡，在时任蒙克福德牧师助理的哥哥家小住，因此结识了安妮，两人迅速相恋并订婚。

年底，安妮听从拉塞尔夫人的劝导，解除了与温特沃思上校的婚约，温特沃思上校愤然离开当地（小说第一部第四章写道，两人的婚约只持续了几个月）。

大约1807年　温特沃思上校奉命指挥护卫舰"阿斯普号"。

1808年秋　温特沃思上校及其船员"俘虏了足够多的私掠船，已经玩够了以后"，驾驶"阿斯普号"归国，并在归国途中捕获了一艘法国巡航舰（参见小说第一部第八章）。随后他奉命指挥"拉科尼亚号"（在小说第二部第十一章中，温特沃思上校说自己在1808年带着那几千英镑回到英格兰并被派驻"拉科尼亚号"）。

1809年底或1810年初，但极有可能是1810年初　查尔斯·马斯格罗夫向安妮求婚，但遭到拒绝（小说第一部第四章写道，"她［安妮］二十二岁时，有个年轻人曾向她求过婚，但他不久后就发现她妹妹更愿意嫁给他"）。

1810年12月16日　查尔斯·马斯格罗夫迎娶玛丽·埃利奥特。

1812年　哈维尔上校受重伤（小说第一部第十一章写道，"哈维尔上校自从两年前受重伤以后，身体就一直不好"）。

1812至1813年间　本威克舰长与哈维尔上校的妹妹范妮·哈维尔订婚，婚约持续了一两年（小说第一部第十一章写道，"他［本威克舰长］与哈维尔上校的妹妹订过婚，现在正为她的早逝而哀痛不已。有那么一两年，他们一直在期待着财富与晋级"）。

史密斯先生去世（小说第二部第五章写道，史密斯先生大约两年前去世，而安妮与史密斯太太则是在1815年初重逢）。

1813年底或1814年初　史密斯太太来到巴斯，接受水疗。

1814年10月之前　6月，范妮·哈维尔去世（详见小说第二部第十一章）。

夏天，沃尔特爵士因面临严重的债务问题而不得不考虑出租凯林奇府；埃利奥特先生的妻子过世（小说第二部第九章中，安妮告诉史密斯太太，"史密斯先生的妻子刚过世半年多一点"）。

7月底，温特沃思上校回到英格兰（小说第一部第十二章写道，在本威克上校奉命驶往朴茨茅斯时，"'拉科尼亚号'一周以前就已经到达普利茅斯，可能不会再被派出海"）。

8月的第一个星期，本威克舰长从好望角回到英格兰，并奉命驶往朴茨茅斯；为亲自通知本威克舰长范妮·哈维尔的死讯，温特沃思上校立刻从普利茅斯赶到朴茨茅斯，寸步不离地陪伴了本威克舰长一周（第一部第十二章）。

8月，克罗夫特将军夫妇在参观凯林奇府后立刻决定租下此处。

8月底或9月初，沃尔特爵士携伊丽莎白与克莱太太搬到巴斯；安妮则搬去凯林奇别院与拉塞尔夫人同住一周，并在一周后由拉塞尔夫人将她送到上克洛斯的妹妹与妹夫家。

9月29日米迦勒节，克罗夫特将军夫妇搬入凯林奇府；此时，安妮已在妹妹与妹夫家待了三周。

1814年10月　月初，查尔斯与玛丽前往凯林奇府拜访克罗夫特将军夫妇；之后不久，克罗夫特将军夫妇回访查尔斯与玛丽，当天上午他们还拜访了马斯格罗夫先生一家（第一部第六章）。

没过两天，温特沃思上校来到凯林奇，马斯格罗夫先生前去拜访他，温特沃思上校很快回访了马斯格罗夫先生，当天玛丽的长子小查尔斯摔跤后锁骨错位，来看望侄子的姑姑们兴奋地谈到了上校，并说在马斯格罗夫先生的再三邀请下，温特沃思上校答应第二天就过来与他们共进晚餐（第一部第七章）。

第二天，查尔斯携玛丽到父母家与温特沃思上校共进晚餐，留下安妮照看小查尔斯。

之后那天上午，安妮与温特沃思上校在分别近八年后首次重逢。

10月中旬至10月底，与亨丽埃塔分别两周后的查尔斯·海特发现自己受到了亨丽埃塔的冷落。

10月下旬，当安妮在照看小查尔斯时，温特沃思上校与查尔斯·海特先后到上克洛斯农居拜访，在小沃尔特趴在安妮背上捣乱时，温特沃思上校将小沃尔特抱走。

1814年11月　月初，马斯格罗夫姐妹约安妮姐妹散步，途中遇到查尔斯与温特沃思上校，于是六人结伴散步，一直走到温斯罗普附近。路易莎告诉温特沃思上校，安妮曾经拒绝了查尔斯的求婚；安妮注意到温特沃思上校开始对路易莎表现出特别的好感，亨丽埃塔则与查尔斯·海特和好如初。

中旬左右，莱姆之行及事故与后续：

1. 第一天，温特沃思上校带领查尔斯、玛丽、马斯格罗夫姐妹以及安妮前往莱姆游玩，并拜访在莱姆暂住的哈维尔上校一家及本威克舰长；自锡德茅斯而来的埃利奥特先生也于当天入住同一家旅馆。

2. 第二天一早,埃利奥特先生离开莱姆;上克洛斯一行人打算下午1点离开巴斯,临行前,他们再次去了一趟科布海堤,结果路易莎从海堤上摔下后陷入昏迷;安妮本准备听从温特沃思上校的安排留下,但玛丽的无理取闹让她不得不在当晚同亨丽埃塔一道离开巴斯、返回上克洛斯。
3. 第三天,关于路易莎的消息从莱姆传来。
4. 第四天,查尔斯·海特带来了关于路易莎的消息。
5. 第五天,在安妮的鼓动下,马斯格罗夫一家前往莱姆陪伴路易莎;安妮则在雨中离开上克洛斯,搬去拉塞尔夫的凯林奇别院。

11月下旬,拉塞尔夫人与安妮前往凯林奇府拜访克罗夫特将军夫妇;之后,克罗夫特将军夫妇去外地拜访亲友。

1814年12月 11月底或12月初,在莱姆待了两周的玛丽与查尔斯回到上克洛斯,随后便拜访了拉塞尔夫人,并提到本威克舰长对安妮似乎颇有好感,准备到上克洛斯拜访;温特沃思上校在莱姆待了两周后也离开了莱姆。

月初至中旬之间,马斯格罗夫一家从莱姆返回上克洛斯;温特沃思上校则在普利茅斯待了一个星期。

中旬,温特沃思上校前往什罗普郡拜访兄长;埃利奥特先生前往巴斯。

月底圣诞节期间,拉塞尔夫人与安妮前往上克洛斯拜访马斯格罗夫一家。

1815年1月　月初，安妮与拉塞尔夫人乘坐拉塞尔夫人的马车抵达巴斯；入住父亲在巴斯租住的寓所当晚，安妮便与来访的埃利奥特先生见了面。

安妮很快就与史密斯太太重新取得了联系，开始定期拜访史密斯太太。

不久后，达尔林普尔夫人抵达巴斯。

该月某天，本威克舰长向路易莎求婚并被接受。

1815年2月　1日，玛丽开始写信给安妮；马斯格罗夫家派出马车前往莱姆接路易莎。

2日，路易莎在哈维尔夫妇的陪伴下回到上克洛斯；哈维尔上校带来了本威克舰长写给马斯格罗夫先生的信，本威克舰长在信中请求马斯格罗夫先生同意他的求婚。

月初（大约2月4日或5日），克罗夫特将军夫妇抵达巴斯，并将玛丽的信送到了安妮所在的卡姆登街第X号。

月初至2月中旬期间，温特沃思上校从哈维尔上校写给他的信件中知道了路易莎与本威克舰长订婚的消息，并写信告诉了克罗夫特将军夫妇。

2月中旬至下旬：

1. "克罗夫特夫妇来巴斯后一周或十天左右"（第二部第六章），安妮在街上巧遇克罗夫特将军；与此同时，温特沃思上校"已经踏上了来巴斯的旅途"（第二部第七章）。

2. 第二天,温特沃思上校就来到巴斯。

3. 第三天,安妮在莫兰德糖果店遇到温特沃思上校。

4. 第四天,安妮与拉塞尔夫人在街上见到温特沃思上校,但拉塞尔夫人假装自己在看窗帘。

5. 接下来的一两天里,安妮没有任何关于温特沃思上校的消息。

6. 随后的周一晚上,鲁克护士去探望史密斯太太,告诉了她关于安妮将与埃利奥特先生订婚的传言,以及埃利奥特先生与沃利斯上校的策划。

7. 星期三,安妮探望了史密斯太太,并将原定探访时间改到第二天。当天晚上,安妮一行人到集会厅听音乐会,安妮大胆地与同样前来听音乐会的温特沃思上校交谈。之后,温特沃思上校在音乐会中途匆匆退场,安妮发现他在嫉妒埃利奥特先生。

8. 星期四,安妮遵照约定去看望史密斯太太,史密斯太太向她揭露了埃利奥特先生的真实面目与目的;埃利奥特先生当天两次拜访卡姆登街,称自己第二天将离开巴斯两天,星期六晚上返回巴斯后将来卡姆登街赴约。(小说时间线在这里似乎又出现了失误,因为小说第二部第十章明确写道,"从星期四到星期六晚上,他肯定不会在",也就是说埃利奥特先生拜访卡姆登街的时间应该是星期三,他离开巴斯的时间是星期四。)

《劝导》情节大事时间表

9. 星期五上午,安妮准备去拉塞尔夫人那里,但在她出门前,查尔斯与玛丽来卡姆登街拜访。随后,安妮跟随他们来到马斯格罗夫太太一行人下榻的白鹿旅馆,并发现号称当天9点就离开巴斯的埃利奥特先生居然正在与克莱太太秘密见面,举止亲密。伊丽莎白犹豫再三,决定在第二天晚上安排一个晚间聚会,随后便与沃尔特爵士一道前往白鹿旅馆邀请马斯格罗夫太太一行人,并特意邀请了温特沃思上校。

10. 星期六上午,安妮应邀去白鹿旅馆同马斯格罗夫太太一行人共度一整天。安妮听到了马斯格罗夫太太与克罗夫特太太关于"漫长的婚约"的讨论,同时在房间里的还有温特沃思上校和哈维尔上校,哈维尔上校与安妮就男性和女性对婚姻、对忠贞的态度进行了辩论,温特沃思上校则在一旁给安妮匆匆留下一封信,并在信中向安妮求婚。当天晚上,小说中大部分角色都出现在了沃尔特爵士与伊丽莎白举办的晚间聚会上。

之后不久　在得知安妮与温特沃思上校订婚以后,失望的埃利奥特先生离开了巴斯;随后,克莱太太也离开了巴斯,据说接受了埃利奥特先生的照顾,在伦敦安顿了下来。